KB237108

춘추전국시대의 열국

목차

武帝本紀

무제본기

시하 新무협 판타지 소설

FANTASTIC ORIENTAL HEROES

무제본기 1
시하 新무협 판타지 소설

초판 1쇄 찍은 날 § 2008년 6월 9일
초판 1쇄 펴낸 날 § 2008년 6월 19일

지은이 § 시하
펴낸이 § 서경석

편집장 § 문혜영
편집책임 § 이재권

펴낸곳 § 도서출판 청어람
등록번호 § 제1081-1-89호
등록일자 § 1999. 5. 31
어람번호 § 제2-1507호

주소 § 경기도 부천시 원미구 심곡1동 350-1 남성B/D 3F (우) 420-011
전화 § 032-656-4452 팩스 § 032-656-4453
http://www.chungeoram.com
E-mail § eoram99@chollian.net

ISBN 978-89-251-1348-7 04810
ISBN 978-89-251-1347-0 (세트)

武帝本紀

입신(立身) 편 1

시하 新무협 판타지 소설
FANTASTIC ORIENTAL HEROES

도서출판 청어람

目次

소개 글

역사를 쓰는 사가(史家)들의 영원한 사표(師表) 사마천(司馬遷)은 〈사기(史記)〉 130권을 씀에 있어 그 구성을 본기(本紀), 표(表), 서(書), 세가(世家), 열전(列傳)으로 나누어 기술하였다.

이중 표는 연표를 의미하며, 서는 문화나 제도, 세가는 제후와 명인, 열전은 영웅과 호걸에 대한 역사적 사실과 평가를 기록한 것이다.

가장 중요한 본기는 제왕(帝王)과 천자(天子)의 역사다. 즉, 역사를 주도하고 세상을 변화시킨 거인들에 대하여 기술하고 평가한 부분이 본기인 것이다.

물론 본기에 제왕과 천자의 인생만이 기록된 것은 아니다. 사마천은 비록 제왕의 자리에 오르지는 못했으나 그에 못지않은 반향과 족적을 남긴 항우(項羽)의 행적을 항우본기로 남기고 있다. 마찬가지로 제후가 아닌 공자(孔子)의 인생이 열전이 아닌 세가로 편입된 것도 같은 이유에서일 것이다.

무제본기는 무제(武帝)라는 특정 인간에 대한 기술이 아니다.

무림이란 세계가 존재한 이래 강호(江湖)와 산곡(山谷)에 몸을 담은 인간들의 운명을 좌지우지했던 무(武)의 제왕(帝王)들에 대한 기록이다.

　춘추전국시대로부터 시작하여 명, 청의 연간에 이르기까지 이천여 년의 시간 동안 명멸했던 기인과 종사들에 대한 기록이고 면면히 이어진 무림의 역사인 것이다.

　총 열두 명의 무제라 불릴 만한 거인들의 행적을 엮어 무제본기를 구성하였으며, 그중 첫 번째로 선택된 인물은 황산고(黃山高)다.

　일개 군사에 불과했던 황산고란 인물이 무제본기의 제일장을 차지한 것은 그의 시대가 춘추전국시대로 시대상 가장 앞선 까닭도 있으나 보다 중요한 이유는 따로 있다.

　황산고는 남에게 배우지 않고 스스로 무(武)의 길로 접어든 창조자다. 아직은 무공이 마법(魔法)과의 친연(親緣) 관계에서 벗어나지 못하고 신화와 전설이 민간에 강대한 영향력을 행사하던 미명(未明)의 시절에 황산고는 홀로 우뚝 솟아 새로운 길을 열었다.

스스로 깨우치고 눈을 떴으며 숱한 영웅호걸, 기인이사들에게 길을 열어주었다는 사실만으로도 황산고는 무제 계보(系譜)의 가장 우뚝한 곳을 차지할 자격이 있을 것이다.

　　사족(蛇足)을 붙이자면 비록 무제본기 황산고 편의 시대적 배경이 춘추전국시대 어림이기는 하지만 특정 시대에 얽매어 있지 않다는 사실이다. 다양한 시대에 존재했던 인물들이 시공(時空)의 제약을 뛰어넘어 같은 시대에 공존하는 것은 소설적 장치임을 밝혀둔다.

서장
발아(發芽)

위잉! 위잉!

전차(戰車) 위에서 휘둘러지는 철퇴(鐵槌)는 폭풍이 휘몰아
치는 밤을 연상시켰다.

네 마리 말이 전차를 끌고 치달리며 내는 발굽 소리는 군사
들의 함성 속에 파묻혔지만, 철퇴가 대기를 가르며 일으키는 굉
음은 오히려 지축과 함께 황산고(黃山高)의 전신을 뒤흔들었다.

"크아악!"

"으아아!"

주위에서 죽어가는 군사들의 비명 소리가 죽이는 자의 악
쓰는 소리와 뒤섞여 어울린다.

황산고는 몸을 솟구쳐 철퇴를 피했다.

그런 그의 면전으로 푸르스름한 빛을 끌며 날카로운 창이 날아들었다.

검으로 창을 받아내며 그 탄력으로 공중에서 한 바퀴 돌아 전차 뒤에 내려섰다. 그리고는 숨 돌릴 틈도 없이 검을 휘둘러 창을 쓰는 자의 팔을 베었다.

캉!

금속성과 함께 불꽃이 튄다. 적의 갑주를 베지 못하고 오히려 검이 튕겨졌다.

가슴으로 다시 철퇴가 날아왔다.

방법이 없어서 엉겁결에 투구를 벗어 철퇴를 때려 막았다.

쾅!

청동으로 만들어진 투구가 철퇴와 부딪쳐 산산조각 났다. 그러나 황산고는 그 덕에 뒤로 밀려나면서 철퇴를 피할 수 있었다.

뒤미처 시퍼런 창날이 목을 스칠 듯 지나가 오싹 소름이 돋게 만든다. 하지만 더 이상의 공격은 이어지지 않았다.

쿠쿠쿠!

정면에서 들이닥쳤던 전차는 이미 그를 지나 뒤쪽으로 멀어지고 있는 중이었다.

함께 나란히 서서 싸웠던 동료는 시체가 되어 있었다.

적의 전차대(戰車隊)가 한바탕 그들의 진세(陣勢)를 깨뜨리며 휩쓸고 지나간 뒤로 적의 보병(步兵)과 기병(騎兵)들이 몰려오고 있었다.

살아남은 자들은 동료의 죽음을 슬퍼할 겨를도 없이 본격적인 전투를 준비해야만 했다. 그들이 물러서면 뒤에 있는 본진(本陣)이 싸워보지도 못하고 무너진다.

막고 버티다 보면 상황을 수습한 본진의 병력이 적의 전차부대를 깨뜨리며 진군해 올 것이다. 그때까지는 적을 막아야 하고, 적을 죽여야 하며, 살아남아야 했다.

이것이 황산고의 첫 전쟁, 첫 전투였다.

새까맣게 몰려드는 적병들을 소수의 동료들과 함께 막아섰다.

"우우우!"

"와아아아!"

적진에서 토해지는 괴성과 함성이 온몸을 흔들어 구토를 일으킨다. 산이 무너지는 듯한 기세로 몰려드는 강대한 적의 군세를 전열(戰列)의 가장 앞쪽에 서서 기다려야만 하는 끔찍한 두려움을 체험하며 황산고는 이미 제정신이 아니었다.

전차들이 몰려올 때와는 또 달랐다.

지독한 살기를 악취처럼 뿜어내며 무수한 인간들이 검은 물결이 되어 밀려온다. 핏발이 선 붉은 눈들이 그 검은 물결 속에서 수많은 화톳불처럼 일렁인다.

마침내 양쪽의 군사들이 뒤섞이고, 황산고는 '와!' 하는 함성 속에서 자기도 '와!' 하고 소리를 지르며 싸웠다.

왜 그런 소리를 내는지, 심지어 내고 있는지조차도 알지 못했다. 그것 이외에는 아무 소리도 들리지 않았고, 그것조차 소리라고 느껴지지 않았다.

아무 생각도 할 수 없었으며, 오로지 적의 검과 창, 칼에 맞서서 검을 휘두르고, 찌르고, 죽이고, 피하고, 막았다.

강하고 뾰쪽한 검의 자루 부분으로 적의 둔탁한 청동 갑주를 쳐서 깨뜨리고, 그 틈으로 검을 밀어 넣어 죽였다.

생각하고 한 행동은 단 한 가지도 없었다.

죽는지 사는지도 잊어버렸다.

전쟁의 거대한 흐름 속에서 물결의 일부처럼 움직이며 자신을 잊어버리고 오직 죽이는 일에만 몰두했다.

피가 튀고 죽음들이 늘어날수록 황산고의 입에서 나오는 와! 하는 고함 소리는 점점 더 커져 갔다.

사부에게 배운 검법을 쓰는 건지 마구잡이로 휘두르는 건지도 모르는 채 닥치는 대로 베고 치고 찔렀다.

그러다가 자신이 처한 상황을 문득 깨달았던 짧은 순간은 그에게 네 명의 적이 동시에 공격해 왔을 때였다.

좌우에서 찔러오는 두 개의 검은 피하고 쳐냈다.

그러나 뒤로 돌아온 적의 공격은 피하지 못했다.

카캉!

뒤쪽의 적이 사력을 다해 내지른 창이 등을 찔렀다.

청동 갑주에 구멍이 뚫릴 정도의 충격을 받은 황산고의 몸이 앞쪽으로 와락 밀려났다.

슈욱!

투구도 쓰지 않은 그의 머리 위로 앞쪽에서 덤벼드는 네 번째 적의 검이 떨어지고 있었다. 그자는 거꾸로 든 검을 황산고의 얼굴 앞쪽에서 비스듬히 내려쳐서 목을 꿰뚫는 수법을 사용하고 있었다.

막을 방법도, 피할 방법도 없었다.

황산고는 죽음을 직감했다.

다음 순간 자신이 죽게 된다는 사실을 생생하게 느꼈다.

그러나 그 와중에도 등을 세차게 찍힌 몸은 앞으로 내닫고 있었다.

첫 전쟁인 탓에 일어난 감각의 착오인지, 황산고는 자기 자신도 있는 힘을 다해서 적의 검을 향해 달려들고 있음을 알았다. 어처구니없는 실수였다.

온 마음과 몸, 그의 모든 것에 죽음이 덮어씌워졌다.

'죽었다!'

황산고는 자기의 죽음을 스스로 부르짖었다.

다음 순간, 그의 마음은 길고 어두운 죽음의 동굴(洞窟)을 질주하고 있었다.

한데 앞쪽에서 황산고를 공격해 오던 자가 갑자기 소리도 없이 튕겨 나가며 쓰러졌다. 보이지 않는 무언가가 그자의 육신을 후려치고 뭉개 버린 것이다.

동시에 황산고는 자신의 머릿속에서 뭔가가 쾅! 소리를 내며 터지는 것을 느꼈다.

자기 속에서 터져 나온 너무나도 밝은 빛에 스스로 눈이 멀며 황산고는 그대로 혼절하고 말았다.

함성 소리가 멎었다.
무엇인가를 보았다!
무엇인가를 느꼈다!

태극(太極)의 씨앗이 그의 속에서 껍질을 깨고 발아(發芽)
했다.
빛으로 이루어진 촉수(觸手)가 그물처럼 펼쳐지며 황산고
의 몸 구석구석으로 뻗쳐 가고 있었다.

第一章
가지 못했던 길을 생각하다

무제본기

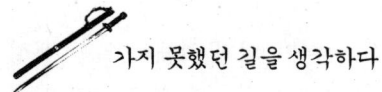가지 못했던 길을 생각하다

황채욱(黃採煜)은 황가진(黃家鎭)의 진장(鎭長)이다. 진(鎭)
의 제일 어른이라는 뜻이다.

진은 둔(屯)과 마찬가지로 대를 이어 군사(軍士)가 되는 것
을 직업으로 삼는 사람들의 작은 도시다.

군사란 전쟁 기술인 병법을 익힌 병사(兵士)와 전투 기술인
살법을 익힌 전사(戰士)를 함께 지칭하는 말이다. 즉, 병사는
머리를 써서 적을 죽이는 군사고, 전사는 몸으로 적을 상대하
는 군사인 것이다.

노(魯), 위(衛), 진(晉), 정(鄭), 조(曹), 채(蔡), 연(燕), 제(齊),
진(陳), 송(宋), 초(楚), 진(秦). 어느 나라 할 것 없이 군사들의

도시인 진둔(鎭屯)을 수십 개에서 수백 개씩 가지고 있다.

한 나라의 군사력은 그 나라에 속한 진둔의 수준과 숫자에 의해서 판가름난다 해도 과언이 아니다.

진둔에서 태어난 남자들은 군사가 되기 위해서 일반 백성이 농사를 짓는 것처럼 일상적으로 병법을 익히고 살인 기술을 연마한다. 그러다가 나라에서 모인(募人), 즉 모병할 때 나아가서 군사가 되는 것이다.

황채욱이 처음 군사가 된 것은 열여섯 살 때였다. 오십삼 년 전, 진국(晉國)과 평성릉대전(坪城陵大戰)이 있었던 해다.

본래 황채욱은 전투의 기술인 살법보다 전쟁의 기술인 병법을 더 좋아했고 배우기도 더 많이 배웠다.

하지만 그해 모인에서 황채욱은 병사로 뽑히지 못하고 전사로 뽑혔다. 모인이 갑자기 있었던 데다가 산중에서 특별한 훈련을 하고 있던 황채욱이 뒤늦게 소식을 듣고 달려갔을 때 병법 전문의 군사인 병사들은 이미 충원이 끝난 상태였기 때문이다.

어쩔 수 없이 몸을 쓰는 전사로 평성릉대전에 참전했으나 황채욱은 첫 전쟁임에도 불구하고 많은 공을 세웠다.

그 후의 여러 전투에서도 황채욱은 두각을 나타내며 혁혁한 전공을 세웠다. 그리하여 불과 스물여섯 젊은 나이에 장수가 되었으며, 서른둘에는 장군이 되어 있었다. 유래가 없는 출세고 승진이었다.

장군에도 두 부류가 있다. 귀족 또는 평민 출신의 장군과 진둔의 군사 출신 장군이 바로 그것이다.

이 양자 간의 극명한 차이는 입조(入朝)할 수 있느냐 없느냐다.

귀족이나 평민 출신의 장군은 궁에 들어가고 정치에 참여하는 것이 가능하다. 능력만 뒷받침된다면 재상(宰相)이 되어 한 나라를 경영할 수도 있는 것이다.

하지만 진둔 출신의 장군은 절대 궁에 들어가지 못한다. 권력을 가졌을 때 그들의 출신인 진둔이 지나치게 확장되거나 변형되는 것을 염려한 때문이다.

사실 각국의 군주들이 진둔 출신 장군들을 가까이에 두지 않는 정말 중요한 이유는 따로 있다. 그것은 진둔이 비록 자신의 영토 안에 있더라도 진둔의 사람들을 온전히 자신의 백성으로 여길 수 없다는 사실이다.

진둔의 사람들은 모인에 응하는 것 외에는 나라에 어떠한 의무도 지지 않는다. 조세를 바치지도 않으며 부역에 동원되지도 않는다.

이것은 진둔의 군사들이 자신과 가족을 위하여 싸우지 나라를 위해서 싸우지 않는다는 것을 의미한다.

즉, 진둔은 영토적으로 한 나라에 속해 있더라도 진둔의 사람들은 그 나라의 백성으로 취급되지 않는 것이다.

이 같은 이유로 해서 황채욱도 비록 젊은 나이에 장군이 되긴 했지만 입조하는 일 없이 십오 년의 세월 동안 동서남북의 전장만 누볐다.

그리고 살아서 은퇴한 후에는 황가진에서 후진을 양성하는 노사(老師)가 되었다.

주(周) 종실(宗室)의 힘이 약화된 후로 일백사십여 제후국은 항시 서로 대적하고 화해하고 연합하기를 반복해 왔으므로 전쟁이 끊어질 날이 단 하루도 없었다.

군사들의 도시 진둔도 그 전쟁과 함께 시작되었으며 수백 년 동안 전쟁과 함께 계속 번성해 왔다.

전쟁이 있으면 누군가는 나가서 싸워야 하고, 싸운다면 누군가는 패하고 죽어야 한다. 그리고 전쟁에서 주로 그 역할을 해야 할 사람은 진둔의 군사들이다.

군사가 싸우고 죽는 대가로 크게는 나라가 존속해 갈 수 있고 작게는 군사의 가족이 살아갈 수 있으며 그 과정에서 진둔도 발전한다.

이런 사실은 군사 도시 진둔에서라면 삼척동자도 당연히 알고 있다. 걸음마를 배울 즈음부터 병법과 전투 기술을 배우고 병사 또는 전사로서의 마음가짐을 교육받기 때문이다.

황채욱은 전쟁에서 많은 적을 죽였다.

처음 참가했던 평성릉대전에서 검으로 적을 죽이기 시작한 이후로 장수가 되어서는 적의 장수와 장군을 죽였고, 장군이 된 후에는 적군을 헤아릴 수도 없이 죽였다.

어떤 전쟁은 끝날 때까지 십 년이 넘게 걸렸고, 또 어떤 전쟁은 시작하자마자 사흘도 되지 않아서 끝나기도 했다.

그렇게 치렀던 크고 작은 전쟁은 그가 황가진으로 돌아올 때까지 칠십여 회였다. 칠십여 회에 걸친 전쟁의 흔적은 그의 몸에 기록으로 남아 있다.

하지만 전사로서의 경험과 불패장군(不敗將軍)으로서의 경험은 단 두 장의 양피지에 나누어 담았다.

그렇게 한 데에는 두 가지의 이유가 있었다.

첫째는 이제 석 달 후면 태어날 손자에게 남겨주기 위해서였고, 둘째는 당장 황가진을 떠나기 위해서였다.

황채욱은 더는 지체하고 싶지 않았다.

아직은 예순아홉 살이지만 한 달이 더 지나면 일흔 살이 된다. 고희라고도 불리는 일흔 살이란 숫자가 황채욱에게 조바심을 일게 한다. 언제 죽을지 모르는 전쟁터 속에서는 오히려 덤덤했던 것들이 지금은 전혀 그렇지가 못했다.

나이 일흔. 산 날보다 살날이 적다는 것은 너무도 명백했다. 얼마나 더 적을지가 문제일 뿐이었다.

죽는 것은 두렵지가 않다.

그것은 황가진이라는 작은 군사 도시의 왕이나 마찬가지인 진장 황채욱뿐만 아니라 황가진의 모든 사람이 다 그러했다.

그들은 살아 있을 때 적의 죽음을 먹고살았으며 죽을 때는 자기의 죽음으로 가족을 살게 하는 것을 당연하게 생각한다.

　―사람은 한 번은 죽게 마련이다. 그러나 대장부가 죽을 장소는 전장이다.

　아주 어렸을 때, 말을 막 배우기 시작할 때부터 그런 말을 들었고, 그 말은 황채욱의 골수에 박혀 있었다.
　산다는 것과 죽는다는 것은 새삼스러운 것이 아니었다.
　하지만 황채욱은 숱한 전장에서 살아남았으며 명예롭게 돌아와 어린아이들을 가르치는 여러 노사들 중 한 명이 되었다. 전장에 나가지 못하고 죽은 자들이 묻히는 치욕의 묘지가 아니라 노사들이 묻히는 영광의 묘지에 묘비를 세울 수 있게 된 것이다.
　그러나 황채욱은 노사로서, 그리고 마침내 진장이 되어 살아가면서 점차로 마음이 변했다. 군사 황채욱으로서가 아닌 다른 인생을 살아보고 싶어진 것이다.
　그의 인생은 군사 도시 황가진의 기준으로 볼 때 전형적이면서도 가장 성공한 것이었다. 하지만 황채욱은 군사가 아닌 다른 삶을 꿈꾸고 있었다.
　어쩌면 마흔두 살, 한창 승승장구하는 장군이었던 시절에 만났던 이인(異人)의 영향일지도 몰랐다.

*　　　*　　　*

때는 한겨울 새벽 무렵이었다.

이인은 거친 삼베로 만든 옷을 입고 칡넝쿨로 만든 머리띠를 두르고 그의 막사에 찾아왔었다.

황채욱의 휘하에는 실력이 뛰어난 장수와 군사들이 적지 않았지만 이인은 진중의 가장 깊은 곳에 자리한 황채욱의 막사에까지 아무런 저지도 받지 않은 채 나귀를 타고 들어왔다.

막사의 문이 열려 찬바람이 쏟아져 들어왔고, 잠들어 있던 황채욱은 본능적으로 검을 뽑아 들며 일어났다.

장군은 항상 적의 표적이 된다. 검의 표적이 되고, 창과 화살의 표적이 되며, 자객의 표적이 된다.

자신을 덮치는 자객의 검을 보리라고 믿었던 황채욱은 이상한 느낌에 사로잡혔다.

말로만 듣던 이인을 그때 처음 보았다.

열려진 막사의 문밖에는 조그마한 노인이 나귀에 앉아 있었고, 나귀 주변에는 눈보라가 몰아치고 있었다.

자객 중에는 간혹 술법을 사용하는 자가 있기는 하지만 늙은 자객이 있다는 말은 듣지 못했다. 더구나 나귀를 타고 다니는 자객이라니…….

전장의 밤은 고요했고 황채욱은 그 고요 속에 함몰당했다.

거미줄에 걸린 것처럼 꼼짝도 못하고 서 있는 그를 바라보는 노인의 주름진 얼굴과 눈이 태양처럼 밝고 환했다.

"나와 함께 가겠느냐?"

노인은 그저 바라보고만 있었건만 황채욱의 귀로 천둥처럼 울리는 음성이 들렸다.

황채욱은 몸을 떨었다. 두려움도 아니었고 뭐라 말할 수 없는, 하지만 어떤 종류의 희열 같은 떨림이었다.

황채욱은 대답하지 못했다.

노인의 천둥 같은 음성이 다시 그의 머리를 때렸다.

"함께 가겠느냐?"

역시 황채욱은 대답하지 못했다. 대답을 토하기에는 그 앞에 막혀 있는 것들이 너무 많았다. 처해진 현실과 당면한 의문이 그것들이었다.

노인은 한 번 더 물었다.

"돌아가지 않겠느냐?"

'가겠습니다.'

대답이 목구멍에까지 올라왔다. 그러나 내뱉지는 못했다.

간발의 차이였다. 머리카락보다 더 가는 뭔가가 황채욱의 대답을 울대 안으로 끌어당겨 되삼키게 했다.

노인의 밝은 얼굴에 희미한 미소가 걸렸다. 아쉬움과 서운함이 함께 서려 있는 미소였다.

눈보라는 휘몰아치는데 노인의 모습은 흐릿해지면서 사라져 버렸다.

황채욱은 그때 자기가 일생일대의 기회를 놓쳐 버렸음을 알았다. 커다란 운명이 그에게 다가왔다가 아득히 멀어졌다.

환상인지 현실인지 구별할 수 없는 노인의 음성이 들려왔
다.

"태극(太極)으로 돌아가 영원하기는 쉽지 않구나. 어느 때
에 알런가. 네가 태극의 씨를 잉태했음을, 태극으로 돌아갈
수 있는 몸임을……."

노랫소리처럼 노인의 음성은 들려오다가 점점 멀어졌다.

황채욱은 그날 있었던 일을 한동안 생각했지만 점차 까맣
게 잊어갔다. 전쟁 속에서 살아남고 이기기 위한 생각 이외의
것은 사치스러운 것이었기 때문이다.

간혹 희미하게 그때의 생각이 들 때도 있었지만 마치 한바
탕의 이상한 꿈을 꾼 듯도 하여 그냥 지나쳤다. 한번 잊었던
것을 생생하게 다시 떠올린다는 것은 어쩌면 불가능한 일일
수도 있었다.

그러던 중 황채욱이 다시 그 이인을 떠올리게 된 것은 그의
마지막 전쟁에서였다.

*   *   *

"와아아아!"
"와아아아!"
보병 삼만이 세 개의 부대로 나뉘어져 전진으로 쇄도해 간
다.

쿠쿠쿠! 두두두!

보병 부대와 보병 부대 사이에는 두 부대로 나누어진 사백 승(乘)의 전차가 역시 적진을 향해서 질주했다.

전차를 끄는 말의 숫자는 한 마리에서 최대 여덟 마리까지다.

그러나 전차에는 어느 경우에든 세 명의 군사만 탑승한다. 한 명은 전차를 조종하고 두 명은 양쪽에서 활과 창, 그리고 철퇴와 검을 사용하여 적을 무찌른다.

사백 승의 전차에는 일천이백 명의 군사가 나뉘어 타고 있었다.

적은 보병이 칠만, 기병이 이만, 전차의 숫자는 무려 일천 삼백 승이었다. 수적으로는 형편없는 열세였다.

그러나 황채욱에게는 다수의 적도 간단히 무너뜨릴 수 있는 전략과 비책이 있었다.

적장은 자신의 압도적인 군세를 믿고 적전도하(敵前渡河)를 감행했다. 만일 황채욱이 도하 중인 자신의 군사들을 요격하면 도하를 중단하거나 우회해 버리면 그만이다. 시간과 군세 모두 자신에게 유리했기 때문이다.

황채욱은 적의 군세가 전부 강을 건너길 기다렸다. 그리고는 도하를 마친 적이 미처 전열을 정비할 틈을 주지 않고 기습으로 나갔다.

십만에 가까운 대병력이 질서정연하게 도하를 한다는 것은 애초에 불가능한 일이었다. 좁지 않은 강변이지만 수군의

평저선(平底船)이 쉴 새 없이 토해내는 병사들로 인해 발 디딜 틈도 없는 아수라장이 되어갔다.

바로 그 순간, 황채욱의 보병들이 쇄도해 들어간 것이다.

당황한 적장은 보병이나 기병보다 먼저 전차 부대를 내보내 황채욱의 보병들을 학살하게 했다. 보병이 전차에 취약하다는 것은 누구나 아는 사실이다.

두두두!

황채욱은 여덟 마리의 백마가 끄는 전차에 타고 질주하는 중이었다. 그의 좌우를 팔십 명의 정예 기병과 여덟 대의 전차가 호위했다.

"적의 전차가 나옵니다!"

고함 소리와 함께 숫자와 방향이 보고되었다.

임시로 세운 망루에서 초병이 외친 소리를 이십 명마다 한 명씩 섞여 있는 연락병이 듣고 외치는 것이다.

그들이 있기 때문에 황채욱은 전군의 상황을 순식간에 파악할 수 있으며 또한 그의 명령은 삽시간에 전군에 하달된다.

예상대로 전쟁이 진행되는 동안에 황재욱은 입을 열지 않는다. 그가 지휘를 해야 할 때는 예상치 못했던 상황이 발생했을 때뿐이다. 그리고 전황은 황채욱이 의도한 대로 흘러가고 있었다.

적의 도하를 허용한 것도, 보병으로 혼란스러운 적의 군세를 통격(痛擊)하면 적장이 전차 부대를 내보낼 것이라는 사실도 전부 황채욱이 세운 전략에 속한 것이었다.

두두두! 히히힝!

가로거치는 아군마저 갈아버리며 일천 승이 넘는 적의 전차 부대가 황채욱의 보병을 쓸어버리기 위해 육박해 온다.

하지만 황채욱은 적의 전차 부대를 상대할 전략을 이미 세워놓은 상태였다.

전차를 몰아 적의 전차 부대를 요격해 가는 중에 벌써 보고가 들어오기 시작한다.

"적의 전차 부대가 쓰러지고 있습니다. 벌써 일백 수십 승이 전복되었습니다."

적장이 보병이나 기병이 아닌 전차 부대로 보병을 상대하게 한 것은 치명적인 실수였다. 보병과 기병은 아직 대오를 정비하지 못한 상태였고, 가장 먼저 도하한 전차 부대는 그래도 즉시 전장에 투입할 수 있었기 때문에 내린 판단이었을 것이다.

물론 이 모두가 황채욱의 계산에 들어 있는 전개임을 적장은 알 까닭이 없었다.

히히힝!

"크아아악!"

"와아아! 와아아아!"

말 울음소리와 비명 소리가 아군의 드센 함성 속에서 퍼진다.

적의 전차 부대가 쇄도해 오자 황채욱의 보병 중에 섞여 있던 거북병(龜甲兵)들이 앞으로 달려나가 적 전차의 바퀴 밑으로 뛰어들었다.

거북병들은 온몸을 특별히 강화된 갑주로 감싸고 있어서 어지간한 충격에는 타격을 받지 않는다.

저돌적으로 뛰어든 거북병을 타고 넘는 순간 한쪽 바퀴가 높이 들려진 전차는 달려오던 속도로 인해 공중으로 튕겨 올랐다가 뒤집어진다.

당연히 전차에 탑승했던 군사들은 떨어지고, 떨어지는 즉시 보병들의 창과 검에 맞아서 죽는다.

적 전차 부대를 무력화시키고 있는 것은 전적으로 거북병들의 공로였다.

하지만 거북병들도 노련한 전차 조종수를 만나면 여지없이 죽임을 당한다. 그자들은 기민하게 전차를 조종하여 거북병들의 투신을 피해 버리고, 동시에 전차 위의 군사들이 거북병들의 단단한 딱지 틈으로 창을 찔러 넣기 때문이다.

전차를 탄 군사들은 적과 나를 가릴 것 없이 최정예로, 가장 뛰어난 실력을 지니고 있다. 그들은 마차를 타고 달리면서 주먹참외를 창으로 찍어 올릴 수도 있었으며 얕은 개울을 달리면서 송어를 찍어 올릴 수도 있는 자들이다.

그러나 적의 전차 부대는 어느덧 괴멸되고 있었다.

노련한 거북병과 노련한 전차 조종수의 싸움이지만 혼란스러운 전장은 아무래도 거북병들에게 더 유리하다. 전차들이 쓰러져서 다른 전차들의 길을 막았지만 거북병들은 진퇴가 자유로운 때문이다.

무모하기까지 한 거북병들의 기세에 놀라 급히 멈춰 서는 전차들도 있었다. 미숙하고 서툰 조종수가 모는 전차들의 경우가 그렇다.

그렇게 멈춰 선 전차에 탄 자들은 여지없이 죽임을 당했다. 멈춰 선 전차는 더 이상 전쟁을 위한 도구가 되지 못하는 까닭이다.

노련한 거북병들은 전차가 멈춰 서는 순간 전차의 바퀴살 속에 버팀쇠를 걸어버린다. 그러면 전차가 다시 움직이는 순간에 바퀴가 박살난다.

황채욱의 보병들은 적의 전차 부대를 얼추 궤멸시킨 시점에서 둥글거나 네모난 소규모 진지를 구축하기 시작했다.

그 직후 간신히 전열을 정비한 적의 칠만 보병이 물밀듯이 밀려들었다. 아군 전체 병력의 두 배가 넘는 어마어마한 군세다.

하지만 전장에선 수적인 우세가 반드시 승리를 보장해 주지는 못한다.

쿠쿠쿠! 두두두!

황채욱은 아군 보병들이 구축한 진지 사이로 전차 부대를 이끌고 달렸다. 이제 적은 진지를 구축한 보병과 전차 부대의 공격을 모두 받게 되었다.

보병이 구축한 진지 안쪽에서는 궁수들이 보병의 보호를 받으며 적의 보병을 공격한다.

휘류류!

궁수들을 지휘하는 장수가 불을 붙인 효시(嚆矢:소리 내는 화살)를 쏘는 방향으로 모든 궁수들이 활을 쏘았다.

적의 숫자가 몇 명이냐는 따지지 않았다. 불붙은 효시가 날아간 곳 근처에 있는 것은 무엇이든 고슴도치가 되어버렸다. 일단 표적이 되면 죽음뿐이다.

적들이 움직이는 방향으로 궁수들이 시의 적절하게 화살의 비를 퍼붓기 때문에 적들은 어디로 움직여야 할지 모르고 우왕좌왕했다.

두두두!

거의 손실을 입지 않은 황채욱의 전차 부대는 그런 적의 보병들 사이를 달리며 일방적인 학살을 벌였다. 전차 부대의 보호를 받지 못하는 적의 보병은 무기력하게 도륙당할 뿐이었다.

적의 전열이 전차 부대에 의해 갈가리 찢기자 보병이 진지를 구축한 상태로 전진하며 최후의 타격을 가했다.

전선이 급격히 붕괴되는 것을 확인한 적장 임웅수(林雄守)는 병력을 뒤로 물리려고 했지만 방법이 없었다. 그들이 막 건너온 오로강(五老江)이 퇴로를 막고 있는 때문이다.

군사들을 건네주었던 수군은 철수하는 중이었다.

임웅수는 급히 전령을 보내 철수하던 수군을 돌아오게 했다.

수군이 늦게 돌아온다면 그의 군사들은 모두 도륙당할 뿐만 아니라 수군마저 괴멸될 수 있었다.

그 와중에 전장에서는 갑주(甲冑)를 벗는 병사들이 속출했다. 갑주를 벗음으로써 전의가 없음을 보이고 윗옷을 완전히 벗음으로써 투항한다.

"으악! 크악!"

갑주를 벗는 중에 동료의 검에 맞아 죽는 자들도 부지기수였다.

갑주를 벗는 자들은 모두 일반 군병들이다. 진둔 출신의 군사들이 갑주를 벗고 항복하는 일은 결코 없다.

포로는 노예가 된다.

하지만 진둔 출신의 군사가 혹시 항복할지라도 그를 노예로 쓸 수 있는 담대한 사람은 없다. 언제 기회를 틈타 주인을 죽일지 모르기 때문이다.

그런 이유로 진둔 출신의 군사는 항복해도 죽여 버린다.

진둔 출신들로서도 어차피 죽기는 마찬가지기에 끝까지 싸우다 죽거나 지휘 체계가 붕괴되면 물러나서 다시 싸울 기회를 찾는다.

그날의 오로강 전투에서 황채욱은 사만 칠천 명의 포로를 잡았고 삼만 오천여 명을 죽였다. 오로강에 뛰어들어 도주한 자들도 부지기수였지만 그들을 뒤쫓지는 않았다.

전과가 아주 컸다. 말 그대로 대승리였다.

포획한 군량미와 말, 전차, 검과 창, 활과 화살의 수효는 일군(一軍)을 창설하고도 남을 정도였다.

하지만 황채욱은 이 전쟁에서 그의 생애를 통틀어 가장 큰 부상을 당했다. 그의 전차 조종수가 죽은 거북병을 실수로 갈고 지나가면서 생긴 사고 때문이었다.

여덟 마리의 말은 전력 질주하는 중이었고 거북병의 껍질은 바위처럼 단단했다. 거북병의 시체를 타고 넘은 전차는 허공으로 튕겨 올라갔다가 무려 세 바퀴를 돌아서 땅으로 떨어졌다.

갑작스런 일이었기 때문에 아무도 손을 쓸 수 없었다.

황채욱은 높이 튕겨 올라갔다가 바위에 떨어졌다. 청동 갑주가 계란처럼 부서졌다. 공중에서 스스로 몸을 추스를 수도 없었다. 몸에 걸치고 있던 갑주가 너무나 무거웠기 때문이다.

황채욱은 정신을 잃었다.

그리고 삶과 죽음의 기로 속에서 보름을 헤맸다.

그의 부하들이 그를 막사로 옮기고 군의(軍醫)들이 치료하려 했지만 소용이 없었다. 그의 등뼈가 너무 심하게 손상된 상태였다.

황채욱의 전차를 탔던 다른 사람들은 모두 죽었다. 그가 아직 숨이 끊어지지 않은 것이 오히려 대단한 일이었다.

군의들이 모두 머리를 저었다. 하지만 그들은 장군 황채욱의 막사를 떠나지 않았다. 위대한 불패장군인 그의 임종을 봐야 한다는 사명감으로 그가 죽기를 기다린 것이다.

대승리와 바꾼 위대한 장군의 죽음을 기다렸지만, 장군 황채욱은 자기의 죽음과도 싸워서 패하지 않았다.

황채욱은 혼수상태에서 다시 이인(異人)을 보았다.

직접 만난 것이 아니라 단지 이인을 생생하게 생각한 것에 지나지 않았지만, 그 당시에는 마치 정말로 본 것 같았다.

환상 속에서 어떤 말을 주고받은 것은 아니었다.

황채욱은 다만 태양처럼 밝게 빛나던 이인의 얼굴과 눈을 생생하게 볼 수 있었고, 그런 후에 '태극의 씨앗'이라는 말을 떠올렸다.

이인의 얼굴은 그의 마음속에 낙인찍힌 것처럼 사라지지 않았다.

황채욱의 머릿속에서는 그 얼굴이 연상시켜 주는 '태극의 씨앗'이라는 말이 무한하게 맴돌았다.

황채욱은 보름 후에 눈을 떴다.

몸은 급속도로 나았다. 한 달 후에는 일어나서 걸을 수 있었고, 다시 한 달이 지났을 때는 건강을 완전히 회복했다.

군의들도 도저히 믿을 수 없는 일이었다. 그러나 그것은 그들이 직접 본 것이기에 기적이었고 경이였다.

오로강 전투 이후 황채욱에게 변한 것이 있다면 상처의 흔적 외엔 오직 피 냄새가 싫어졌다는 것뿐이다.

그리고 그 사실 때문에 황채욱은 장군으로서의 명예와 지위도 다 버리고 고향 황가진으로 돌아왔다.

*　　　*　　　*

황가진의 진장으로 이십 년 동안 있었다.

또한 열네 명밖에 되지 않는 노사 중의 한 사람으로서 어린 아이들을 군사로 길러내는 데도 동참했다.

두 아들은 그가 되지 못했던 병사가 되어 전장에 나갔다.

큰아들 영운(嶺雲)은 딸만 셋이다. 총명하고 귀여운 손녀들이긴 하지만 황채욱의 마음에 차지는 않았다. 게다가 큰며느리도 이제 마흔 살에 가깝다. 손자를 낳아주기를 기대하기는 어렵다.

작은아들 영무(嶺霧)는 황채욱이 늦게 보았다. 영운과 영무는 형제지간이지만 나이가 열일곱 살이나 차이가 있다.

황영운은 장군이고 황영무는 장수다.

그러나 그들은 같은 전장에 있지는 않았다.

지난해 작은아들 영무가 왔다 간 후에 작은며느리 조씨(曹氏)가 아기를 가졌다. 세 달 후면 태어날 황채욱의 손자는 바로 그녀의 태중에 있는 것이다.

황채욱은 작은며느리가 입덧을 하는 것을 보는 순간 사내아이를 가졌다는 사실을 알았다. 그러나 자기도 어떻게 태중의 아이가 사내라고 확신하는지는 알 수가 없었다.

다만 확신할 뿐이었다.

대(代)를 이을 후손, 손자가 태어날 것이라 확신한 그때부터 황채욱의 마음은 더욱 바빠졌다.

떠날 생각을 굳건히 하였다.

이인에게서 들었던 말, 자기 속에 있다는 태극의 씨를 찾아

보고 싶었다.

황가진으로 돌아온 후 쭉 이인을 생각했다.

그리고 그를 따라가지 않았음을 후회했다.

황채욱은 다시는 이인이 자기를 찾아오지 않을 것이라는 사실도 알고 있었다. 그가 찾아오지 않는다면 그를 찾아 나서거나 그와 함께하려 했던 것, 태극의 씨앗을 스스로 찾아내는 수밖에 없었다.

군사를 다루고, 검과 창과 주먹으로 사람을 죽이고 승리하는 법에 대해서는 일백사십여 나라를 통틀어서 황채욱은 자기보다 나은 사람이 별반 없으리라고 생각했다. 불패장군으로서 전장을 누볐던 그의 신화가 그 사실을 말해주고 있었다.

마지막 오로강 전투에서 그와 싸웠던 적장 임웅수도 그를 만나기 전까지는 불패장군이었다. 그 임웅수처럼 황채욱을 만난 후 더 이상 불패장군이라는 명성을 유지한 장군은 없었다.

하지만 황채욱이 아는 것은 전쟁에 관련된, 그런 것뿐이었다.

정작 그가 알고 싶은 것은 자기 속에 있다는 태극의 씨앗이니 하는 것들이었지만, 그에 대해서는 눈곱만큼도 알지 못했다.

선배 노사들에게 슬쩍 물어보기도 했지만 그들도 황채욱처럼 깜깜하기는 매한가지였다.

'죽기 전에, 죽기 전에.'

황채욱은 양피지 두 장을 찻잔으로 눌러놓으며 속으로 중얼거렸다.

죽기 전에 이인이 말했던 그 길을 가보고 싶었다. 망설이고 지체하면 죽는 순간에 후회로 눈을 감을 수가 없을 것 같다.

결심이 섰으니 마음이 후련했다.

이십 년 동안 기거했던 방 안을 한번 휘이 둘러보고 검을 허리에 찼다.

아직 어두운 뜰로 나와 자신의 손으로 보살폈던 나무와 화초를 다시 한 번 보았다. 이제 나서면 다시는 돌아오지 못할 집이다.

날이 새려면 조금 더 지나야 한다.

며느리와 손녀들을 한밤중에 보고 갈 수는 없다. 마음은 불속에 있는 듯 초조하지만 참고 기다려야 한다.

황채욱은 시간을 보낼 뭔가를 찾기 위해 중문을 지나 바깥채의 소문으로 갔다. 바로 그때 그의 귀에 비단 폭을 찢는 듯한 비명 소리가 들려왔다.

"아악!"

작은며느리 조씨의 비명 소리였다.

第二章
일흔의 나이에 칠삭둥이 손자를 직접 받다

무제본기

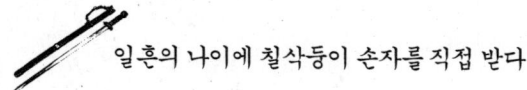
일흔의 나이에 칠삭둥이 손자를 직접 받다

황가진에서 장군가(將軍家)라고도 불리는 황채욱의 집 대
승헌(大勝軒)에 불이 급하게 밝혀졌다.

남녀 노비들이 여기저기 숙소에서 뛰쳐나왔다.

일흔을 목전에 두고 있는 노인이었지만 황채욱은 누구보
다도 먼저 작은며느리 조씨가 있는 이화당(梨花堂)으로 달렸
다. 담장이 가로막았지만 황채욱의 발을 붙잡지는 못했다.

황채욱이 한달음에 담장을 뛰어넘었을 때 이화당에서는
여종 한 명이 새파랗게 질려 뛰어나오는 중이었다.

황채욱은 무슨 일이냐고 묻지 않았다. 질문하고 대답을 듣
는 것보다는 직접 뛰어들어 가는 것이 더 빨랐다.

촤리릿! 콰창!

검을 뽑으며 단숨에 작은며느리 조씨의 방문을 박차고 뛰어들었다.

방 안에서는 하녀 한 명이 조씨의 어깨를 누르고 있었다.

침입자의 흔적은 없었다.

"노야!"

황채욱은 새파랗게 질린 채 바라보는 하녀를 밀쳐 내고 소리쳤다.

"아가!"

작은며느리 조씨의 눈이 허옇게 까뒤집혀 있었다.

손을 목에 댔다. 아직 맥은 뛰고 있지만 위험했다. 조씨의 얼굴에 파란 혈관이 돋아나고 있었다.

산기(産氣)가 있었다. 하지만 아직 세 달이나 예정일이 남아 있었다. 태중이 잘못된 것이다.

조씨는 이미 혼절한 상태였다.

황채욱은 하녀에게 소리쳤다.

"물을 가져오너라! 물을!"

그때 먼저 뛰쳐나갔던 하녀가 물을 들고 뛰어왔다.

"수족을 주물러라!"

황채욱이 소리쳤다.

그는 작은며느리의 방에서 전쟁을 지휘하는 장군처럼 거듭 하녀에게 소리쳤다.

"산파를 불러라! 산파를 불러!"

아이를 낳는 일에 그가 직접 할 수 있는 것은 한 가지도 없었다.

조씨의 팔을 주무르던 하녀가 밖으로 뛰쳐나가려 했다.

그때 조씨가 완강하게 그 하녀의 손목을 움켜잡았다.

"앗!"

하녀가 소리치며 눈물을 찔끔했다.

바깥에서 큰며느리 강씨(姜氏)가 하녀들을 데리고 달려와서 고했다.

"아버님! 무슨 일이신지요?"

그제야 황채욱은 살았다 싶었다.

"어서 들어오너라!"

일변 안도하며 급히 호통을 쳤다.

강씨가 서슬 퍼런 그의 음성을 듣고 부리나케 뛰어들어 왔다.

그때 조씨는 희미하게 정신을 차리고 힘없이 말했다.

"아버님, 안 됩니다. 산파를 불러선 안 됩니다."

무슨 소린가 싶어서 황채욱은 눈을 부릅떴다.

"동생!"

강씨가 조씨를 붙잡았다.

조씨가 힘없이 말했다.

"아기가 이상합니다. 아버님, 산파를 부르시면 안 됩니다. 혹시 집안에 누를 끼칠지도 모릅니다."

병신이라도 출산할까 싶어 두려워하는 기색이 역력했다.

강씨가 달래며 말했다.

"조산(早産)일세. 너무 염려할 건 없네."

조씨가 머리를 저었다.

"형님, 배가 너무 아파요. 전 아기를 낳은 적은 없지만 아기를 낳을 때 이렇게 아프지는 않을……."

조씨는 다시 눈을 까뒤집고 혼절했다.

강씨가 조씨의 뺨을 두드리며 정신 차리라고 외쳤다. 하지만 조씨는 눈을 뜨지 못했다.

큰며느리 강씨가 황채욱에게 말했다.

"아버님, 밖에서 기다려 주십시오. 저희가 급해서 예를 차리지 못합니다."

황채욱은 쫓기듯이 방문 밖으로 뛰어나왔다.

"아아아악!"

뒤이어 작은며느리 조씨의 찢어지는 듯한 비명 소리가 들렸다. 수백 자루의 비수가 몸을 짓이긴다 해도 터져 나오기 힘든 끔찍한 비명 소리였다.

황채욱은 거둬들였던 검을 다시 뽑았다.

종노들이 감히 안으로 들어오지는 못하고 이화당 바깥에 모여 있었다. 그들은 무슨 불상사가 생기지 않았나 싶어서 창과 칼을 가지고 왔다.

황채욱은 대청에 우뚝 서서 그들에게 명령했다.

"도검을 뽑아 들고 이화당을 지켜라! 잡스런 것이 얼씬도 하지 못하게 하라!"

종노들이 '예!' 하고 소리친다.

황채욱은 기분이 아주 이상해졌다. 착잡하여 검을 손에 들고 있어도 뜻이 검으로 모이지 않았다. 식은땀이 머리 밑에서 송송 솟구쳤다.

그러고 보니 옛날에도 비슷한 경험이 있었다.

"아아악!"

작은며느리 조씨는 정신을 차릴 때마다 기이한 비명을 지르고 그 후에는 혼절하기를 반복하는 듯했다.

황채욱은 하녀를 시켜서 산파와 의원을 불러오게 했다.

일곱 달이니 아기는 살지 못할 것이 분명했다. 그러나 아직 젊은 둘째 며느리 조씨를 그냥 놔둘 수는 없었다. 조치를 취해야 하고 살려야 했다. 전장에 나가 있는 둘째 아들이 자기처럼 늘그막에 혼자 늙는 것은 원치 않았다.

황채욱은 아내를 특별히 사랑하지는 않았지만 그녀가 죽은 후에는 항상 허전하고 외로웠다. 쓸쓸했다. 나이가 들수록 아내가 살아 있었으면 하고 바랄 때가 많았다.

공교롭게도 그의 아내는 지금 달이 차기도 전에 나오며 제 어미를 죽이려고 하는 그놈의 아비를 낳다가 죽었다.

그때는 조산이 아니라 만산(晚産)이었다.

열 달이 차도 둘째 아들 영무는 태어나지 않았기에 황채욱과 그의 아내 양씨(楊氏)는 함께 걱정했다. 아내 양씨의 나이가 젊지 않았던 탓도 있지만 배가 너무 불렀기 때문이다.

황채욱은 그때 양씨를 많이 나무랐다.

"애가 늦게 들어선 게 어디 제 탓인가요? 당신 복에 있는 탓이지요."

남편이 나무랄 때마다 양씨는 기어들어 가는 목소리로 한마디씩 하곤 했다.

그러던 아내가 마침내 열두 달 만에 둘째 아들 영무를 낳다가 죽었다.

영무의 뼈마디가 너무 억세고 강해서 갓난아기 같지 않았다.

황채욱이 소식을 듣고 달려갔을 때 아내 양씨는 임종 직전이었다.

"당신 닮아서 기골이 장대해요. 큰 인물이 될 거예요."

그 한마디가 아내의 유언이었다. 또한 황채욱의 가슴에 박힌 못이 되었다.

아내가 죽은 후에 좀 더 살갑게 대해주지 못했음을 못내 후회했다. 그리고 그것은 황채욱이 집을 나서도 아쉬울 것이 없게 했다.

"물샐틈없이 경계하라!"

황채욱은 추상같은 위엄으로 호령했다.

귀신도 두려워하는 검을 뽑아서 사기(邪氣:나쁜 기운)가 감히 담장 넘어 들어올 수 없도록 했다.

"아아아악!"

방 안에서는 또 비명 소리가 터져 나왔다. 산모의 고함 소리라고는 믿어지지 않는 끔찍한 소리였다.

"동생! 마음을 굳게 하게! 별일 아닐 걸세!"

뒤이어 큰며느리 강씨가 달래는 소리를 한다.

체통만 아니라면 방 안으로 뛰어들어 가고 싶은 심정이었다.

조씨가 또 혼절했다. 강씨가 정신 차리라고 외친다.

'제발! 천지신명이시여!'

황채욱은 어찌할 바 없어서 속으로 부르짖었다. 작은며느리 조씨가 죽지 않기를 간절히 바랐다. 그 부르짖음이 힘이 되었는지도 모른다.

"형님, 산파가 왔나요?"

방 안에서 조씨의 음성이 들렸다.

"아니, 하지만 곧 올 걸세. 조금만 더 참게."

강씨가 울음 섞인 음성으로 달랜다.

조씨가 말했다.

"산파를 돌려보내세요. 저는 죽어도 아기는 무사할 거예요. 산파가 이 방에 들어와서는 안 될 것만 같아요."

"이 사람! 무슨 소릴 하는가? 자넨 괜찮을 거야. 처음엔 원래 힘든 법이네."

강씨가 조씨를 나무랐다.

조씨가 다시 '악!' 하고 비명을 질렀다. 내장을 칼로 끊어 내는 듯한 비명이었다.

황채욱은 몸이 떨렸다. 조씨가 이대로 죽는 것이 아닌가 싶었다.

그러나 이번에는 조씨가 정신을 잃지 않았다.

"아버님!"

조씨가 죽어가는 음성으로 시아버지를 불렀다.

황채욱은 가까스로 평정을 유지하고 근엄하게 말했다.

"아가야, 왜 그러느냐?"

조씨가 말했다.

"아기가 나오지 않아요. 산도(産道)를 찾지 못하는가 봐요.
제 배를……"

그 말이 끝나기도 전에 강씨가 급하게 황채욱을 불렀다.

"악! 아버님! 들어와 보셔야겠습니다."

황채욱은 문을 밀고 뛰어들어 갔다.

조씨는 눈을 반쯤 까뒤집은 상태지만 아직 정신을 차리고
있었는데 오히려 강씨의 안색이 새파랗게 변해 있었다.

"저기… 저기……"

강씨가 벌벌 떨면서 손으로 조씨의 배를 가리켰다.

조씨의 뱃속에는 마치 낫이 들어 있어 튀어나오려는 것처
럼 보였다. 어찌 보면 커다란 사마귀의 구부러진 앞발 같기도
했다.

조씨는 이미 신경이 무뎌져 버린 듯 힘없이 말했다.

"아버님, 제 배를……. 더 이상 참지 못하겠어요. 제 배
를……."

황채욱은 그냥 두어도 조씨가 살 수 없다는 것을 알았다.

그녀 뱃속의 칠삭둥이는 산도를 찾지 못하고 아기집을 찢고 나오려는 듯이 보였다.

"아가!"

황채욱은 조씨를 불렀다. 목이 꽉 멨다.

조씨는 다시 정신이 오락가락하는 중이었다. 조씨의 배가 꿈틀거렸다.

숱한 죽음을 목도해 온 황채욱이 보기에도 무섭고 끔찍했다.

'미안하다.'

황채욱은 속으로 작은며느리에게 용서를 빌면서 검을 뽑았다.

큰며느리 강씨가 고개를 돌리고 외면한다. 그녀도 짐승이 새끼를 낳다가 낳지 못하면 농부들이 짐승의 배를 째서 새끼라도 구한다는 것을 알고 있었다. 한데 짐승이 아닌 사람에게 그런 짐승 같은 일이 일어나고 있는 중이었다.

황채욱은 검을 하녀가 떠놓은 뜨거운 물에 씻은 후 조씨의 복부 아래쪽 오른편에 검극을 댔다. 푸르게 돋아난 혈관들 바로 옆이었다.

황채욱은 질근 입술을 깨물었다.

수많은 적을 베었던 황채욱의 검은 그의 작은며느리 배를 갈랐다. 항상 깨끗했던 그의 검 솜씨가 이번만은 삐뚤삐뚤했다.

피가 흐르고 허연 살이 뒤집어졌다. 그리고 그 안에서 마치 물속에 잠겼던 공이 떠오르는 것처럼 둥글납작한 머리가 피와 살을 헤집고 떠올랐다. 말 그대로 주먹 덩어리보다 조금 큰 사람의 머리였다.

황채욱은 왼손으로 아기의 발을 집어 거꾸로 들어 올렸다. 탯줄이 따라 올라왔다. 검으로 단번에 탯줄을 끊었다.

사내아이였다.

칠삭둥이인지라 당연히 열 달 채워 태어난 아기들보다 훨씬 작았다. 그렇게 작은 놈이 어미 배를 찢고 나오려 했다는 것이 믿어지지 않을 정도였다. 그러나 어디든 야무져 보이지 않는 곳이 없었다.

큰며느리 강씨가 아기를 받아서 궁둥이를 때렸다.

"으앙!"

아기가 울음을 터뜨렸다.

황채욱은 억지로 해산한 둘째 며느리를 보았다. 그녀의 얼굴에서는 이미 어떤 고통도 보이지 않았다. 죽음이 엄습하고 있음이 한눈에도 보였다.

강씨가 급히 아기를 씻겨서 조씨 팔에 안겼다.

"아들이네, 아들이야. 자네가 우리 집안을 이을 아들을 낳았네."

강씨가 기쁜 표정으로 울먹였다.

아기는 조씨의 가슴으로 파고들어 젖을 물었다.

조씨는 눈으로 허공을 더듬었다. 상처에서는 피가 계속 흐르고 있었지만 손으로 막을 수 있는 것이 아니었다.

"여보."

힘없는 소리를 내뱉고 조씨는 눈을 감았다.

죽은 조씨의 가슴에 붙어서 아기는 머리로 쿡쿡 받으며 나오지 않는 젖을 빨았다.

강씨가 이불로 조씨를 덮으며 아기를 거두어 안았다.

하녀들이 울음을 터뜨렸다.

황채욱은 검을 물통에 던져 넣고 탄식했다. 손자가 태어난 것은 반갑지만 운명이 순탄치 못할 듯싶었다.

바깥에서 산파가 왔다고 외치는 소리가 들렸다.

황채욱은 버럭 소리쳤다.

"돌아가라 일러라!"

바깥이 조용하다. 일이 잘못된 줄 알고 산파는 부리나케 도망쳐 버렸다.

황채욱은 다시 검을 잡아서 흐느끼는 두 하녀를 겨눴다.

하녀들이 섬뜩한 검날에 두려움을 느끼고 몸을 떨었다. 주인을 잘 모시지 못한 죄를 물어 목을 치는 것은 대수롭지 않은 일이었다. 죽은 주인의 무덤에 함께 순장하기 위해서 죽일 수도 있었다.

"죽고 싶으냐, 살고 싶으냐!"

황채욱이 나직하게 말했다.

두 하녀는 살려 달라는 말도 죽여 달라는 말도 못하고 넙죽 엎드려 처분만 기다렸다.

황채욱은 그들 중 한 여자의 머리에 검을 대고 말했다.

"오늘 일을 죽을 때까지 입 밖에 내지 않겠다고 맹세하겠느냐?"

"맹세합니다."

"맹세합니다."

두 하녀가 살길을 찾고 빠르게 말했다.

황채욱은 그녀들의 입을 무겁게 채운 후에 검을 거두었다.

황채욱은 어쩌면 자기 속에 있다는 태극의 씨앗이 손자에게도 전해졌을지 모른다고 생각했다.

큰며느리 강씨에게도 당부했다.

"큰아가, 너도 이 일을 절대 입 밖에 내지 마라."

황채욱은 옛날에 들은 말이 있었다.

죽은 작은며느리도 어떤 느낌을 가졌던 것 같았다. 산파를 부르지 말라고 극구 말렸던 것을 보면 틀림없이 그랬을 성싶었다.

제 어미의 옆구리를 뚫고 나온 자식은 보통 사람이 아니다. 혹자는 선인(仙人)이 될 거라고 말하기도 했고, 혹자는 제왕(帝王)이 될 것이라 말했다.

선인 또는 제왕!

그리고 태극의 씨앗!

황채욱은 그 두 가지가 큰 연관이 있을 것으로 짐작했다.

어찌 되었든 그와 관련된 내용들은 어느 것이나 대문 밖으로 누설되어서 좋은 일이 아니다.

*   *   *

조씨의 장례는 조촐하게 치러졌다. 장성한 자식이 없는 여자의 장례이기도 하려니와 해산 중에 죽은 몸이라 널리 알리지 않았기 때문이다.

조씨가 낳은 황채욱의 손자는 큰며느리 강씨가 맡았다.

황채욱은 장례식이 있은 다음날에 강씨를 불러 손자를 보았다.

칠삭둥이라서 몸은 작았지만 덜 자란 채 태어난 것은 아니었다. 얼굴은 붉고 눈이 컸으며 부릅뜬 눈에 위엄이 있어 보였다. 손발은 작은 몸에 비해 도드라지게 컸다. 울음소리도 우렁찼다.

황채욱은 손자를 보고 탄식했다.

젊어서 혼자가 되어버린 작은아들의 신세가 불쌍하기도 했다. 재처(再妻)를 얻을 수는 있겠지만 정이란 끊기도 어렵고 새로 맺기도 어려운 것이니 기약할 수가 없다.

태어날 때부터 순탄치 못한 손자의 인생도 염려되었다.

"네 앞에 놓인 산이 높구나."

황채욱은 손자를 안고 나직하게 말했다.

손자가 눈을 또렷또렷하면서 황채욱을 올려다본다.

황채욱도 마주 보다가 손자의 양쪽 귓불의 똑같은 위치에 콩알만 한 사마귀가 나 있는 것을 발견했다. 얼핏 보면 귓밥인 것 같았지만 살색 사마귀였다. 손으로 만져 보니 탄탄했다. 어느 모로 보나 아기는 범상치 않았다.

황채욱은 손자를 큰며느리 강씨에게 건네주면서 말했다.

"이름을 '산고(山高)'라고 하여라. 황산고!"

성은 '황(黃)', 이름은 산고(山高), 자(字)는 굳센 남자라는 의미의 견보(堅甫)로 지었다.

황채욱은 손자의 앞날이 험준할 것을 염려하여 경계하라는 뜻으로 이름은 산고로 지었고, 결코 꺾이지 말라는 뜻에서 자는 견보로 지었다.

그날 이후 황채욱은 황가진에서 사라졌다.

한동안 그에 대한 소문이 무성했다. 그러나 십 년의 세월이 지났을 때, 황채욱은 이제 전설 속의 불패장군으로만 남아 있었다.

그리고 그의 집안은 가세가 급격히 기울어갔다.

第三章
병사(兵士)는 음모에 죽고
전사(戰士)는 검에 죽는다

武帝
本紀
무제 본기

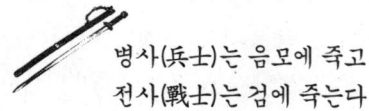

병사(兵士)는 음모에 죽고
전사(戰士)는 검에 죽는다

견보는 칠삭둥이였다. 태어나면서 엄마가 죽었기 때문에
유모의 젖을 먹고 자랐다.

견보가 아홉 살이 되었을 때, 견보의 아버지 황영무가 전장
에서 죽었다. 견보가 큰어머니 강씨에게 글을 배워 제법 읽을
줄 알고 어지간한 것은 쓸 줄도 알 때였다.

황영무는 장수의 신분이었고 승리한 전쟁에서 죽었기 때
문에 시신을 고향으로 운반해 왔다.

견보의 백모 강씨는 시숙 황영무를 그의 모친인 양씨 곁에
묻었다.

나라에서 나온 보상금이 많았다. 그러나 강씨는 황가진의
관습에 따라 보상금을 진장에게 바쳤고, 진장 황중구(黃重救)

는 그것을 아들이 없는 가난한 사람들 집에 나누어 줬다.

견보는 석회 속에 담겨온 아버지의 시신을 보고 큰 충격을 받았다. 그가 아버지를 본 것은 그때까지 네 번에 불과했다.

그리고 그 순간에 말로만 듣던 죽음이 아무것도 아니라는 것을 깨달았다. 황가진에서 흔히 말해지는 것처럼 죽는 것은 멀리 전장으로 나가는 것과 조금도 다를 바 없다고 생각했다.

견보는 일찍 이치에 눈을 떴다.

그리하여 그는 아버지가 죽은 후 가세가 급격히 기울고 있다는 것을 느낄 수 있었다.

큰어머니 강씨를 찾아와 도움을 청하는 사람들의 숫자가 줄어가는 것으로 계산할 수 있었던 것이다.

견보는 찾아오는 사람들이 줄어드는 이유가 큰어머니께서 그들을 도울 힘이 없기 때문이라는 것을 알고 있었다.

아직도 장군인 백부(伯父)가 있는데도 무슨 영문인지 집안은 기울어가고 있었다. 번화가에 나란히 있던 그의 집안 가게 세 곳이 화재로 불탔다. 여러모로 집안의 운이 나빴다.

아버지가 죽은 후에 사촌누이 중 막내가 시집을 갔다.

그전에 시집갔던 둘째 누이의 혼례식 때보다 손님이 훨씬 적었다.

그리고 이듬해, 견보가 열 살이 되었을 때 백부 황영운이 죽었다. 유품은 돌아왔으나 그의 시신은 돌아오지 못했다.

황영운은 삼국 연합군에게 기습당하였고, 고군분투하였지

만 결국 패했으며, 몸은 전리품이 되어 연합군이 세 토막으로 나누어 가져갔다.

나라에서는 보상금을 받을 것인지 시신을 돌려받을 것인지를 강씨에게 물어왔다.

강씨는 열 살짜리 견보를 불러놓고 의논했다. 비록 어리긴 하지만 이제 집안에 남자는 그 하나뿐이었기 때문이다. 황가진의 황씨들이 모두 친척이긴 하겠지만 그들은 너무 먼 친척이라 남과 마찬가지였다.

견보는 어린아이답지 않게 강씨에게 절하며 말했다.

"큰어머니, 제가 큰어머니를 부양하겠어요. 저도 몇 년만 지나면 다 자랍니다. 큰아버지를 돌려받도록 해요."

강씨는 견보의 말에 감명을 받았다. 가난하게 될지라도 그의 뜻을 크게 해주기 위해서는 그의 말을 높이 사야 한다는 것을 알았다.

장군이나 왕족의 시신을 돈과 교환하는 일이 흔할 때였다.

시신을 원한다는 대답을 했고, 나라에서는 삼국에 돈을 보내고 황영운의 시신을 돌려받아서 강씨에게로 보냈다.

이 년 사이에 견보는 두 번 상주(喪主)가 되었다.

그리고 상복을 입을 때마다 가세는 크게 기울었다.

이웃에서는 보상금 대신 시신을 받았다고 욕을 했다.

황가진에서는 죽은 사람을 대단치 않게 여긴다. 아무리 대단했던 사람도 죽고 나면 그것으로 끝이었다. 산 사람이 살기 위해서라도 더 이상 싸울 수 없는 시체 대신 황금을 요구하는 것이 일반적이었다.

"자기네들이 무슨 왕족이나 된다고……."

결국 따지고 보면 보상금을 황금으로 받았으면 황가진 전체가 나누어서 득을 볼 수 있지만 시체는 서로 나누어 가질 수 없는데 무슨 소용이냐는 말이었다.

그들 중에는 마치 자기들의 황금을 견보네 집에서 빼앗아 간 것처럼 행동하는 사람들도 있었다.

이미 돌이킬 수 없는 일에 충고를 한답시고 와서 강씨에게 따지고 가는 나이 많은 여자도 있었다.

위하는 듯하지만, 그 소리는 장군 황영운이 죽은 덕을 보지 못해서 서운하고 원망스럽다는 말일 뿐이다.

견보는 그런 소리를 빠짐없이 들었지만 못 들은 척했다.

그러면서 그해 시월, 노사들이 새로 제자를 받아들일 때부터 상복을 입은 채로 노사 배일청(裵—晴)을 찾아서 배우기 시작했다.

노사 배일청은 비록 황 씨는 아니지만 그 부인이 황가진의 황 씨였다. 그래서 열세 명의 노사 중 한 사람이기는 했지만 가장 권위가 떨어지고 사사(師事)하는 제자도 적었다.

더구나 그는 병사가 아닌 전사 출신의 인물이었다. 가르치는 방법도 다른 노사들과는 달리 이상하게 가르친다고 해서 사람들 사이에 말이 많았다.

진둔의 군사들 중에서도 병법을 익힌 병사로 모인에 응해가는 사람은 대체로 장군 근처에 있기 때문에 출세도 빠르고 오랫동안 살아남는다.

반면 전사는 전쟁에서 칼끝과 같아서 쉽게 죽고 출세하기도 어렵다.

그래서 황가진의 소년들은 병사 출신의 노사에게 주로 배우기를 원한다. 병사 출신의 노사들도 전투 기술인 살법에 대해서 잘 알고 있기 때문이다.

그러나 처음에 병사 출신의 노사에게 배우던 소년들도 자신들의 능력을 자각하게 되면서 점차로 분화된다.

모인에 병사로 뽑혀 나갈 수 없다면 전사로라도 가야 하는데, 자기의 총명이 병사로 뽑히기에 부족하다 싶으면 어쩔 수 없이 전투 기술을 충분히 익혀서라도 전쟁에 오래 살아남아야 하는 것이다.

배울 때 반드시 한 노사에게만 배우는 것은 아니다. 필요할 때에는 어떤 노사에게라도 가서 배울 수 있다.

하지만 소년들이 좋아하는 노사들의 경우에는 제자들이 많아서 특출하지 않는 한 주목을 받고 재주를 깊이 배우기가 쉽지 않은 면도 있다.

전쟁의 기술은 입으로 전하고 입으로 배우고 마는 것이 아니다. 그렇기에 허세가 없다. 자기의 분수를 모르는 자는 전쟁에 나서는 순간 적의 검이 용서하지 않는다.

견보는 막연하게나마 그런 것들을 지극히 당연시하는 황가진의 분위기 속에서 오로지 실리만이 중요할 뿐이라는 사실을 각성하고 있었다.

그렇게 생각한다면 누구에게 배우는가보다 얼마나 많이 배우고 얼마나 잘 사용하는가 하는 것이 훨씬 더 중요한 것이었다.

견보 역시 황두준(黃斗俊) 노사나 진장 황중구 노사처럼 최고로 인정받는 노사 밑에서 배우고 싶은 마음이 없을 리 없다.

그러나 견보의 체격은 그들이 요구하는 바에 미치지 못했다.

견보는 허약하다고까지는 할 수 없어도 체격이 그 나이 또래의 보통 아이들 정도밖에 되지 않았다.

그것은 황가진의 다른 아이들에 비해서 작고 약하다는 것을 의미했다.

황가진의 아이들은 대개가 군사 집안 출신이기 때문에 모두 기골이 장대하고 힘이 셌지만, 견보는 굳센 남자라는 그의 이름과 달리 그렇질 못했다.

아직까지 그의 몸은 이름값을 하지 못하고 있었다.

하지만 문은 두드려 보았다.

황두준 노사를 찾아갔고, 가르침을 거절당했다. 신체가 약하다는 이유였다. 어느 집 아이들이나 열 살이 되면 노사들께 배우기 시작하지만, 견보는 신체가 약하니까 일이 년 후에 더 자랐을 때 찾아오라는 말을 들었다.

견보는 태어날 때 칠삭둥이임에도 손발만은 유독 컸었다.

자라면서 손발은 여전히 큰 편이었으나 키는 다른 아이들처럼 훌쩍 자라지 않았다.

황민(黃敏) 노사에게도 비슷한 말을 들었다.

황중구를 비롯한 열세 노사 중에서 열두 노사가 그런 말을 했다.

마지막으로 찾아갔던 배일청 노사만이 아무 말 없이 견보를 받아주었다.

전사 출신인 배일청 노사의 문하에는 신체 조건이 좋은 제자들이 오히려 다른 노사들 문하보다 더 많았지만 그는 개의치 않았다.

신체 조건을 따지기에 앞서서 배일청 노사는 견보에게 물었다.

"사람은 죽게 마련이다. 어디서 죽든 한 번 살다 가는 목숨이니 상관은 없다만, 전장에서 죽는다면 너는 어떻게 죽기를 원하느냐?"

열 살짜리 소년에게 묻기에 적합하지 않은 질문이었으나 황가진에서는 일반적인 질문에 가까웠다.

견보가 생각하느라 금방 대답하지 못하자 배일청 노사가 다시 물었다.

"병사는 음모에 죽고 전사는 검에 죽는다. 너는 음모에 죽기를 원하느냐, 검에 죽기를 원하느냐?"

"검입니다."

이번에는 견보도 망설임없이 대답했다. 뭔가를 알아서라기보다는 검에 죽는 것이 깨끗할 것 같았기 때문이다.

배일청 노사가 말했다.

"그렇다면 너는 병법을 많이 익혀야 한다. 병법을 많이 익혀 음모를 대비하지 않으면 검에 죽지 못한다."

무슨 깊은 뜻이 있는 것 같았지만 견보는 그것까지 알지는 못했다. 다만 병법을 많이 익히면 된다는 말로 간단하게 이해했다.

그리고 그날부터 배일청 노사의 집에 출입하며 병법과 전투 기술을 배우기 시작했다.

*   *   *

사형제들 중에서 견보가 가장 작았다. 나이도 적고 몸도 작았다. 그와 나이가 같은 열 살짜리가 다섯 명이나 있었지만 그들과 함께 있을 때 견보는 그들의 막내동생 같아 보였다.

배일청 노사의 가르침이나 훈련의 강도가 그들에게는 보통이었으나 견보가 감당하기에는 버거웠다.

배일청 노사는 어리고 약한 견보를 받아들였지만 그에 맞추어 훈련을 시키려는 의도는 전혀 없는 듯했다. 여느 노사들처럼 그도 엄격하게 가르쳤고, 견보에게는 하루하루 전쟁터가 아닌 훈련에서 살아남기 위해서 발악해야 하는 날들이 계속되었다.

제일 먼저 견보가 배웠던 것은 달아나는 법이었다. 달아나는 것이 그렇게 어렵고 힘들며 중요한 것이라는 사실을 그전에는 결코 알지 못했다.

"쳇! 싸워 이기는 방법도 아니고… 내가 고작 이런 걸 배우려고 왔나?"

함께 배우기 시작했던 아이들은 검술이나 절묘한 병법을 배울 것이라 기대하고 있다가 달아나는 법을 배운다는 사실에 실망하고 수군거렸다.

배일청 노사는 아이들이 수군거리자 아주 엄한 표정을 짓고 호통 쳤다.

"돌아가라! 오늘은 가르치지 않겠다! 내일 해가 뜨기 전에 다시 와라!"

하지만 아이들은 돌아가란다고 선뜻 돌아갈 수가 없었다. 그들도 배움이 부족하면 부족한 만큼 죽음이 가깝다는 것 정도는 벌써 알고 있었다. 스승의 진노를 산다면 잘 배우기는 이미 물 건너간 일일 수도 있었다.

모두 놀라서 겁먹어 어찌할 바를 몰랐다.

견보는 무릎을 꿇고 엎드려서 잘못했다고 빌었다.

그러자 다른 아이들도 함께 무릎을 꿇고 엎드렸다.

하지만 배일청 노사는 그들보다 한 해 먼저 들어온 아이들을 가르치기 위해서 가버렸다.

견보를 포함한 여섯 아이는 훈련을 시작하지도 않은 채 훈련의 엄격함을 절감하면서 하루 종일 엎드려 있다가 저녁때 집으로 돌아갔다.

배일청 노사는 그들이 다리를 절면서 돌아가는 모습을 보았지만 눈도 깜짝하지 않았다.

집으로 돌아오자 큰어머니 강씨가 어땠느냐고 물었다.

견보는 사실대로 말했다.

강씨는 듣고 근심스런 표정을 지을 뿐, 별다른 말을 하지 않았다.

견보는 발을 씻고 자기 방으로 돌아가다가 하인들끼리 하는 말을 들었다.

"우리 도련님께서 배 노사의 가르침을 견뎌낼까? 배 노사는 처음에 아주 혹독하게 가르친다고 하던데⋯⋯."

"배 노사한테까지 온 아이들은 더 갈 데도 없잖아. 그러니까 혹독하게 해도 떠나지도 못한다지? 그래도 배 노사께서 잘하는 거지. 그렇게 해서 능력이 떨어지는 아이들도 훌륭하게 키워놓으니까 말이야."

"작년에만도 처음에 애들 넷이나 죽을 뻔했다고 하던데⋯⋯. 우리 도련님은 이런 사실을 알고 계시나 몰라."

마음이 무거웠다.

견보는 각오를 단단히 하지 않으면 약한 자기가 살아남기 어렵겠다는 사실을 다시 마음에 새겼다.

긴장으로 새우잠을 자면서 밤을 새웠다. 그리고는 해가 뜨기 전에 배 노사의 집으로 달려갔다.

여섯 명의 아이 중에서 해 뜨기 전에 온 아이는 견보를 포함해서 세 명이었다.

배 노사는 해 뜨기 직전에 나타났다. 세 명밖에 없는 것을 보고서는 인사를 해도 대꾸조차 하지 않았다.

이윽고 두 명, 그리고 또 한 명이 도착했다. 해가 이미 많이 뜬 후였다. 늦게 온 아이들은 사색이 되어 있었다.

배 노사는 또다시 내일 아침 해뜨기 전에 오라고 말한 후 또 다른 아이들을 가르치기 위해서 가버렸다.

맥이 탁 풀리는 일이었다. 동시에 불안이 아이들을 엄습했다.

그날도 아이들은 엎드려서 해가 질 때까지 있었다.

물 한 잔도 마시지 못하고 대소변도 볼 수 없었다. 다들 거친 숨소리를 내면서 이를 악물고 참았다.

집으로 돌아갈 때는 무릎과 어깨, 팔, 목 할 것 없이 어느 관절이나 다 굳어 있어서 눈물을 닦아야 했다.

견보는 겨우 집에 도착해서 쓰러지고 말았다.

하인들이 그를 데리고 갔다. 뜨거운 물이 준비되어 있었고, 견보는 그 속에 들어가서 죽은 듯이 잤다.

깨어났을 때는 그의 방 침대 속이었다.

몸이 한결 가벼웠다. 그러나 몸은 그가 알던 그의 몸이 아니라 마치 남의 것 같았다.

다음날에는 어둠이 아직 남아 있을 때 배 노사의 집으로 달려갔다.

모여야 할 장소에 가서 엎드리고 배 노사를 기다렸다. 조금 있다가 한 명씩 아이들이 도착해 견보처럼 미리 무릎을 꿇고 엎드렸다.

그들은 어떻게 해야 배 노사가 용서하고 가르쳐 줄 것인지를 계속 생각했다.

해가 뜨려고 하는데, 그때까지 오지 않은 아이가 또 세 명이었다. 속이 타서 죽을 지경이었다.

결국 세 명이 또 늦었다. 그러나 그들이 모두 전날 늦었던 아이들은 아니었다. 전날은 먼저 왔던 아이가 두 명이었다.

배 노사는 그날도 가르치지 않았다.

모두 엎드려 있다가 해가 진 후에 돌아갔다.

그렇게 보름이 지났다. 날마다 전날의 피로를 정신력으로 이겨내지 못한 한두 명이 있었고, 그들은 늦었다.

엎드려 있다가 코피를 쏟고 정신을 잃는 아이도 나왔다.

그러나 누구도 그들을 보살펴 주지는 않았다. 함께 엎드린 아이들은 일어설 수 없었고, 선배 등의 사람들은 관심조차 보이지 않았다. 자기 스스로 정신을 차리고 다시 엎드려 있는 수밖에 없었다.

그러나 마침내 십육 일이 되는 날, 그날은 아무도 늦지 않았다. 서리가 하얗게 내린 연무장 바닥에 엎드려서 스승 배 노사가 나오기를 기다렸다.

이윽고 해가 떴다.

그러나 배 노사는 그날 나오지 않았다. 아이들이 조금이라도 늦는 날에는 어김없이 해 뜨기 전에 나타나던 배 노사는 그날 해가 질 무렵이 되어도 오지 않았다.

견보 등은 해가 진 후에 그대로 돌아갔다.

한데 배 노사의 집 문을 나서자마자 한 아이가 뒤로 휙 돌아보더니 돌멩이를 하나 집어 던지고는 죽어라고 뛰어서 달아나 버렸다.

배 노사의 담장 안에서 와장창! 하고 뭔가 깨지는 소리가 들렸다.

달아난 아이는 집 안에서 자기가 깨뜨릴 물건이 있는 위치를 봐두었고, 엎드려 있을 때 땅에서 주운 돌을 숨기고 나와서 던진 것이었다.

"뛰어!"

갑작스럽게 터진 일에 놀라서 견보와 다른 아이들도 부리나케 달아났다. 가만히 있다가 붙잡혀 누명을 쓸 수도 있었기 때문이다.

견보는 집에 와 아무 일도 없었던 것처럼 몸을 씻고 저녁밥을 먹었다.

하지만 배 노사의 제자들 중 누가 돌을 던져서 큰 화분을 깼다는 소문은 견보가 젓가락을 내려놓기도 전에 황가진에다 퍼져 버린 듯했다.

유모가 견보에게 물었다.

"누가 돌로 화분을 깼다면서요? 도련님은 아니겠지요?"

"나는 하지 않았어."

견보의 말에 유모는 안도의 한숨을 쉬며 빈 그릇을 챙겼다.

"도련님이 아닐 줄 알았어요. 어떤 버릇없는 아이가 그랬겠죠. 요즘 아이들, 참 버릇이 없어요."

견보가 아무렇지도 않은 소리로 말했다.

"하지만 내일은 내가 깰 거야."

"도련님!"

유모가 놀란 표정을 지었다.

견보가 진지하게 말했다.

"사부가 가장 아끼는 화분이 어디 있는지 알아줘. 유모는 사부 집에 아는 사람이 있잖아."

하녀가 말했다.

"그런 짓 하면 큰일 나요, 도련님. 다니기 싫으시면 다른 노사님……."

견보가 말했다.

"난 작아서 다른 데는 갈 데도 없어. 받아주려 하지 않으니까. 아마 칠삭둥이여서 내가 작은지도 몰라. 유모, 나를 한 번만 도와줘. 잘못되진 않을 거야."

유모의 나이는 그때 서른여덟이었다. 열 살짜리 견보가 어른스럽게 하는 말에 어찌해야 할지 몰라서 우물쭈물하다가 견보를 타일렀다.

"도련님, 마님께서 아시면 큰일 나요. 감히 그런 일은 생각도 마세요."

견보가 웃으며 말했다.

"큰일은 벌써 났어, 나한테. 이걸 해결 못하면 난 죽은 것이나 마찬가지야. 황가진에서 열 살이나 된 남자가 병법과 검술을 배우지 못하고서야 어떻게 남자라고 할 수 있겠어?"

유모가 타이르며 말했다.

"저도 배 노사가 이상하게 가르칠 뿐 아니라 올해 들어간 도련님과 친구 분들한테는 아무것도 가르치지 않고 있다는 말을 들었어요. 하지만 그분도 훌륭하신 분이니 다 생각이 있으시겠지요. 좀 더 참고 기다려 보세요."

견보는 그런 유모를 빤히 바라보며 말했다.

"유모, 난 이제 배울 준비가 됐어. 사부에게 그걸 알려야 한단 말이야. 내가 자기 전까지 알아줘."

유모는 마지못해 대답하고 나갔다.

하지만 유모는 그 길로 주인마님 강씨에게 자초지종을 고했다.

강씨는 그 말을 듣자마자 하인을 시켜 그녀가 가장 아끼던 국화 분을 배 노사 댁에 가져다주게 했다.

그 국화 분은 그녀가 은군자(隱君子)라고 부르며 귀하게 여기던 것이었다.

하인이 다녀와서 배 노사의 인사를 전했다.

"배 노사께서는 아주 기뻐하셨습니다. 오늘 깨진 화분은 큰 것이긴 하지만 주신 것과 비교할 수조차 없는 하급의 것이었답니다. 마님이 주신 것처럼 아름답고 화려한 국화는 난생 처음이라며 입에 침이 마르도록 칭찬하셨습니다."

강씨가 웃으며 말했다.

"화분을 어디에 두었는가?"

하인이 말했다.

"배 노사께서 서재에 들여놓으셨습니다."

"수고가 많았네. 늦었으니 가서 쉬게."

강씨는 하인을 보내고 난 후에 유모를 불러서 일렀다.

"아끼는 화분이 서재에 있다고 견보에게 전해주게."

"마님!"

유모가 깜짝 놀라서 외쳤다.

강씨가 말했다.

"견보는 어리기는 하지만 우리 집안을 떠받치는 대장부일세. 한 번 뜻을 세웠는데 그냥 꺾을 수는 없네. 행여나 자네 소견으로 소홀히 하지는 마시게."

강씨는 황 장군 댁의 마님으로 오랫동안 살아왔다. 그녀에게는 장군 댁 마님으로서의 위엄이 있었다.

유모는 강씨 앞을 물러 나와서 견보에게 사실대로 전해줄 수밖에 없었다.

견보는 그 말을 들은 후에 두 발을 뻗고 잤다.

보름이 넘도록 날마다 엎드려 꼼짝도 않고 있으면서 견보의 골격은 처음에 비할 바 없이 강해져 있었다.

가만히 있으면서도 체력이 강해져 그는 하루 종일 엎드려 있는 것이 이제 그다지 고통스럽게 느껴지지도 않았다.

처음에 숨이 끊어질 것 같았다는 사실이 기억에서 가물거릴 정도였다.

새벽에 일어나서 씻고 옷을 갈아입고, 조반을 챙겨 먹은 후 배 노사의 집에 달려가서 엎드렸다.

해가 뜨기 전에 견보를 포함해서 다섯 명이 나와 있었다. 전날 돌을 던진 아이는 나오지 않았다.

그리고 배 노사도 나오지 않았다.

점심 무렵에 두 아이가 작은 소리로 이야기를 주고받기 시작하다가 마침내 배 노사의 욕을 하고는 의기투합하여 뛰쳐나가 버렸다.

아이들은 이미 참을 수 있는 한계를 넘어서 있었다. 몸은 엎드려 있는데 오히려 적응이 되어서 견딜 만했지만 그들의 마음이 견딜 수 없어 미쳐 버릴 정도였다.

다른 노사들에게 배우는 아이들은 벌써 검술을 배우기 시작했는데 그들은 아직 처음 가르쳐 준다고 했던 '달아나는 법' 마저 배우지 못하고 있었다.

어제 화분을 깼던 아이가 나오지 않았고, 나왔던 아이들 중에서도 두 명이 돌아가 버리자 다른 아이들도 내색은 하지 않았으나 마음이 심하게 흔들리고 있었다.

해가 지고, 그들이 지친 기색으로 돌아갈 때 견보는 오히려 대문으로 가지 않고 집 안쪽으로 뛰어들어 갔다.

사부의 서재가 어디에 있는지 알고 있었다. 처음 그를 찾아와서 만났던 장소가 그 서재였다.

견보는 한달음에 서재로 뛰어갔다. 가면서 기척을 살피니 서재에 사람이 있는 것 같지 않았다.

화단에서 주먹만 한 돌을 줍고는 문을 박차고 뛰어들었다.

커다란 국화 분이 사부의 책상 옆에 놓여 있었다.

견보는 힘을 다해 국화 분을 내려쳤다.

퍽!

국화 분이 부서졌다. 안에 가득하던 노란 국화가 탄자 위에 어지럽게 펼쳐졌다. 엉켜진 뿌리의 흙이 개미집마냥 흉하게 무너져 내렸다.

견보는 돌을 들어 국화를 찍었다. 꽃이 망가졌다. 꽃잎이 사방으로 튀었다.

사십여 송이의 국화를 모두 짓이겨 놓은 후에 견보는 태연히 걸어서 집으로 돌아왔다.

집 앞에는 유모가 나와 기다리고 있었다.

초조하게 서성거리다가 태연하게 오는 견보를 보고서 유모가 마음을 놓았다.

"휴, 도련님, 전 정말로 도련님이 화분을 깰 줄 알고……."

견보가 짧게 말하며 들어갔다.

"깼어."

유모의 안색이 파랗게 질려 버렸다.

견보를 지나친 유모는 마님 강씨에게로 달려가서 아뢰었다.

하지만 강씨는 자세한 것을 묻지도 않았다. 유모도 자세히 알지 못했기 때문만은 아니었다.

즉시 하인을 불러서 오래된 매화 화분을 배 노사 댁에 가져다주게 했다.

유모는 주인 강씨가 그렇게 하는 데에야 아무 말도 할 수가 없었다.

견보는 일찍 씻고 일찍 먹고 잠자리에 들어가 버렸다.

견보가 배 노사의 서재에 들어가서 가장 아끼는 화분을 박살 내고 꽃을 찍어 망쳐 놓았다는 소문이 다른 사람의 입을 통해 유모 귀에까지 전해져 괴롭혔다.

'이를 어쩌나, 이를 어쩌나!'

유모는 밤새 발을 동동 굴렸다.

배 노사에게 어제 돌을 던진 아이가 그만두었다는 말을 들은 터라 견보도 그만두는 것이 아닌가 걱정이 되었고, 그만두면 갈 데도 없는데 어쩌나 싶었던 것이다.

그러나 견보는 잠만 잘도 잤다.

그것마저 유모는 속이 탔다. 이상한 성미를 부리는 배 노사가 야속하고 밉기까지 했다.

　새벽이 되자 견보는 아무 일도 없었던 것처럼 배 노사의 집으로 달려갔다.

　먼저 왔던 두 아이가 견보를 보고 놀랐다.

　"왔네!"

　한 아이가 말했다.

　"안 올 줄 알았는데."

　다른 아이가 작은 소리로 말했다.

　"견보, 보기보다 간이 크네. 맞아 죽으면 어쩌려고 왔어?"

　견보가 진지하게 물었다.

　"때려죽인다면 사부가 직접 때려죽일까, 형들을 시켜 죽일까?"

　한 아이가 말했다.

　"글쎄, 나 같으면 화가 나서 직접 때려죽일 거야. 어서 도망가!"

　그 아이는 대화도 거의 나누지 않은 사이지만 함께 고생했다는 것만으로도 마음을 써주었다.

　견보가 문득 큰 소리로 진중하게 말했다.

　"오늘도 사부가 안 나오시면 집에 불을 질러 버리자!"

　두 아이가 깜짝 놀라서 어쩔 줄을 몰라 했다.

　견보가 다시 소리쳤다.

　"내가 맞아 죽거든 너희 둘이 밤에 와서 몽땅 불태워 버려!"

두 아이가 달려들어서 견보의 입을 막았다.

급히 주위를 둘러봤지만 아직 사람들의 모습은 보이지 않았다.

한 아이가 화를 내며 말했다.

"어쩌려고 그래? 우리는 반드시 사부한테 배워야 한단 말이야. 우린 너희 집처럼 부자가 아니야."

견보의 집은 가세가 기울었어도 장군가였다.

그 아이가 견보의 멱살을 잡으며 말했다.

"우리는 사부한테 못 배우면 천한 기술이나 배워서 먹고살아야 하는 신세라고! 왜 우리까지 끌어들여?"

견보가 작은 소리로 말했다.

"내가 큰 소리로 한 말을 들은 사람이 아무도 없을까?"

그 아이가 벌컥 소리쳤다.

"귀머거리가 아닌 한 다 들었을 거야!"

견보가 말했다.

"그럼 가만히 있어. 나중에 사부가 나올 거야."

다른 아이가 말했다.

"그래, 나와서 널 때려죽이실 거야."

견보가 웃었다.

"그때 어떻게 때려죽이는지 잘 보고 배워."

두 아이는 화가 나서 숨을 씩씩거렸지만 견보를 더 괴롭히지는 않았다. 흘겨본 후에 언제나처럼 엎드렸다.

견보도 엎드려서 가만히 있었다.

해가 떴다.

몇 해 먼저 들어와서 배우고 있는 선배가 그들을 사부의 서재로 데려갔다.

두 아이는 이제 견보가 맞아 죽었다고 생각했다. 견보가 사고를 친 곳이 서재라는 말을 들었기 때문이다.

견보는 속으로 떨고 있었는지 몰라도 겉으로 볼 때는 아무렇지도 않았다. 상대적으로 작은 체구와 착한 아이 같은 차분한 태도를 그대로 유지한 채 배 노사의 서재로 들어갔다.

세 아이의 눈에 깨어진 화분과 짓이겨진 국화꽃이 보였다. 그 옆에 배 노사의 발이 있었다. 그 순간에는 견보도 흠칫했다.

그들을 데려왔던 선배가 머리를 쿡! 쥐어박으며 작은 소리로 말했다.

"빨리 숙여!"

"황청(黃淸)!"

배 노사가 견보의 멱살을 붙잡았던 아이의 이름을 불렀다.

황청은 즉시 무릎을 꿇고 엎드렸다.

"사부님, 용서해 주십시오. 잘못했습니다."

배 노사가 말했다.

"너는 힘을 길러라. 장차 백 명을 감당할 수 있을 것이다."

황청은 갑작스런 배 노사의 말에 놀라 기뻐하곤 머리를 들었다가 넙죽 절했다.

그들을 데려왔던 선배조차도 배 노사의 말에 놀란 표정이었다.

황청은 몸이 억세고 눈이 부리부리했다. 어깨는 넓고 팔은 길었다.

배 노사가 말했다.

"적진에 너무 깊숙이 들어가면 안 된다는 것만 명심하면 너는 살아서 영광스럽게 황가진으로 돌아올 수 있을 것이다."

"감사합니다, 사부님!"

황청이 감격해서 어쩔 줄 몰랐다.

배 노사가 다른 아이를 불렀다.

"전연수(全沿修)!"

전연수가 엎드려서 대답했다.

"예, 사부님!"

"너도 힘이 세다. 너는 장차 칠십 인을 대적할 수 있을 것이다. 그러나 너는 항상 멀리서 적과 싸우는 재주를 특기로 삼아야 한다. 적과 직접 부딪치면 즉시 베고 물러나라. 그렇게 한다면 공(功)은 크고 과(過)는 적다. 너도 살아서 황가진을 밟을 수 있다."

전연수가 큰 소리로 말했다.

"감사합니다!"

황청과 전연수는 감격했다.

견보 때문에 어떻게 될지 모른다고 생각하고 있었는데 갑자기 배 노사가 뜻밖의 말을 한 때문이었다.

드디어 견보 차례였다.

"너는 황가진으로 돌아오지 못한다."

견보는 가만히 있는데 황청과 전연수가 놀랐다.

배 노사가 이어서 말했다.

"앞으로만 나가려는 네 기질이 너를 죽음으로 이끌고 말 것이다."

열 살짜리 아이에게 하는 말치고는 지나쳤다.

그러나 배 노사는 어떤 아이든 아이로 대하지 않았다. 누구나 어른을 대하는 것처럼 했으며 그들도 어른처럼 행세하기를 기대하는 사람이었다.

"네가 왜 화분을 깨었는지는 내가 알 바 아니다. 왜 꽃을 짓이겨 놓았는지도 알 바 아니다. 그러나 너는 내 서재를 어질렀다. 어떻게 하겠느냐?"

견보가 태연하게 말했다.

"전장에 나가서 첫 번째 공을 세우면 모두 사부님께로 돌리겠습니다."

견보가 한 의외의 대답에 배 노사가 입을 다물고 견보를 노려보았다.

견보는 그의 시선을 받으면서 가만히 있었다.

이윽고 배 노사가 다시 입을 열었다.

"내 훈련은 고되다. 전장에 나가는 것은 고사하고 너는 훈련을 받다가 죽을지도 모른다."

견보는 주저없이 대답했다.

"반드시 살아남고 이기는 법을 가르쳐 주십시오. 훈련조차 이기지 못하고 죽을 가르침은 받고 싶지 않습니다."

배 노사가 화난 듯이 손을 저었다. 나가란 뜻이었다.

견보는 그에게 절을 하고 밖으로 나왔다.

황청과 전연수도 함께 나왔다.

집을 벗어나자마자 황청이 말했다.

"견보! 너 정말 죽으려고 환장했구나. 덕분에 우리는 잘됐다만."

견보가 조용한 어조로 말했다.

"난 살아남는 법을 배우려 하는 거야."

전연수가 말했다.

"사부님이 넌 살아서 여기로 돌아올 수 없을 거라고 했어. 걱정되지 않아?"

견보는 대답하지 않았다. 어렸지만 죽고 사는 것이 사부의 말에 달려 있는 것이 아니라 하늘에 달려 있음을 느끼고 있었다.

황청이 물었다.

"화분을 부순 이유는 사부님을 만나기 위해서였다고 하자. 한데 꽃은 왜 짓이겼어? 그건 너무 심한 짓이었어."

"맞아. 꽃은 예쁘잖아!"

전연수가 맞장구를 쳤다.

견보가 말했다.

"오늘 만나주지 않았으면 정말 불을 지를 수도 있다는 걸 보여주려고 그랬어."

전연수와 황청이 놀라서 입을 다물지 못했다. 자기들 어깨까지밖에 머리가 닿지 않는 견보를 마치 괴물 보듯 보았다.

사부 배 노사도 어쩌면 견보의 그런 점을 짐작하고 진절머리를 냈는지도 모를 일이었다.

하지만 어쨌든 배 노사의 시험은 끝났다.

배 노사는 배 노사대로 어떤 아이든지 찾아오면 다 받기는 받았지만 그들 중에서 군사(軍士)가 되어 오래 살아남기 힘들 것 같은 아이들은 스스로 돌아가게 만든 것이었다.

배 노사에게서 돌아가는 아이들은 선천적으로 체력이나 지력, 그리고 인내력이 약한 아이들과 지나치게 성격이 강하고 거친 아이들이었다.

제아무리 뛰어난 능력을 가졌어도 독불장군 격인 아이들은 전장에서 일찍 죽게 마련인 때문이었다.

그 결과 세 아이만 배 노사에게 남았다.

第四章
전쟁에 나갈 자가 가장 먼저 배워야 하는 것은
도망치는 법

무제 본기
武帝
本紀

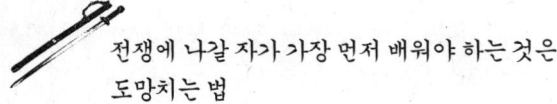
전쟁에 나갈 자가 가장 먼저 배워야 하는 것은
도망치는 법

다음날, 해 뜨기 전에 견보가 달려갔을 때는 황청과 전연수
가 먼저 와서 엎드려 있었다. 견보도 엎드렸다.

얼마 후 해가 뜰 무렵에 배 노사가 나왔다.

"일어나라!"

세 소년은 일어났다.

배 노사의 말은 더는 새벽부터 하루 종일 엎드려 있을 필요
가 없다는 것을 의미했다.

"오늘부터 도망치는 법을 배운다."

배 노사가 말했다.

"도망치는 방법은 첫째, 몸을 가볍게 해야 하고, 둘째, 갈
곳을 그때그때 먼저 정해야 하며, 셋째, 쫓는 적보다 빨리 간

다. 넷째, 도망치는 동안 적의 손과 이빨에 닿지 않아야 하며, 다섯째, 도망쳐서 적의 눈과 귀와 코가 닿지 않는 곳에 이르러야 한다."

당연한 이야기였다. 그렇게 하는 것이 도망치는 것이라는 사실은 누구나 알고 있을 터다.

그러나 정말 알고 있으며 그렇게 할 수 있는지를 견보와 황청, 그리고 전연수는 직접 보여야 했다.

배 노사는 마차에 그들을 태워서 동교산(東郊山)으로 데려갔다.

동교산에는 배 노사가 제자들을 훈련시키는 훈련장이 만들어져 있다. 배 노사의 제자들 중에서 몇 사람을 제외하고는 대부분이 바로 그 동교산 훈련장에 있었다.

훈련장은 동교산의 한 계곡에 자리 잡았는데, 담장이 따로 없었다. 그러나 계곡의 가장 안쪽은 목책으로 가로막혀 있었다.

목책에는 사람이 겨우 통과할 만큼 작은 문이 있었고, 문에는 큰 자물통이 달려 있었다.

배 노사는 견보와 황청, 그리고 전연수를 문 안에 들어가게 한 후 가죽으로 만든 옷을 세 벌 던져 주며 말했다.

"빨리 갈아입어라. 저녁때 데리러 오겠다. 도망치는 법을 안다면 집으로 돌아갈 수 있을 것이다."

쾅!

문은 닫히고 자물통이 잠기는 소리도 들렸다.

배 노사가 주고 간 옷은 질긴 물소 가죽으로 만든 것이었는데 두 겹을 겹쳐서 아주 두껍고 무거웠다. 모양은 볼품없이 몸을 감싸기에 적당했고 갑옷 안에 받쳐 입는 것과 비슷했다.

견보는 세 벌의 가죽 옷 중에서 가장 작은 것을 골라서 입었다. 그런데도 풍성하여 소매는 손을 덮었고 바지는 밟혀 남는 부분은 접어서 억지로 띠를 둘러 묶었다.

옷이 무겁고 뻑뻑하여 팔다리를 움직이는 데도 불편했다. 옷에 길이 나지 않은 때문인 듯하였다.

세 소년 중에서 견보가 가장 늦게 입었다. 황청과 전연수는 어쩔 것도 없이 몸에 잘 맞았기 때문이다.

목책 안은 바위가 많았다. 그 사이사이에 탑인지 뭔지 모를 원추형의 높다란 돌무더기가 쌓여 있는데, 그 숫자가 일백 수십 개나 되는 듯했다.

"다 됐나?"

바깥에서 누군가 소리쳐 물었다.

전연수가 소리쳤다.

"됐습니다!"

그 말이 끝나자마자 덜컹 소리가 났다.

"늑대다!"

전연수가 놀라서 고함쳤다.

크르르!

그의 말대로 소리가 난 쪽 목책 아래의 작은 동굴에서 늑대들이 뛰쳐나왔다. 모두 다섯 마리였다.

황청이 먼저 뛰면서 외쳤다.

"도망쳐!"

견보도 놀라서 바위 틈으로 달아났다.

크르릉!

늑대들은 세 소년의 몸에서 나는 쇠가죽 냄새를 맡고는 미친 듯이 쫓아왔다.

물소 가죽 옷을 입고는 너무나 거동이 불편했다. 견보는 달리면서 몇 걸음마다 중심을 잃고 땅에 쓰러질 뻔했다.

그러나 늑대가 뒤쫓는데 쓰러진다는 것은 죽음을 자초하는 일이나 마찬가지였다.

다섯 마리 늑대 중에서 두 마리는 각각 황청과 전연수를 쫓아갔는데, 무려 세 마리가 견보의 뒤로 달려왔다. 늑대들도 견보가 가장 작고 둔한 것을 알아차린 듯했다.

견보는 넘어질 뻔할 때마다 돌을 집어서 뒤로 던졌다. 그중하나가 가까이 쫓아온 늑대의 이마를 때렸다. 그러나 늑대를 물러서게 할 수는 없었다.

겨우 바위를 기어올라 갔다. 바위들은 두 손 두 발의 사람은 올라갈 수 있어도 네 발 달린 늑대는 올라올 수 없는 바위들이었다.

그나마 바위가 가까워서 늑대에게 물리진 않았다.

"하아! 하아!"

견보는 숨을 거칠게 몰아쉬었다: 전신이 땀으로 흠씬 젖어 있었다. 하늘이 노랗게 보일 지경이었다.

두 겹의 물소 가죽 옷은 그에게 지나치게 무거웠고 뻑뻑하여 몸을 묶고 구속했다. 마음대로 몸이 움직여 주지 않아서 미치고 환장할 것 같은 상황을 다시는 겪고 싶지 않았다.

'늑대를 풀어놓다니……'

배 노사가 이상하다는 말이 그대로 실감되었다.

물소 가죽 냄새는 배고픈 늑대들을 더 강하게 자극하고, 강한 그 가죽 냄새 때문에 어디에 숨는다 하더라도 소용없을 것은 뻔했다.

견보는 바위 아래에서 그르렁거리는 늑대들을 보면서 치를 떨었다. 죽다가 살아난 기분이었다.

황청이나 전연수처럼 그의 몸은 크지 않았다.

황청이나 전연수가 늑대에게 물린다면 놀라기는 하겠지만 팔과 다리의 뼈가 부서질 것 같진 않았다.

그러나 견보는 아직 여리고 약했기 때문에 가죽 옷이 살을 보호해 준다 해도 늑대들의 우악스러운 턱에 뼈가 끊어질 가능성이 많았다.

다른 소년들에게는 놀랄 일이지만 견보에게는 생사가 달려 있었다.

견보는 사부가 자기의 처지를 전혀 이해하지 못하고 있는 게 아닌가 싶었다.

하지만 어제저녁 사부가 했던 말을 생각해 보면 그렇지도 않은 듯했다. 배 노사는 그에게 전쟁에 나가기는 고사하고 훈련을 받는 중에 죽을지도 모른다고 했기 때문이다.

견보는 속으로 중얼거렸다.

'내 전쟁은 시작됐다. 여기는 전쟁터다.'

죽을 수는 있어도 늑대에게 물려 죽는 치욕적인 사고는 결코 당하고 싶지 않았다.

그러나 그 순간에 늑대들은 바위에서 조금 떨어진 돌무더기 위로 기어올라 가고 있었다.

견보는 가슴이 떨렸다.

크릉!

제일 앞섰던 늑대 한 마리가 바위보다 더 높은 위치에서 견보를 향해 뛰어내렸다.

휘익!

견보가 놀라서 엎드리는 순간에 늑대 한 마리가 머리 위로 지나가며 바람 소리를 냈다.

견보는 벌떡 일어나며 바위 끝에 아슬아슬하게 내려서는 늑대를 발로 차서 밀었다. 늑대는 견보가 피하는 통에 중심이 앞으로 쏠려 바둥거리고 있는 때였다.

퍽! 하고 차는 순간에 늑대는 아파서가 아니라 떨어진다는 사실에 놀라 캥! 소리를 냈다.

늑대가 중심을 잃고 떨어졌다.

그때 다른 늑대들도 견보를 향해서 훌쩍 뛰고 있는 중이었다.

견보는 떨어지는 늑대를 뒤따라서 뛰어내렸다. 다른 방법이 없었다. 좁은 바위 위에서 버티다간 두 마리의 늑대에게 밀려서 떨어져 죽을 수도 있었다.

먼저 떨어진 늑대가 버둥대며 등을 땅에 심하게 부딪쳤다. 견보는 뛰어내리면서 무릎으로 늑대의 머리를 찍었다.

캥!

늑대가 떨어진 고통에 더해서 견보의 무릎에 찍혀 비명을 질렀다. 견보가 어리기는 하지만 높이가 두 길이나 되는 곳에서 뛰어내렸을 뿐 아니라 두꺼운 물소 가죽 옷이 무거워 충격이 이만저만이 아니었던 것이다.

뒤에서 두 마리의 늑대가 덮쳐 왔다.

견보는 다시 일어나 있는 힘을 다해서 달려갔다.

먼저 떨어졌던 늑대는 견보에 이어서 다른 늑대 두 마리가 자기에게 덮쳐들자 벌떡 일어나서 피했지만 한 마리에게 깔리고 말았다.

화가 난 늑대가 자기를 깐 늑대의 다리를 덥석 물었다.

다른 한 마리도 그 바람에 주춤했고, 견보는 손톱이 빠질 정도로 바위를 기어올라 갔다.

뒤쫓아온 늑대가 풀쩍 뛰었지만 견보의 다리를 물지는 못했다.

급격한 체력 소모와 심적 충격으로 견보의 온몸이 떨렸다. 바위를 붙잡고 올라가면서도 눈앞이 흐릿하고 어지러웠다.

그러나 손을 놓거나 중심을 잃고 떨어지면 죽는 상황이었다. 악착같이 바위를 기어올라 갔다.

하지만 그때 견보의 다리를 물려고 하던 늑대는 벌써 근처의 돌무더기 위로 뛰어올라 갔다가 견보가 올라가는 바위로 뛰어내리는 중이었다.

그곳은 돌이 많았다.

견보는 늑대가 그곳에 먼저 올라가 버리면 자기가 갈 곳이 없다는 사실을 깨달았다.

돌을 집어서 늑대에게로 던졌다.

돌은 늑대의 앞발에 부딪쳐서 튕겨 나갔다. 하지만 돌과 함께 날아간 돌먼지가 늑대의 눈에 들어갔다.

늑대가 공중에서 눈을 감으며 고개를 틀었다.

캥!

늑대는 바위에서 중심을 잡지 못하고 내동댕이쳐진 후 굴러 떨어졌다.

견보는 젖 먹던 힘까지 다해서 바위 위에 올라갔다. 금방이라도 숨이 끊어질 것같이 힘이 들었다.

차라리 늑대에게 물려 죽는 편이 낫지 않을까 싶을 정도였다.

잠자다가 가위에 눌렸을 때처럼 물소 가죽 옷은 견보를 끝없이 짓눌렀다. 그러나 견보는 일어나야 했다.

손톱에서 피가 나고 있었다.

크르릉! 크릉!

굶주리고 분노한 두 마리의 늑대가 돌 언덕에 기어올라 견보를 노리고 있었다.

시간이 어떻게 지났는지 알 수가 없었다.

뎅뎅뎅! 하고 쇠를 치는 소리가 났을 때 견보와 황청, 그리고 전연수를 괴롭히며 쫓아다니다가 마침내 물어뜯던 늑대들이 소리 난 곳으로 달려갔다.

"허억! 허억!"

세 소년은 녹초가 되어서 일어날 수 없었다. 숨은 끊어졌다 이어졌다 하기를 반복했으며 귀로는 자신의 심장 소리 외엔 아무것도 듣지 못했다.

처음에는 얼마 동안 도망 다녔지만 그들은 이내 늑대들에게 물어뜯길 수밖에 없었다. 그들은 힘이 비록 보통 아이들보다 강하다고 할지라도 열 살배기 소년들이었다.

늑대들에게 붙잡혀 더는 도망칠 수조차 없게 되었을 때 온몸을 웅크리고 엎드려 팔로 머리를 감쌌다.

팔다리와 몸은 두꺼운 물소 가죽이 덮고 있었지만 그들의 얼굴은 땀과 먼지만 가득할 뿐이었다. 다른 곳은 몰라도 머리를 물리면 정말 죽는 수가 있었다.

굶주린 늑대들의 거친 숨소리가 귓전에서 들려오고 짐승들의 냄새가 코를 찔러서 그들을 공포 속에 몰아넣었다.

그 때문에 없던 힘이 생겨나 늑대를 뿌리치고 달아나다가 다시 붙잡혀 엎드려 머리 지키기를 몇 번씩 반복했다.

울음과 비명을 너 나 할 것 없이 질렀다.

더는 머리를 지킬 수도 없게 되었고 정신마저 혼미해진 상태에서 그들은 쇠 치는 소리와 함께 늑대들이 사라지는 것을 느꼈던 것이다.

견보와 황청 등은 늑대의 침이 묻은 옷을 입은 채 가슴을 들먹거렸다. 그때마다 그들은 자기들의 생명이 마치 자기들에게 달려 있는 것 같음을 느꼈다.

살려는 마음을 굳게 먹고 있으면 살고, 그 마음을 놓는 순간 그 길로 이 세상을 하직할 것 같은 선택이 그들에게 주어져 있는 듯했다.

시간이 지남에 따라서 몸도 마음도 진정되었다. 세 소년은 각기 다른 곳에 쓰러져 있었지만 비슷한 시기에 정신을 차렸다.

두터운 물소 가죽에 남아 있는 이빨 자국을 보면서 견보는 진저리쳤다. 몸이 움직이기는 했지만 자기 것이 아닌 것처럼 감각이 없었다.

바위 뒤에서 전연수가 큭큭거리며 우는 소리가 들렸다. 그는 바위를 기어올라 가려다가 늑대들에게 잡혀서 물렸던 것이다.

하지만 견보는 울 힘도 없었다.

파란 가을 하늘의 흰 구름을 보면서 살아 있는 자신을 느꼈다. 쉬는 것은 그 순간부터 할 수 있었다. 그때까지는 살아도 산 것이 아니었기 때문에 쉬었다고 말할 수도 없었다.

몸에서 빠르게 힘이 모였다. 일어날 수 있을 것 같았다. 주먹을 쥐었다 펴며 고개를 움직여 봤다.

견보는 이를 악물고 일어났다. 아직 오전이었다. 해를 봐서는 그들이 도착한 지 한 시간 조금 더 지난 듯했다.

견보가 말했다.

"빨리 일어나. 아직 끝나지 않았을 거야. 빨리 도망칠 준비를 해."

목소리가 작았다.

그러나 그 말을 듣고 전연수는 울음을 뚝 그쳤고 황청은 벌떡 일어섰다.

견보가 자기 쪽으로 오는 황청과 전연수에게 말했다.

"다시 물리고 싶지 않으면 내 말을 들어."

황청과 전연수도 크게 혼이 나고 몇 번이나 죽다 살아난 심정이었기 때문에 아무 말 없이 고개를 끄덕였다.

견보가 말했다.

"우리가 숨을 돌린 줄 알면 또 늑대들이 올 거야. 그전에 준비를 하자."

"뭘?"

황청이 불안스럽게 물었다.

"옷을 벗어!"

견보는 먼저 물소 가죽 옷을 벗으며 말했다.

전연수가 중얼거렸다.

"나도 이것만 아니었으면 좀 더 도망칠 수 있었을 거야."

견보가 말했다.

"그건 다시 입어야 해. 안에 있는 우리 옷을 벗으란 말이야."

황청과 전연수는 옷을 벗으면서 물었다.

"왜?"

"우리가 피하려면 바위에 올라가는 수밖에 없어. 늑대들은 빙 둘러서 돌 더미로 올라간 후에 뛰어내리니까 우리보다 늦어. 우리는 옷을 찢어서 바위에 묶어두었다가……."

견보의 생각은 간단했다.

늑대들과 술래잡기 놀이를 하는 것이다.

늑대가 나오기 전에 바위에 올라가서 기다리다가 늑대가 나와 바위로 뛰어내리려 하면 늑대가 없는 방향을 택해서 먼저 바위에서 뛰어내려 다른 바위로 옮겨가는 것이었다.

바위 밑에 도착하기만 하면 밧줄로 쓸 수 있는 옷을 매달아 놓았기 때문에 금방 붙잡고 올라갈 수 있었다.

그러면 늑대는 방향을 돌려서 원추형 돌탑까지 달려가 그곳에서 바위로 뛰어내려야 하니까 먼저 올라간 사람은 쉴 틈이 있었다.

사람이 움직이는 거리는 짧고 늑대들이 뛰어야 할 거리는 상대적으로 훨씬 멀었다. 대략적으로 세 배 정도의 차이가 났기 때문에 해볼 만했다.

세 소년은 바깥에서 지켜보는 사람이 눈치 채지 못하도록 소리없이 움직이며 옷으로 열세 개의 밧줄을 만들어 바위들에 묶어놓았다.

목책 안에 바위는 많았지만 그들에게 그나마 안전한 곳은 그 열세 개뿐이었다.

겨우 배치를 마쳤을 때, 바깥에서 누군가 소리쳤다.

"황청!"

황청이 큰 소리로 대답했다.

"예!"

"전연수! 황산고!"

견보와 전연수가 동시에 대답했다. 밖에 있는 사람은 명부를 보고 읽는지 황산고라는 견보의 본명을 불렀다.

그 목소리가 말했다.

"그럼 잘해봐라!"

덜컹 소리가 들리며 다시 늑대들이 뛰쳐나왔다.

늑대의 수가 줄어 있었다. 네 마리였다. 그러나 늑대들은 더욱 흉포했다.

크르르!

네 마리의 늑대가 입가에 침을 흘리며 소년들을 향해서 나는 듯이 달려왔다.

"달아나!"

황청이 고함쳤다.

견보는 달아나면서도 늑대들 중 단 한 마리만 고기를 먹고 나머지 네 마리는 먹지 못했다는 사실을 알았다.

늑대를 관리하는 자는 한 마리에게만 고기를 주고 빼버려

나머지 늑대들로 하여금 한층 더 광분하여 날뛰게 만든 것이다.

소년들은 준비해 놓은 줄을 잡고 바위에 뛰어올라 갔다. 늑대들이 그들을 덮칠 즈음에 그들은 다른 바위로 옮겨갔다.

바위에서 바위 사이의 멀지 않은 거리를 천리만리처럼 느끼며 죽을힘을 다해서 뛰었다.

늑대들은 우왕좌왕했다.

분주하게 달렸지만 세 소년을 쉽게 잡지 못했다. 그러나 세 소년은 여전히 있는 힘을 다 짜내지 않고는 달아날 수 없는 상황 속에 있었다.

달려가다가 넘어지기도 했으며 늑대에게 길이 막혀 방향을 바꾸기도 했다.

늑대들은 황청을 쫓다가 전연수를 쫓기도 했고, 또 견보만을 쫓기도 했다. 그럴 때 다른 사람은 좀 더 쉴 수 있었다.

하지만 그들은 이내 다시 완전히 탈진할 수밖에 없었다.

황청이 먼저 늑대들에게 잡혔다. 비명을 지르며 머리를 감싸고 엎드렸다.

전연수가 그 옆의 바위에 있었다.

견보가 소리쳤다.

"밧줄에 돌을 묶어서 돌려!"

그러나 전연수도 힘이 없었다. 돌 더미에서 뛰어내린 늑대를 피하지 못하고 바위 위에서 늑대에게 물렸다.

견보는 바위에 묶어두었던 밧줄을 풀었다. 바위에서 뛰어내리며 늑대를 피하고 돌을 주워서 도망치며 천에 감고 묶었다.

뒤에서 늑대가 바싹 따라오고 있었다.

견보는 돌 묶인 밧줄을 빙빙 돌렸다.

바로 뒤에 따라오던 늑대가 주둥이를 맞고 캥! 소리를 냈다.

붕! 붕!

견보는 계속 밧줄을 빙빙 돌리면서 황청에게 뛰어갔다.

늑대들은 견보를 따라가면서도 돌이 무서워서 다가들지 못했다. 황청을 물어뜯던 늑대도 견보를 피해 물러섰다.

견보는 황청의 손을 잡고 냅다 뛰었다.

전연수가 뜯기고 있는 바위를 향해서였다. 그를 물어뜯던 늑대가 견보와 황청을 보고 놀라서 물러섰다. 그러면서도 전연수의 엉덩이 쪽 물소 가죽 옷을 물고 있었다.

견보는 천에 묶인 돌로 늑대의 머리를 쳤다. 늑대가 넙죽 엎드리며 피했다.

그때 이판사판으로 황청이 덮쳐서 늑대의 두 뒷발을 잡았다.

황청이 소리쳤다.

"늑대를 죽여 버려!"

전연수가 벌떡 일어서더니 늑대의 배를 발로 차며 양손으로 늑대의 앞다리를 붙잡아 당겼다. 엉덩이에는 늑대의 머리를 단 채였다.

두 소년은 어디에서 힘이 솟았는지 늑대를 앞뒤에서 들어
서 당겼다.

늑대가 버둥거렸다.

"죽여!"

악에 받친 아이들이 소리쳤다.

견보는 그 틈을 놓치지 않고 천에 묶인 돌로 늑대의 머리를
쾅쾅 찍었다. 늑대의 감기는 눈을 찍었다.

크앙!

늑대가 전연수의 엉덩이를 놓고 아가리를 돌려대며 견보
를 물려고 했다.

그러나 전연수와 황청은 죽어라고 늑대의 발을 잡고 놓지
않았다. 죽더라도 그 한 마리는 때려죽여야 속이 시원하다는
듯했다.

늑대들은 세 아이의 흉악한 기세에 놀란 듯 움찔하며 달려
들지 못했다.

견보는 돌로 기어코 늑대의 양쪽 눈과 코를 찍었다.

캐캥!

늑대가 비명을 지르며 바동거렸다.

견보의 팔이 물소 가죽 옷 위로 세 번이나 물렸다.

전연수와 황청이 바위 아래로 늑대를 던져 버렸다.

"으아아아아!"

전연수가 돌연 가슴이 터져 나갈 것 같은 고함을 질렀다.

황청과 견보도 따라서 함께 고함을 질렀다. 주먹으로 가슴

을 쾅쾅! 치면서 소리쳤다. 그 순간 그들 눈에는 늑대들이 조금 큰 개 정도로밖에 보이지 않았다.

세 소년에게 당한 늑대 한 마리는 떨어져서 두 앞발로 눈과 코를 감싸고 뒹구는 중이었다. 견보와 황청, 전연수가 머리를 두 팔로 감싸고 뒹굴 때와 비슷한 모습이었다.

늑대는 세 마리가 남아 있었다.

소년도 세 명이었다.

뭉쳐 선 세 소년의 포효하는 기세에 늑대들은 놀라고 위축되어서 더는 덤비지 못했다. 바위 더미에 올라갔으나 덮쳐들지 못했다.

황청, 견보, 그리고 전연수는 자기들의 몸에 힘이 남아 있는지 없는지도 알지 못했으나 충천한 기세만으로도 덮쳐드는 늑대를 붙잡아 죽일 수 있을 듯하였다.

뎅뎅!

그때 다시 쇠가 울렸다.

늑대들은 기다리기나 한 듯이 돌아갔다.

늑대들이 사라졌는데도 가슴은 터질 듯이 뛰었다. 세 소년은 바위에 선 채 한동안 움직이지 않았다.

늑대가 더는 오지 않았다.

해가 짧을 때라 저녁이 일찍 왔다.

배 노사가 돌아와 목책의 문을 열어주었고, 세 소년은 마차를 타자마자 죽은 듯이 잠들었다.

견보가 정신을 차렸을 때는 한밤중이었다.

독한 약 냄새가 코를 찔렀다. 그의 몸은 욕조에 담겨 있었고 욕조는 검은 약물이 넘칠 듯이 가득했다.

심한 육체적 수련 이후에 약물통에 들어가서 몸을 회복하는 것은 군사가 되려는 모든 사람들에게 일상적인 일이었다.

어느 집이나 비슷하고 조금씩 차이가 날 뿐이지만 황가진에는 집집마다 몸을 강하게 하는 약물의 비방이 있었다.

그 약물이 상처를 치료하고 피로를 풀어주며 뼈와 살갗을 강하게 해준다고 믿고 있었던 것이다.

견보는 온몸이 깨어지고 부서진 것 같았다. 화끈거리고 차가웠다.

비록 두 겹의 물소 가죽 옷을 입고 있었지만 늑대의 이빨이 깨물었던 곳은 저리고 감각이 없었다. 물소 가죽 아래에 옷을 입지 않았기 때문에 거친 가죽에 살이 헤어졌다. 약물 속에서 조금만 움직여도 화끈거리고 따가워서 숨이 끊어질 것 같았다.

견보는 꼼짝도 하지 않고 원래 눕혀져 있던 대로 누워서 고통을 만끽했다. 고통은 어느 곳에서 시작됐든 그의 뒷골을 쩡! 쩡! 하며 울렸다.

그 와중에도 잠은 때때로 찾아왔고, 견보는 깜빡깜빡 잠이 들었다 깨어났다 하기를 반복했다.

한번 잠들었다가 깨어날 때마다 통증은 누그러들었다. 새벽닭 우는 소리가 계속될 즈음에는 가만히 있기만 하면 그럭저럭 견딜 만한 정도였다.

그러나 막상 일어나려고 하니 온몸이 와르르 해체되고 폭삭 무너지는 듯했다. 견보는 약물에 거꾸로 처박혔다가 겨우 일어나서 밖으로 나왔다.

찬바람을 쐬자마자 머리에 열이 오르기 시작했고 몸이 둥둥 구름 속으로 떠오르는 듯하여 걸을 수가 없었다.

기어가서 옷을 입었다. 바닥에 몇 번 굴러서 몸을 식힌 후에 일어났다.

"도련님!"

유모가 보고 놀라서 비명을 질렀다.

약물을 닦지도 않고 옷을 입어서 옷이 검게 변해 버렸다.

"괜찮아."

견보는 대수롭지 않게 말했다. 그러나 목이 부어 음성이 나오지 않았다.

그런 목으로 음식을 꾸역꾸역 삼킨 후에 물소 가죽 옷을 챙겨들고 배 노사의 집으로 달려갔다.

황청과 전연수도 비슷한 시간에 도착했다. 그들은 죽기 아니면 살기 식의 각오를 한 듯이 눈이 늑대처럼 번득거리고 있었다.

견보는 자기의 눈도 그렇다는 사실을 알고 놀랐다.

해 뜰 무렵에 배 노사가 나왔고, 세 소년은 어제와 마찬가지로 마차를 탄 채 동교산 훈련장으로 갔다.

배 노사는 그들을 목책 안에 넣으면서 말했다.

"도망치는 방법은 첫째, 몸을 가볍게 해야 하고, 둘째, 갈 곳을 그때그때 먼저 정해야 하며, 셋째, 쫓는 적보다 빨리 간다. 넷째, 도망치는 동안 적의 손과 이빨에 닿지 않아야 하며, 다섯째, 도망쳐서 적의 눈과 귀와 코가 닿지 않는 곳에 이르러야 한다."

견보는 목책이 닫힌 후에 물소 가죽 옷으로 갈아입었다.

황청과 전연수는 불안해하면서도 견보를 보며 몰래 숨겨온 밧줄을 꺼내놓았다. 전연수가 밤새 궁리했던 생각을 말했다.

"덫을 만들자. 늑대들을 묶어버리는 거야."

황청이 작은 소리로 말했다.

"그물을 만드는 게 나아. 그걸로 늑대들이 나올 때 덮어씌우자."

그때 늑대들이 나오는 굴 쪽에서 노인의 음성이 들렸다.

"그런 짓을 해선 안 되지."

견보 등이 놀라서 쳐다보았다.

하얀 염소수염을 했으며 회색 옷을 입은 노인이 걸어오고 있었다.

"올해 들어온 놈들은 머리를 쓸 줄 아는구나. 배 노사 밑에 머리 쓰는 놈들이 들어오는 경우는 드문 일인데."

노인은 수염을 쓰다듬으며 점잖은 기침을 했다.

"그래도 여기선 머리보다 발을 써야 해. 여긴 발을 써서 도망치는 연습을 하는 데니까 말이야. 내가 몇십 년 동안 봤는데, 머리를 쓰는 놈들이 공은 많이 세워. 여기서 배워 병사가 된 놈들도 많으니까. 하지만 그게 다란 말이야. 오래 살아남기는 발 잘 쓰는 놈들이 오래 살아남지."

전연수가 굳은 표정으로 말했다.

"발만 써서 달아나야 한다면 우린 모두 몰려 죽고 말 거예요."

"그러니까 빨리 도망쳐야지."

노인이 웃으면서 말했다.

第五章
모인(募人)에 응하다

무제본기

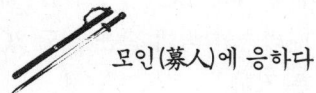

모인(募人)에 응하다

노인은 세 소년 앞의 바위에 걸터앉았다.

노인의 말이 그들에게 늑대보다 더 무서웠다.

"눈과 발을 써. 머리와 손, 특히 연장은 안 돼."

노인은 나직하게 말했다.

"손을 쓴다면 못 쓰도록 뒤로 묶어둘 테니 알아서 해."

견보와 황청, 전연수는 파랗게 질려 버렸다. 몸이 절로 후들후들 떨렸다. 어제의 지옥 같은 상황이 심장을 터뜨릴 듯이 압박했다.

몸은 겨우 움직일 정도였지 뛰어다니고 도망칠 만큼 회복되지도 않았다. 아픈 곳을 말하라면 어느 한곳도 말하지 않을 곳이 없는 상태였다.

노인이 말했다.

"황가진에는 별난 녀석들이 많이 태어나. 온갖 녀석들이 다 있었지. 늑대를 죽인 녀석도 네 녀석들뿐만이 아니야. 개중에는 혼자 주먹으로 세 마리나 때려죽인 뻑대 같은 놈도 있었어. 그래서 내가 성가시고 귀찮은 거야."

노인은 젊었을 때부터 배 노사와 함께 전장을 누볐던 전사로, 성은 목(木), 이름은 외자로 규(奎)였다.

출신은 태와둔(泰窪屯)이었다. 태와둔도 황가진과 마찬가지로 전쟁을 업으로 하는 사람들이 모여 사는 도시였다.

목 노인은 배 노사와 뜻이 맞아 고향인 태와둔으로 돌아가지 않고 황가진에 정착하여 가족을 불러와 살았다.

배 노사의 동교산 훈련장은 그가 책임지고 관리하는 곳이었다.

목 노인이 말했다.

"여기서도 살아남지 못할 놈이면 전쟁에 나갔을 때 첫 전투에서 죽을 게 뻔해. 차라리 여기서 죽는다면 그래도 고향 땅에 묻히기나 하지."

목 노인은 헛된 궁리 하지 말라는 말을 마지막으로 던진 후 늑대 굴로 나가 버렸다.

견보는 나가는 그의 옷깃을 잡고 살려달라며 매달리고 싶은 심정이었다. 다리가 몹시 떨렸다.

그날 견보와 황청, 전연수는 전날보다 훨씬 더 많이 늑대에 물렸고, 수십 번을 까무러쳤다.

늑대들에게 물어뜯기다가 머리만 감싼 채 정신을 잃었고, 깨어나면 늑대는 보이지 않았다. 목 노인이나 목 노인의 지시를 받은 사람이 불러들인 때문이었다.

하지만 늑대는 금방 다시 돌아왔고, 손가락 하나 까딱할 힘도 없으면서 견보는 늑대에게 물리지 않기 위해 미친 듯이 달려야 했다.

*   *   *

무거운 물소 가죽 옷을 입고 늑대를 피해서 도망치기 시작한 후 얼음이 얼었고, 눈이 왔으며, 겨울이 끝나서 봄이 되었다.

견보와 황청, 전연수는 살아 있었다.

매일같이 하루도 쉬지 못하고 도망쳤다가 늑대에게 잡혀서 물리고, 상처 입고, 또 달아났다.

날마다 약물통에서 잠을 잤고, 아침마다 배 노사에게서 똑같은 소리—도망치는 방법—를 들었다. 또한 그 말이 얼마나 중요한 것인지를 시시각각 뼈저리게 느꼈다.

늑대에게 잡혀서 물리는 것은 끔찍하게 싫은 일이었다.

시간이 지나면서 물리는 횟수가 줄어들기는 했지만 단 하루도 물리지 않는 날은 없었다. 그들의 몸이 재빨라졌을지라도 늑대들은 그들을 물 때까지 쉬지 않았기 때문이다.

황청과 전연수와는 달리 몸이 약한 견보는 실제로 죽음의
문턱을 여러 번 밟았다.

그러는 사이에 견보는 자기의 머릿속이 맑은 샘물처럼 투
명하게 비치는 것 같은 현상을 종종 경험했다.

봄이 되면서 견보는 확실히 빨라졌다.

늑대보다 발이 빨라졌으며, 발보다 몸이 빨라졌고, 몸보다
눈이 더 빨라졌다. 어디로 도망쳐야 할지를 도망쳐야 하는 순
간에 바로 보고 판단할 수 있게 되었다.

몸은 마르고 수척했지만 키는 조금 더 자랐다.

늑대들의 숫자는 항상 일정하지 않았다. 어떨 때는 스무 마
리가 넘었고 어떨 때는 두 마리뿐일 때도 있었다.

하지만 하루 종일 늑대와 경주하면 물소 가죽 옷 안은 자기
가 흘린 땀으로 가득 차고 목은 타는 듯 말랐으며 배가 쉽게
고팠다.

그럴 때면 바깥에서 물을 던져 주기도 하고 고기를 던져 주
기도 했다. 그것을 두고 늑대들과 다투지 않을 수 없었다.

결국 늑대들과의 투쟁은 그에게 늑대와 싸우고 도망치려
면 늑대와 똑같아지지 않으면 안 된다는 사실을 깨닫게 해주
었다.

늑대가 그를 노리고 있으면 그는 늑대처럼 알아차렸고, 늑
대가 그를 향해 달려들면 늑대가 달려드는 것처럼 기세를 가
지고 달아났다.

늑대들과 나란히 달리기도 했고 뛰어넘기도 했으며, 스쳐서 비켜갈 수도 있었다. 그러다가 늑대에게 물려서 혼이 날 수도 있기는 했지만.

다시 시간이 흘러서 봄도 다 지나고 여름이 되었다.

물소 가죽 옷을 입고 보낸다는 것만으로도 여름은 지옥에서의 여름이었다. 아침과 저녁을 먹을 수 있는 한껏 많이 먹었으며, 주기적으로 살은 올랐다가 내렸다가 했다.

여름은 늑대보다도 물소 가죽 옷과의 싸움이었다.

팔월이 다 가는 어느 날 저녁, 유난히 여름을 타는 황청이 목책에서 나오며 기다리고 있던 배 노사에게 말했다.

"사부님, 더워서 죽겠어요."

배 노사가 말했다.

"물소는 항상 그 가죽을 쓰고 산다."

전연수가 볼멘소리를 했다.

"우리는 물소가 아닌걸요."

배 노사가 얼굴을 딱딱하게 굳히고 말했다.

"네가 물소가 아닌 게 내 탓이 아니다. 너를 물소로 낳아주지 못한 네 부모를 원망해라."

전연수와 황청은 말문이 막혀서 아무 소리도 못했다.

마차를 타고 사부와 제자들이 황가진으로 돌아왔지만 그밖의 어떤 말도 주고받지 않았다.

지옥 같은 여름을 보내면서 견보는 살기 위해서 발버둥치기보다는 끝없이 밀려드는 자살의 충동과 싸워야 했다.

그러던 어느 날, 지루하고 끔찍한 하루하루가 문득 선선한 바람을 느끼면서 바뀌었다.

그날은 새벽에 바깥으로 나오니 찬바람이 이마를 스쳤다. 날씨는 아직도 더웠지만 그 속에 찬바람 줄기가 숨어 있음을 견보는 느낄 수 있었다.

배 노사를 기다릴 때 왠지 모르게 흥분이 되고 가슴이 두근거렸다.

배 노사는 언제나처럼 해가 뜰 때 나왔지만 똑같은 말을 하지는 않았다. 거두절미하고 할 말만 했다.

"어떤 일을 하고자 할 때 그 일만 생각하고 집중하면 된다. 하지만 병법이나 전투 기술을 익힐 때는 예외다. 병법을 익히면서는 끊임없이 전투 기술을 생각해야 하고, 전투 기술을 익히고 쓸 때는 끝없이 병법을 생각해야 한다. 그렇게 하여 병법과 전투 기술이 승리를 취하는 똑같은 수단임을 스스로 확인해야 한다."

달아나는 법 이외에 처음으로 있은 배 노사의 가르침이었다. 지겹게 늑대에게 쫓기었던 세 소년은 기쁘고 감격스러워서 죽을 지경이었다.

황청이 바보스럽게 눈물을 훔쳤다. 고생이 끝났다고 자기

나름대로 짐작한 까닭이었다.

배 노사는 연무장에 선 채로 말했다.

"병법은 만(萬)으로 만(萬)을 대항해서 싸우는 것을 기본으로 한다. 만으로 만과 대적하여 항상 이기는 장수는 껄끄러운 상대다. 하지만 천(千)으로 만(萬)을 이기는 장수는 무섭다. 결코 패하지 않는 불패 백승의 장수라고 할 수 있다. 그러나 백(百)으로 만(萬)을 이기는 장수는 염려할 바가 없다."

견보가 물었다.

"왜 그렇습니까?"

배 노사가 대답했다.

"기이한 책략을 가졌거나 용을 잡고 범을 부릴 만한 용맹을 지닌 자이기 때문이다."

세 소년은 아리송한 표정을 지으며 서로를 보았다. 그런 장수야말로 정말 대단한데 왜 염려할 필요도 없다고 하는지 알 수 없었다.

병법을 배워서 최고에 이르러야 기이한 책략을 간직할 수 있을 것이고 전투 기술이 사람을 초월하기를 몇 번 하여야 용호를 부릴 용맹을 얻을 것이기 때문이었다.

배 노사가 말했다.

"그런 자가 어리석을 때는 멀리 두고 마주치지 않으면 큰 파탄을 드러내고, 그가 총명하면 이내 전쟁을 혐오하게 되기 때문이다."

견보와 황청, 그리고 전연수는 보통 아이들보다 훨씬 총명한 편이었으나 배 노사의 말을 이해하지 못했다.

배 노사는 더 자세히 설명하려 들지도 않았다.

"전투 기술로 적의 손발과 병기를 제압하고 죽이는 것이나, 병법으로 적의 예봉을 끊고 용기를 눌러서 패배시키는 것이나 마찬가지다. 병법은 만으로 만을 대적하고, 전투 기술은 하나로 하나를 대적한다는 것이 다를 뿐이다."

견보가 물었다.

"사부님, 오늘부터 병법을 배웁니까?"

배 노사가 말했다.

"상희(象戲)를 배운다."

상희는 상혁(象奕)이라고도 하며 옛날부터 전해지는 놀이로, 반상에 서른두 개의 말을 서로 나누어 가지고 승부를 겨루는 것이다.

그날은 동교산 훈련장에 가지 않았다.

대신 배 노사의 집에서 상희의 규칙을 배운 후에 서로 번갈아가며 겨루었다. 종일토록 상희를 놀면서 이기고 질 때마다 기록을 남겼다.

기록은 오직 승(勝)과 패(敗)뿐이었다. 어떻게 싸웠든 그 후에 남는 것은 승리 혹은 패배라는 것을 그들은 기록을 통해서 생생하게 느낄 수 있었다.

하루 동안 상희를 놀고 나면 그 다음날 하루는 다시 늑대와 놀았다.

배 노사는 그들이 달아나는 법은 잘 배웠다고 생각했는지 피하는 법을 가르쳤다.

"움직이는 것은 모두 방향이 있다. 이것은 형체가 고정되지 않은 연기(煙氣)라 해도 마찬가지다."

배 노사는 견보와 황청, 전연수에게 각기 돌을 하나씩 주면서 담벼락에 던지라고 하였다.

세 소년이 던진 돌은 벽에 맞고 튕겨 나왔다.

배 노사가 말했다.

"날아드는 것을 저 담벼락처럼 똑바로 맞이해라. 피하지 않으면 정통으로 맞는 자리를 알아야 정확하게 피할 수 있다. 똑바로 향했는데도 몸에 닿지 않는다면 구태여 움직일 필요도 없다. 날아든다면 날아드는 부분만 비켜라. 그 방향은 항상 날아드는 것과 수직이 된다."

말이 너무 어려웠다.

입으로는 똑같이 외워도 어렴풋하여 막상 어떻게 해야 할지는 감이 잡히지 않았다.

하지만 동교산 훈련장에 가서는 몸으로 이해할 수 있었다.

늑대를 풀어놓는 목책에 가기 전 개울가에는 목 노인이 만들어놓은 이상한 도구가 있었다.

그것은 얼핏 보면 소를 가두는 울타리와 비슷했다. 그러나 가까이 가서 보면 그것은 좁게 만든 나무 상자와도 비슷했고,

더 비슷한 것으로는 두 개의 건물 사이에 난 좁은 공간이 있었다.

견보의 어깨 높이 정도의 기둥 여덟 개를 좁게 두 줄로 세우고, 기둥 안쪽에 판자를 붙여서 무언가를 압착할 듯이 해놓은 것이었다. 판자는 아래쪽에는 없었다.

목 노인은 먼저 황청에게 말했다.

"저쪽으로 들어가서 다른 쪽으로 빠져나가라."

황청이 머뭇거리며 말했다.

"너무 좁아서 못 들어가겠습니다."

목 노인은 대뜸 지팡이를 휘둘렀다. 황청이 놀라서 몸을 옆으로 세워 두 개의 나무 벽 사이로 숨었다. 피할 곳이 그곳밖에 없었다.

꽝!

목 노인의 지팡이는 애꿎은 나무 벽을 쳤다.

"어서 못 가?!"

목 노인은 소리치며 지팡이를 다시 번쩍 들었다.

황청은 가슴이 압착되어서 옆으로 게걸음질 칠 수밖에 없었다. 목 노인의 음성이 하도 크고 무서워서 후딱 다른 쪽으로 빠져나왔다.

"반대쪽으로!"

목 노인이 또 고함쳤다.

황청은 나왔던 곳으로 들어가 들어갔던 곳으로 나왔다. 그 사이에 목 노인이 지팡이로 벽을 쾅쾅 두드리며 위협했다.

목 노인이 껄껄 웃었다.

"그렇게 하는 거야, 그렇게!"

목 노인은 개울가의 돌을 하나 들면서 말했다.

"이 돌이 얼굴로 날아오면 어느 쪽으로든 피하고, 가슴과 배로 날아오면 움직이지 마라. 가만히 보란 말이야. 만약 다리 쪽으로 날아오면 재주껏 뛰어서 피하도록 해."

한 사람이 그 이상한 틀 속에 들어가 있을 때 나머지 두 사람이 돌을 던졌다. 맞지 않으려고 애를 썼기 때문인지 그 틀의 묘용인지 간에 아무리 힘껏 던져도 맞는 경우는 없었다.

보름 정도를 오후가 되면 그 틀 속에 들어가 몸을 피하는 연습을 했다. 사부 배 노사가 말하는 것처럼 피하는 것이 어렵지 않았다.

황청이 배 노사에게 말했다.

"사부님, 피하기는 도망치기보다 훨씬 쉽군요."

배 노사가 말했다.

"도망치려고 마음먹기보다 피하려고 마음먹는 것이 훨씬 어렵다."

세 소년이 멀뚱거렸다.

배 노사가 말했다.

"적이 무서우면 멀리하고 싶은 것이 인지상정이다. 그래서 도망치려는 마음은 쉽게 생길 수 있다. 그러나 피하는 것은 적이 무섭다 할지라도 틈을 타서 반격할 뜻이 있어야만 한다.

도망치는 건 가장 하책(下策)이기 때문에 배울 때 고생스럽고, 상책일수록 선택하기는 어렵지만 배우기는 어렵지 않다."

배 노사는 때때로 심오한 말을 한마디씩 하곤 했지만 말로 그들을 가르치진 않았다. 자신의 말을 소년들이 훈련을 통하여 자기의 골수에 새길 정도가 되어서야 다른 것을 가르치곤 했다.

날아오는 돌이 아니라 덤벼드는 늑대를 피하는 훈련을 하면 자연스럽게 그렇게 되었다.

견보는 이렇게 하여 도망치는 법에서 시작하여 피하는 법을 배웠고, 숨는 법과 쫓는 법 및 잡는 법과 찾는 법을 배웠다.

상희를 하면서 병사와 기계를 어떻게 다룰 것인지를 생각하고 터득하게 되었으며, 배 노사의 말처럼 병법과 전투 기술이 결국은 한 가지 이치임을 알아갔다.

본격적인 전투 기술은 궁술에서 시작하여 대정팔검(大正八劒)의 검법과 십이연환창(十二連環槍)을 연습했으며, 열세 살에 전차를 모는 전차술과 기마술을 배웠다.

열다섯 살에 공성술(攻城術)과 농성학(籠城學)을 공부하며 격식에서 벗어나 상황에 맞는 전략을 수립하고 실행하는 훈련을 했다.

그리고 열일곱 살이 되는 해, 견보는 군율을 몸에 익히며 통속에 개미를 키워 전체를 보는 법을 배우던 중 마침내 모인(募人)에 응해 나갔다.

때는 삼월(三月)이었다.

*　　　　*　　　　*

모인관(募人官) 윤치덕(尹治德)이 황가진에 도착하여 진장 황중구와 함께 진청(鎭廳)으로 들어오면서 모인 행사의 대축제가 시작되었다.

모인에 응하기 위해 다른 진둔 도시에서 달려온 소년들과 그 소년들을 만나기 위하여 온 소녀들이 북새통을 이루었다.

병사는 열 명을 뽑고 전사는 숫자에 제한을 두지 않았다.

전사로서의 기량을 닦은 자는 누구나 모인관 앞에서 실력을 보여 나갈 수 있으며, 병사가 되기를 원하는 자는 모인관 윤치덕 외에도 황가진 열세 명 노사의 엄중한 시험을 거쳐야 했다.

병사로 뽑히고 안 뽑고는 그들이 결정했다.

전사로 지원한 자들이 삼천여, 병사로 지원한 자들은 칠백여 명이었다.

견보는 병사에 지원했다.

병사에 지원한 사람들은 열예닐곱의 소년에서 마흔 가까운 사람까지 다양했다. 나이가 많은 사람은 모인에서 병사로 뽑히지 못하고 해를 여러 번 보내다 보니 그렇게 된 자들이었다.

첫날은 모인관이 나라에서 가져온 술을 풀고 황가진에서 마련한 음식과 더불어 모든 사람들이 함께 즐겼다.

황청과 전연수는 지난해 모인에 전사로 응하려 했지만 사부 배 노사가 가로막아서 참가하지 못했다.

그들은 배 노사가 장담한 대로 가히 백 사람을 혼자서 상대할 정도가 되어 있었다. 두 사람의 키는 팔 척에 가까웠으며 허리는 술통보다 굵었고 가슴은 허리의 한 배 반이 되었다. 그들 사이에 견보가 서면 견보는 보통 체구인데도 불구하고 어른과 아이가 함께 서 있는 것처럼 보였다.

아름답게 치장을 한 소녀들이 고운 자태를 뽐내며 어울려 다니는 것을 보면서 그들은 기대감에 가슴을 떨었다.

연무장에 마련된 무대에서는 먼 곳에서 불려온 광대들이 재주를 부렸고, 관객들이 우레 같은 박수를 보내며 환호했다.

사부 배일청의 뒤를 따라서 황가진의 노사들과 제자들이 모이는 자리로 갔다.

황가진 노사의 숫자가 열셋에서 두 명이 늘어나 열다섯이 되어 있었다. 뒤늦게 노사가 된 사람들은 제자를 키우는 중이었으나 아직 모인에 내보낼 때는 되지 않아서 혼자 나와 있었다.

배일청을 보고 먼저 와 있던 노사들이 일어나서 인사를 건

넸다.

"배 형, 오랜만에 뵙소. 허허, 그동안 안녕하시었소?"

황두준 노사였다.

황두준 노사는 해마다 모인에서 병사를 두 명, 혹은 세 명, 많을 때는 네 명까지 배출해 내서 황가진 최고의 노사라는 찬사를 받는 사람이었다. 그에게는 제자들이 많았고, 또한 황가진에서 가장 뛰어나다고 알려진 아이들이 제일 먼저 배우고 싶어하는 사람이 그였기 때문에 황두준 노사의 명성은 부동의 위치에 있었다.

배일청 노사는 괴팍하여 제자들을 다른 노사들에게 보내서 배우게 하는 일은 없었으나 그 외의 노사들은 관습적으로 제자들을 서로 교류하면서 능력을 높여왔다.

그래서 견보와 황청 등은 다른 노사들의 제자를 전혀 알지 못했다. 모인에 참가한 노사들의 제자들이 모두 서로 알고 있는데 배일청의 제자인 그들 세 사람만은 외톨이나 다름없었다.

배일청이 답례를 하기도 전에 그들을 이질시하는 분위기를 견보 등은 몸으로 느낄 수 있었다. 늑대와 부대끼며 발전시킨 그들의 감각 탓이었다.

배일청이 인사를 나누고 나자 황석남(黃錫南) 노사가 대뜸 말했다.

"배 형, 요 몇 년 사이에 용사(勇士)를 키운다고 소문이 자자하더구려. 이 아이들이 배 형의 용사요? 곰과도 싸운다는 말이 사실이오?"

사실이었다.

황청과 전연수는 물론, 견보조차 곰과 싸웠다. 갑주도 입지 않고 맨몸으로 싸웠다.

황청과 전연수는 곰을 한 마리씩 때려죽였고, 견보는 곰과 싸웠지만 죽이지는 못했다. 곰이 달아나 버린 때문이었다.

그때 사부 배일청이 견보에게 말했다.

"곰보다 둔한 놈!"

견보는 아무 소리도 할 수 없었다. 곰이 체구가 작은 자기와 싸우기 시작하자마자 달아날 줄은 전혀 예상치 못했기 때문이다. 오기가 센 곰은 힘으로 맞서면 죽을 때까지 싸우고 좀처럼 도망가지 않는 법이었다.

전연수는 그 곰이 뒤가 급했을 거라고 말하며 킬킬거렸었다.

배일청 노사가 황석남 노사에게 대답했다.

"만용을 한번 부려보게 한 거지요. 그래야 전쟁에 나가서 젊은것들이 만용을 부리는 일이 없지 않을까 싶어서요."

황석남 노사가 껄껄 웃었다.

"일리있는 말씀이오. 나는 이제 배 형도 병사를 하나쯤 배출할 때가 되지 않았는가 싶었소이다. 한데 제자들에게 곰과 싸움을 시킨다기에 여전히 전사만 기르는가 해서 한번 물어

본 것이오."

깔아보는 기세가 역력했다.

뒤에 서 있던 황청과 전연수의 눈이 불을 켠 듯 부리부리해
졌다.

황석남 노사가 깜짝 놀라서 자기도 모르게 움찔했다.

황청과 전연수는 가만히 있을 때는 큰 몸집에도 불구하고
있는 둥 마는 둥했는데 분노하자 얼굴빛이 삼엄하게 변하고
눈에서 불꽃이 튀는 듯 변해 버렸던 것이다.

황석남 노사는 속으로 가슴을 쓸면서 생각했다.

'이 두 놈이 곰과 싸웠다는 것들이구나. 이놈들 기세라면
전사로 나갈지라도 금방 이름을 떨치겠다. 괴상한 늙은이 배
일청이 공을 꽤 들인 게야.'

제자들은 분노했지만 배일청 노사는 태연했다. 그가 자리
에 앉으면서 말했다.

"이번엔 아이들을 병사로 내보낼 작정이외다."

점잖은 황두준 노사마저 그 말에 깜짝 놀랐다.

황청과 전연수도 눈이 둥그레진 채 견보를 보았다. 병사에
지원한 사람은 그들 중에 견보밖에 없었기 때문이다. 또한 그
들은 견보가 충분히 병사에 뽑히고 남을 거라 생각하고 있었
다.

한데 사부는 견보를 내보낸다는 말이 아니라 '아이들'이
라고 했으니 자기들 세 사람 외에 사부의 다른 제자가 또 있
었나 하고 생각한 것이다.

황두준 노사가 전연수와 황청, 견보를 둘러보면서 말했다.

"이들이 모두 병사에 지원했소?"

배일청이 웃으며 말했다.

"그렇소이다. 여러 형님들이 밉게 보지만 않으면 되지 않을까 싶소."

"허허허허!"

여러 노사들이 기막힌 듯이 웃었다.

"곰과 싸우는 병사라……. 허허허! 그럴 법도 하오."

황석남이 다른 노사들의 동의를 얻으려는 듯이 웃음을 터뜨렸다. 노사들이 웃음을 터뜨리자 그들의 제자들마저 깔깔대며 웃기 시작했다.

배일청이 나직하지만 무겁게 말했다.

"산고, 저들이 웃지 못하게 해라."

"예!"

견보는 속에서 화가 치밀었던 터라 아주 큰 소리로 대답하며 대뜸 검을 뽑아 황석남 노사를 찔러 버렸다.

"이놈! 무슨 짓이냐!"

황석남 노사가 펄쩍 뛰어 옆으로 피하며 호통 쳤다.

쉬익!

견보는 대답도 하지 않고 더 빨리 검을 휘둘렀다. 검광이 번쩍번쩍했다.

"무례하다!"

황석남 노사의 제자 한 명이 검을 뽑아 견보를 막았다.

그러나 견보는 단 두 합 만에 그의 검을 날려 버리고 다시
황석남을 찔렀다.

"이놈이 감히!"

황석남은 다른 제자의 검을 받아 쥐고 견보의 검을 막았다.

황두준이 소리쳤다.

"배 형, 너무하지 않소? 그만 하시오!"

배일청이 말했다.

"선배를 비웃는 제자들을 먼저 나무라야 하지 않겠소?"

황석남은 견보의 검술 실력에 놀라고 있었다. 그에게 질 리
는 없지만 쉽게 제압할 정도는 아니었다. 제자들과 다른 노사
들이 보는 중이라 체면이 꾸겨져 화가 치밀었다.

황석남은 배일청 노사에게 꽥 소리쳤다.

"제 놈들이 갑자기 웃는 것을 어찌 막을 수 있겠소?!"

배일청이 말했다.

"황 형과 겨루는 산고는 황채욱 선배의 손자요. 성미가 그
선배를 닮아서 내 서재의 화분도 깨뜨리고 국화도 돌로 짓이
겨 놓는 녀석이니 나도 말릴 수가 없다오."

'겨룬다?'

황석남은 미칠 지경이었다.

손자뻘밖에 되지 않는 소년과 검술을 겨뤘다는 소문이 나
면 무슨 낯으로 행세하며 다닐 수 있단 말인가?

더구나 황채욱의 손자라면 칠 년 전에 자기를 찾아왔던 별
볼일 없는 녀석이다. 몸도 약해서 보통 사람 정도였으며 특별

히 용감한 면이 있는 것 같지도 않았다. 얌전해서 글이나 배워 글 선생 노릇하며 사는 게 알맞을 놈이었다.

그때 황석남은 전설적인 무공을 세운 황채욱의 집안도 끝났구나 하고 생각했었다.

한데 그 별 볼일 없을 것 같던 놈이 자기와 엇비슷하게 검을 겨룰 만큼 되었다니 더욱 분통이 터졌다.

이미 사람들이 싸움 구경났다며 그들을 보고 있었다.

'배일청, 네놈이 나를 웃음거리로 만들어 복수하는구나. 오냐, 누가 이기는지 한번 해보자.'

황석남은 속으로 이빨을 갈았다.

"황채욱의 손자가 이렇게도 미련퉁이일 줄은 몰랐구나!"

황석남은 버럭 소리쳤다.

쉭! 쉬쉭!

견보는 눈부시게 삼 검을 떨쳐 냈다. 모두 대정팔검의 수법으로, 황가진의 사람 중 반 이상이 알고 있는 것이었다.

그러나 황석남은 정신이 아찔해질 만큼의 용을 써서야 그의 삼 검을 막았다.

모험을 약간 하더라도 견보를 찔러 죽여야겠다는 생각이 불끈 치솟았다. 바로 그때였다.

휘익!

견보는 몸을 높이 솟구쳐 뒤로 여러 번 재주를 넘어서 땅에 내려서며 허공검무(虛空劍舞)를 추고 있었다.

혼자서 날고, 뛰고, 구르고, 땅을 스치듯 하다가 다시 솟구치며 백색의 검광을 천지 팔방으로 줄기줄기 뿜어냈다.

황석남은 닭 쫓던 개가 되어 우두커니 서 있을 수밖에 없었다.

"와아!"

"잘한다! 최고다!"

함성 소리와 우레 같은 박수가 연이어 터져 나왔다.

견보의 검무는 배일청에게서 받았던 모든 훈련 내용이 결집되어 있었다. 표홀하여 한 마리 학 같고, 사나워서 맹수 같았다. 날쌔서 제비 같았으며 내려앉을 때 우아하여 성장(盛裝)을 한 새색시 같았다.

배일청이 차갑게 말했다.

"기력이 많이 떨어지셨구려. 그만둘 날이 멀지 않은 듯싶소."

황석남은 배일청을 노려본 후 몸을 돌려 가버렸다. 그의 제자들도 썰물처럼 빠져나갔다.

견보가 사방을 향해서 인사를 하고 자리로 돌아왔다.

"와아!"

삐이익!

무대 위의 광대들조차 박수 치고 휘파람 불며 환호했다.

견보는 사부 배일청에게 허리 숙여 절했다.

"명을 완수했습니다."

배일청이 남아 있는 노사들에게 말했다.

"이 아이는 말 한마디 하지 않고 여러 형들과 제자들이 웃지 못하게 막았소이다. 석남 형과 일백 초를 검으로 겨뤘고 검을 거둔 후에도 석남 형이 그를 공격하지 못하도록 했소. 이 정도면 능히 병사로서 부족함이 없을 듯하오만, 형들의 생각은 어떠시오?"

황두준이 탄식하며 말했다.

"배 형은 작정을 하고 온 듯하오. 우리 모두가 배 형 사제 두 사람에게 모두 패하고 말았구려. 저 아이를 병사로 인정해 주지 않는다면 장차 누가 황가진에서 우리를 따르겠소? 배 형은 안심하시오. 나 황두준은 그리 속 좁은 사람이 아니오."

황무철(黃撫撤) 노사가 말했다.

"심사에서 저 아이가 잘못을 하더라도 떨어뜨리기 곤란하게 되었소. 배 형, 참으로 대단하오. 배 형도 뒤늦게나마 병사로 나서도 될 듯하오."

말에 가시가 있었다.

배일청은 담담하게 응수했다.

"무철 형이 증거가 아니겠소? 나이가 들수록 헛된 공명심만 높아지는 것이. 나도 예외가 되진 못하오이다. 하지만 올해 내가 나선다면 제자들과 겨루는 꼴이 되지 않겠소?"

빈정거리면서도 그의 음성과 표정만으로 보면 전혀 빈정거리는 것 같지 않았다. 듣는 사람이 잘못 들었는지 의심할 정도였다.

배일청은 음성을 높여서 말했다.

"인사해라! 이분들이 나와 함께 심사를 보는 노사들이시다!"

견보가 허리를 숙이며 말했다.

"황산고입니다!"

전연수와 황청도 큰 소리로 자신들의 이름을 말했다.

황두준이 언짢은 표정으로 말했다.

"배 형, 올해 좀 심한 듯하오."

배일청은 그의 말을 무시하고 손짓으로 제자들을 불렀다.

견보와 황청, 전연수가 그의 앞에 섰다.

배일청이 말했다.

"두준 형, 이들은 내가 평생의 심혈을 기울였소. 처음부터 작심하고 길러서 내 기대에 부응했는데 나도 한 번쯤 객기를 부릴 만하지 않겠소?"

황두준은 세 사람을 보고 배일청의 말을 인정하지 않을 수 없었다.

몸집이 거인 같은 황청이나 전연수는 조금도 둔해 보이지 않았으며 큰 몸에도 불구하고 민첩하기가 이를 데 없을 정도였다. 그들의 번쩍이는 눈은 또한 그들이 총명하기까지 하다는 사실을 말해주었다.

황두준은 또 배일청에게 밀린 기분이었다. 하지만 뻔한 사실을 인정하지 않을 정도로 황두준은 뻔뻔스럽지 못했다.

황두준이 말했다.

"황산고, 저 아이는 원래부터 저랬소, 아니면 배 형이 저렇게 만든 것이오?"

배일청이 말했다.

"원래는 좀 민첩했지만 내가 곰처럼 둔하게 만들었소."

황두준은 말도 아닌 소리라고 생각했다. 배일청이 조금 괴팍한 사람이기는 했지만 올해처럼 이상하게 군 적은 없었다.

황두준은 황산고의 검법을 보면서 놀람을 금치 못했는데 그것이 둔해져서 그렇다는 말은 배일청이 자기를 놀리기 위해서 하는 소리로밖에 들리지 않았던 것이다.

모인 전날은 모든 사람들이 흥겹게 놀고 먹고 마시는 날이었지만 황가진의 열세 노사에게는 즐겁지만은 않은 날이었다.

직접 기른 제자들이 전쟁에 나가서 큰 공을 세우고 잘 죽지 않게 하려면 병사가 되게 해야 하는데, 병사는 그 숫자가 적었다. 제자가 병사가 된다는 것은 그들에게도 영광이었다.

심사까지 자기들이 하는 마당이니 그 압력은 결코 적지 않았다.

견보의 일이 있은 후에 배일청을 제외한 다른 노사들은 한자리에 앉아서 곡예를 보고 광대놀음을 구경했지만 함께 이야기를 나누지는 않았다.

배일청은 그날 술을 많이 마셨다.

밤이 늦도록 계속된 축제였고, 배일청은 밤이 늦도록 마셨다. 그리고 취했다.

견보와 황청, 그리고 전연수는 배일청의 곁에서 꼼짝도 하지 못하고 있었다.

사람들이 돌아가고, 배일청과 그의 제자들만 남아 있게 된 후에도 배일청은 한 시간이 넘도록 술을 마시며 묵묵히 있었다.

　취한 배일청이 앉은 자세로 서 있는 견보의 턱을 만졌다.

　"남자가 되었구나."

　견보의 턱에는 수염이 까칠하게 자라고 있었다.

　견보는 갑자기 가슴이 뭉클해졌다. 지금까지 한 번도 사부와 신체의 접촉이 없었을 뿐 아니라 사부는 항상 냉담하고 가혹했다.

　"가자!"

　배일청은 비틀거리며 일어섰다.

　배일청은 몸을 잘 가누지 못했다. 마차가 있는 곳까지 황청이 전연수와 함께 그를 부축하다가 업으려 했다.

　배일청은 손을 저으며 말했다.

　"산고가 업어라."

　견보는 배일청을 업었다.

　노인은 큰 키와 당당한 체구에도 불구하고 바싹 마른 나무처럼 가벼웠다.

　배일청은 그의 등에서 나직하게 말했다.

　"청과 연수는 내가 병사로 신청해 두었다. 그리 알고 있거라."

　황청과 전연수가 깜짝 놀랐다.

　"사부님, 저희는……."

"부족하지 않다."

배일청이 그들의 말을 잘랐다.

"너희들은 죽은 병법을 배우지 않았다. 살아 있는 병법을 배웠으니 죽은 병법을 배운 자들이 어떻게 너희들의 상대가 되겠느냐? 걱정할 것 없다."

황청과 전연수는 불안한 기색이었다. 그들은 병사가 되겠다는 생각을 처음부터 해보지도 않았다.

배일청이 말했다.

"대부분의 병사들이 죽은 병법을 외워서 전장으로 나간다. 그들의 죽은 병법은 전쟁을 하나씩 경험할 때마다 조금씩 생명을 가진다. 하나 너희들은 아니다. 난 너희들에게 처음부터 살아 있는 병법을 가르쳤다. 살아남는 병법, 이기는 병법을 가르쳤다."

견보는 나직하게 대답했다.

"예, 사부님!"

배일청이 술 냄새를 심하게 풍기며 중얼거렸다.

"쓸데없는 것이다, 군사가 되어 나간 자에게 고향 같은 것은. 살아남는다고 해도 고향으로 돌아오지 마라. 고향은 남자를, 대장부를 계집아이로 만든다. 늙었든 젊었든. 너희가 본 노사들 중에서 대장부가 어디 있더냐? 모두 옹졸하고 속 좁은 계집들이 아니더냐? 그들도 한때는 천하를 질타하던 장군이요, 장수였음에도."

마차 옆에 이르렀다.

그러나 견보는 배일청을 내려놓을 수가 없었다. 사부 배일청은 그의 등에서 편안히 몸을 쉬고 있었다.

눈짓을 하여 황청에게 말의 고삐를 끌고 뒤따라오게 시켰다.

"천하가 넓다 하지만 힘과 재주에서 너희들을 능가할 자는 거의 없을 것이다."

배일청이 문득 큰 소리로 말했다.

"너희들은 내 보배다! 내 보배!"

그의 음성이 거리에 멀리 퍼졌다.

배일청은 한바탕 껄껄 웃더니 고개를 떨어뜨리고 잠이 들어버렸다.

견보와 전연수, 황청은 사부가 자기들에게 얼마나 큰 공을 들였고 마음을 썼는지 느낄 수 있었다.

생사의 고비는 헤아릴 수 없을 정도로 많이 겪었다. 훈련 중에 그렇게 했던 것들이 모두 사부의 간절한 마음임을 알 수 있었다.

생사의 고비에서 살아났고, 살아난 만큼 그들은 끊임없이 강해졌던 것이다.

견보는 사부를 집으로 모셔다 드린 후에 집으로 돌아왔다.

황청과 전연수는 병사로 응한다는 사실에 불안하기도 하면서 또한 병사가 될지도 모른다는 기대에 부풀어서 돌아갔다.

견보는 대승헌(大勝軒)이라고 이름 붙여진 집을 어둠 속에서 한 바퀴 둘러보았다.

이제 모인에 뽑혀서 나가게 되면 다시 돌아오지 못할 수도 있는 집이었다. 넓고 큰 대승헌은 황가진에서도 손꼽히는 대택(大宅)이었다.

대승헌은 큰어머니 강씨가 수십 년 동안 정성을 다해 꾸려 왔다. 가세가 크게 기울기는 했지만 여전히 집은 별로 변함없었다.

견보는 한때 할아버지의 제자들이 수련했을 여러 가지 기구와 시설들을 둘러보며 감회에 휩싸였다.

그의 조부 황채욱도 노사로서 집에서 제자들을 숱하게 가르쳐 군사로 이끌었다.

검술을 익히는 도구들과 근력을 단련하기 위하여 집 안의 연못에 만들어놓은 징검다리들은 지금 이끼가 덮여 있었다.

견보는 훌쩍 뛰어서 연못 중의 징검다리에 내려서서 앉았다.

봄풀이 연못가의 물기 있는 기슭 어디에 소복소복 돋아 있었다.

견보는 작은 소리로 맹세했다.

"나는 돌아온다. 반드시 살아서 돌아온다. 계집애가 되지 않기 위해서 떠나더라도 돌아온 후에 떠날 것이다."

밤이 깊어 있었다.

갑자기 견보는 연못가의 장미 덤불 옆에 누군가 서 있다는 사실을 알았다. 깜짝 놀라서 바라보니 이미 머리가 하얗게 세어버린 큰어머니 강씨였다.

第六章
병전이서(兵戰二書)와 은빛 사슬

무제본기

武帝
本紀

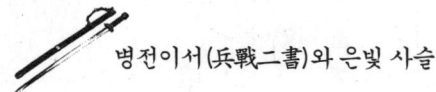 병전이서(兵戰二書)와 은빛 사슬

큰어머니지만 그녀는 견보에게 자상한 할머니와 마찬가지였다. 견보의 아버지와 백부는 나이 차가 많은데다가 견보가 늦게 태어났기 때문이다.

견보는 징검다리를 뛰어나가서 강씨 앞에 내려섰다.

"큰어머니, 어쩐 일로 나오셨어요?"

강씨는 그에게 큰어머니뿐만 아니라 그를 기른 어머니였고 부모님이었다.

강씨는 온화한 미소를 지으며 말했다.

"네 심사와 다를 바가 없을 듯하구나."

견보가 말했다.

"염려 마십시오, 큰어머니. 저는 괜찮습니다."

"앉자꾸나!"

강씨는 별빛이 드는 정자를 가리키며 말했다.

견보는 큰어머니를 부축하고 걸었다. 큰어머니는 그에게 몸을 의탁하고 편안한지 미소를 지었다.

"배 노사께서는 안녕하시냐?"

"예, 큰어머니."

견보는 대답했다.

견보는 큰어머니를 모시고 정자에 앉았다. 사부에게 훈련을 받기 시작한 이후로는 한 번도 이런 시간을 가져 보지 못했다.

큰어머니는 그사이 완연한 노파가 되어 있었다.

큰어머니가 고요한 어조로 말했다.

"할 말이 있단다."

견보는 속으로 '결국 왔구나!' 하고 생각했다. 묵묵히 고개를 숙였다.

황가진에서는 모인이 끝나고 나면 모인에 응한 젊은이들은 병사가 되었든 전사가 되었든 간에 혼인을 하는 경우가 많았다. 전쟁에 나가서 돌아오지 못할 경우, 그 집안의 손이 끊어질 것을 염려한 때문이었다.

모인의 축제에 모여든 여자들은 대부분 가난한 집안 출신들이었다.

그녀들은 모인에서 군사가 된 사람의 택함을 받아서 혼인을 하게 되면 부모에게 많은 돈을 보낼 수가 있었다. 또한 남편이 전쟁에서 죽지만 않으면 평생을 부유하고 영광스럽게 살 수도 있었다.

여자들의 입장에서 본다면 전쟁에 나가지 않아도 남자들은 언제 어떻게 될지 모르는 세상이었다.

전쟁은 언제나 있었기에, 차라리 가장 안전하고 편안한 곳이 있다면 나라에 세금조차 내지 않으면서 부유하게 사는 군사 도시 진둔이었다.

아름답고 예쁜 소녀들이 전쟁터로 나갈 남자들과 결혼하는 이유는 바로 거기에 있었다.

큰어머니가 잠시 침묵을 지키고 있었다.

견보는 반드시 자기가 살아서 돌아올 것이라고 맹세했지만 큰어머니의 마음을 힘들게 하고 싶지는 않았다.

먼저 말했다.

"분부하시는 대로 따르겠습니다."

"고맙구나."

큰어머니가 말했다.

"배 노사께서 더 가르치지는 않더냐?"

견보가 대답했다.

"지난 몇 달 동안은 반복하여 익히기만 했습니다."

큰어머니가 말했다.

"그럼 너는 다 배웠겠다. 배 노사는 그런다더구나. 제자들에게 가르칠 것이 있으면 모인이 끝나더라도 제자가 전장으로 떠나는 순간까지 붙잡아두고 가르친다고."

견보는 가만히 있었다.

큰어머니는 허리춤에서 양피지를 두 장을 꺼내어서 견보 앞에 놓으며 말했다.

"그동안은 네가 배 노사께 배우는 중이었기에 이걸 주지 않았다. 내가 아는 바는 없으나 배움은 하나 위에 하나를 쌓는 것이라 들었다. 이제 배 노사의 가르침을 다 받았으면 가전(家傳)의 병법과 전투 기술을 배워보거라. 네 조부께서 기록해 놓으신 것이다."

견보는 조부 황채욱이 전설적인 불패장군임을 알고 있었다. 전사로 모인에 나갔지만 그의 조부 황채욱은 단 한 번의 전쟁에서도 패하지 않은 사람이었다.

"그분은 지혜와 용맹이 보통 사람과 달랐다."

큰어머니가 쓸쓸한 표정을 지었다.

"네 백부와 아버지가 그분의 재주를 반만 배웠어도 일찍 돌아가시지는 않았을 것이다."

견보는 두 손을 모아서 양피지를 받았다.

오른쪽에 종서로 씌어진 '병전이서(兵戰二書)'라는 제목이 보였다.

큰어머니가 말했다.

"할아버지처럼 훌륭한 불패장군이 되어라."

"명심하겠습니다."

견보는 머리를 숙이고 가만히 있었고, 큰어머니는 벌써 견보가 멀리 떠나기라도 한 것처럼 쓸쓸한 모습이었다.

이윽고 큰어머니가 말했다.

"나는 내일 네 배필을 택하지 않으련다."

견보는 천천히 머리를 들었다. 뜻밖이었다.

큰어머니가 말했다.

"살아서 오너라. 구차하게 대를 이어가는 건 내 마음에 용납되지 않는다."

"큰어머니!"

견보는 큰어머니의 손을 잡고 엎드렸다.

큰어머니가 그의 머리를 쓰다듬으며 말했다.

"늙은 내가 무슨 할 일이 있겠느냐? 날마다 네가 무사하기를 천지신명께 기도하마. 반드시 살아서 오너라. 대를 잇기 위해서라도 살아와야 한다, 견보야."

견보는 속으로 맹세에 맹세를 거듭했다. 큰어머니의 주름진 손을 붙잡은 채 절대로 죽지 않겠다고, 반드시, 반드시 고향으로 돌아오겠다고.

*   *   *

병전이서(兵戰二書)를 읽었다.

깨알 같은 글씨로 쓰인 병전이서는 두 장의 양피지로 이루어졌으며, 한 장은 병서(兵書), 다른 한 장은 전서(戰書)였다.

전서라는 의미는 전쟁의 시작을 알리는 통지서이기도 했다.

황산고는 먼저 전서를 읽었다.

황채욱이 쓴 전서에는 첫째로 적의 공격을 미리 아는 법과 적이 공격하지 못하도록 만드는 법, 그리고 적이 잘못된 공격을 하도록 유도하는 법 등이 짧게 기술되어 있었으며, 둘째로는 기색을 숨기고 공격하는 법, 공격을 끌어내서 공격하는 법 등이 들어 있었다.

간결하게 적혀 있었지만 어느 것이나 한 번 읽어보기만 하면 이해할 수 있을 정도로 명료했다.

하지만 황산고가 그대로 할 수 있는 것은 열에 한둘도 되지 않았다.

전서에 적혀 있는 대로 다 할 수 있으려면 눈이 번갯불 같아야 할 것이 분명했다. 황산고의 눈은 아주 빠른 편이기는 했지만 전서가 요구하는 만큼 빠르지는 못했다.

화살이 전면에서 수없이 날아오면 제일 먼저 오는 것을 잡아채고 뒤에 오는 것은 팔뚝으로 튕겨내며 전진한다는 것을 할 수 있으려면 최소한 지금보다 두 배는 눈이 빨라야 할 것이다.

황산고는 전서를 한 글자도 빼놓지 않고 모두 암기했다.

어느 것이나 사부 배일청에게서 배울 수 없었던 것들이다.

배일청이 가르친 것은 황산고를 군사로 만드는 방법이었고, 황채욱이 남긴 것은 군사가 된 이후에야 이해하고 훈련하여 쓸 수 있는 정도의 것이었다.

병서의 내용도 마찬가지였다.

황채욱은 군(軍)을 다루는 방법을 기술함에 있어서 훈련시키고 조직하는 내용은 적지 않았다. 다만 그는 어떤 군대를 사용해서 전쟁을 하든지 전쟁을 해서 이기는 법을 적고 있었다.

황채욱이 말하는 반드시 이기는 법은 지피지기(知彼知己)를 바탕으로 하며, 철저하게 명령에 따르는 군대를 전제로 하고 있었다.

황채욱은 그의 병서에 이렇게 적고 있었다.

장수의 명령을 쫓아서 기꺼이 죽을 준비가 되어 있는 군대는 가장 강한 군대다. 올바른 장수가 이끌기만 하면 싸워 이기지 못할 적이 없다.

그러므로 장수가 가장 먼저 싸워야 할 것은 바로 자기의 군대다. 죽음으로 자신을 따르지 않는 부하는 버치든지 죽여야 한다. 망설이는 자는 용납하지 않아야 한다.

부하 중에서 가장 먼저 죽여야 할 자가 바로 명령 앞에서 망설이는 자이며, 두 번째로 죽여야 할 자는 적 앞에서 망설이는 자다.

또한 그는 이렇게도 적고 있었다.

작전을 짜면서 내부의 적을 죽을 자리에 놓아라. 전쟁은 어차피 누군가 죽게 마련이다. 죽는 누군가가 적이 되도록 만들어라.

황채욱은 전쟁을 이끄는 선봉(先鋒)에 대해서도 적어놓았
다.

부하들 중에서 앞장설 자를 골라야 한다. 운이 강한 자를 선
택하여 선봉으로 삼는다. 선봉이 옳게 정해졌다면 군의 사기가
오를 것이고, 잘못 정해졌다면 사기가 꺾인다. 비록 장수가 아
닐지라도 재주와 인망을 얻고 있는 자라면 선봉에 세울 수 있
다.

선봉이 강하면 약한 군사도 강한 군사로 변하고, 선봉이 약하
면 강한 군사도 약한 군사가 되고 만다. 어떤 군사가 강한 군사
인가? 선봉을 원하는 자들이 많은 군사가 강한 군사다.

또 이런 내용도 있었다.

적이 거대하고 강할 때, 사령관이 있는 중군(中軍)은 단단하지
만 강하지는 않다. 사령관이 머물고 있는 곳이 중군이면 전군(前
軍)과 후군(後軍)을 공격하여 빗장이 풀리기를 기다린다. 나오는
적을 쳐서 섬멸한 후에 포위하면 단단한 중군은 저절로 무너지
고 만다.

빠르기를 작정한 적은 쉽게 멈추지 못한다. 굳게 지키기로 작

정한 적은 쉽게 움직이지 못한다. 적보다 쉽게 멈추고, 적보다 쉽게 움직일 수 있으면 이긴다. 승리는 군사가 많고 적음에 달려 있는 것이 아니다.

적을 어떻게 아는가에 대해서도 황채욱은 견해를 뚜렷이 하고 있었다.

들판에서 적을 마주 대하면 육천 명과 십만 명을 구분할 재주가 없다. 척후병이 알려온 대략의 숫자를 보고 짐작할 뿐이다.

높은 대 위에서 바라보아도 일만과 삼만을 구분하지 못한다. 적의 숫자조차 모르는데 적의 강함과 약함을 어떻게 보고서 알 수 있을 것인가? 불가하다.

행군하는 속도를 보고 적의 강약을 짐작하며 물을 건너고 언덕을 넘을 때 대오가 흩어지는 정도를 보면서 짐작한다.

적이 쉴 때 무기를 어떻게 두는가를 보고서 어떤 부대가 약한 부대인지 안다. 전투가 시작되면 강한 선봉으로 하여금 먼저 약한 부대를 쳐서 적군 속에 흩어놓는다.

군사가 한번 동료들의 난입으로 체계가 무너지고 동요하면 장수의 영(令)이 서지 않아서 오합지졸이 되고 만다.

기마병으로 적진의 허리를 사분오열 찢으면서 항복을 종용하면 이만 병사로 십만 적군을 포로로 잡을 수도 있다.

황채욱의 병서는 한 장의 양피지에 적지 않은 내용을 담고 있었지만 이렇게 끝맺고 있었다.

물러서는 것을 망설이거나 두려워해선 안 된다. 군사를 잃는 것을 겁내서는 안 된다. 적군도 모르고 아군도 모르겠으면 물러남으로써 두 가지 모두를 알게 된다.

싸움은 반드시 적과 나를 알고 난 후에 하는 것이다. 그러므로 장수는 물러날 때 길을 보는 것이 아니라 아군과 적군을 살펴서 강약을 판별해야 한다.

물러나면서 기뻐하는 자들을 살펴서 거짓 선봉으로 삼는다. 물러나면서 분노하는 자들을 살펴서 기뻐하며 뒤쫓아온 적을 맞서 싸우게 한다.

기뻐하며 쫓아온 자들은 약한 자다. 용맹한 자들이 아니라 발이 빠르고 눈치가 빠른 자다. 그들은 쫓아온 것보다 빠르게 달아날 자다.

잔인(殘忍)을 보여서 적으로 하여금 항복하는 자에게 자비(慈悲)를 베풀 여지가 남지 않게 하라. 그런 후에 기뻐하며 도망친 자들을 궁지에 몰아서 싸우게 하라.

코가 물린 적이 분노하여 그들을 공격할 때 용맹한 자들과 함께 그들의 심장을 쳐라. 분노는 지나치면 망연자실이 된다. 장수가 분노하고 망연자실하게 되면 반드시 스스로 죽는 길을 택한다.

황산고는 간담이 서늘했다.

적군 중에서 뿐만 아니라 아군 중에서도 죽일 자와 살릴 자를 구분해 놓는 조부의 병법이 필승의 전략임을 알 수 있었다.

조부 황채욱이 전설의 불패장군이며 아직 그와 같은 위업을 이룬 사람이 없는 것도 황채욱과 같은 병법을 쓰지 않았기 때문일 가능성이 많았다.

황채욱의 병법대로 한다면 그의 군사들은 싸우면 싸울수록 강해질 것이 분명했다. 강한 군사들을 죽이지 않고 약한 군사들을 죽게 만들며, 강한 군사들은 그 와중에 더욱 강해지도록 만들어가기 때문이다.

전쟁은 결국 그런 것이었다.

황산고는 자기가 스승에게 배운 살아 있는 병법들을 떠올려 보았다.

배일청은 제자들에게 병법을 가르칠 때 구구한 말을 외우도록 하지 않았다. 어떻게 할 것인지를 제자들이 스스로 생각하여 즉시 판단하게 했다. 말보다 직접 병사를 움직여서 대응하는 법을 가르쳤다.

때로 황산고와 전연수, 그리고 황청은 아무런 생각도 없이 검술을 펼치듯이 병법을 사용하기도 했다.

배일청의 병법은 보고 느끼고, 그 느낌에 따라 반응하며 적군의 급소를 치고 허리를 끊어서 이기는 병법이었다.

그리하여 배일청의 병법은 칼같이 빠르고 예리했다. 그가 원래 전사였기 때문에 그럴 수도 있었다.

배일청의 병법과 황채욱의 병법은 어딘지 모르게 일맥상 통하는 면이 있기는 했다.

그러나 배일청의 병법은 황채욱의 병법에 전혀 미치지 못 했다.

황채욱의 병법이 가지는 무시무시함을 배일청의 병법은 갖지 못했다.

속도는 갖추고 있었지만 황채욱과 같은 파격이 없었다.

황산고는 병서를 놓고 눈을 감았다.

와아! 와아!

들판을 치닫는 군사들의 함성이 귀를 울리는 듯했다.

그 들판의 한쪽에 조부 황채욱의 군사를 놓고 다른 쪽에 황산고 자기의 군사를 놓았다.

그러나 황산고는 병력을 움직일 수가 없었다. 등줄기로 땀만 흘렀다. 조부의 병서를 읽은 후라 조부의 군사가 어떤 군사인지를 알고 나니 싸울 엄두조차 내지 못했다.

황산고는 싸우기도 전에 패한 군사들의 장수가 되어 망연자실했다. 불패장군 황채욱의 군사가 어떤 군사인지 느낄 수 있었다.

그와 싸워야 했던 장수들의 기대가 어떤 과정을 거쳐서 점차 공포와 두려움으로 변해갔을지를 알 수 있었다.

생사를 서로 다투는 생생한 전쟁에서 허탈감과 공포는 장수를 자결로 몰아가기에 충분하다.

황산고는 생각하는 것만으로도 한순간 자결의 충동을 느꼈다. 전쟁을 아직 제대로 안다고 할 수 없음에도.

황산고는 양피지를 내려놓았다.

두 장의 양피지를 보고 또 보는 사이에 날이 훤하게 밝아왔다.

병서도 무시무시했고, 전서도 무시무시했다.

다만 전서의 내용은 병법보다 오히려 황산고에게 잘 받아들여지지 않았다.

보면 볼수록 명료하면서도 사용된 말 하나하나가 황산고가 알고 있는 것과 다른 뜻으로 쓰인 것처럼 느껴져서 머리가 어질어질했다. 그 말들이 단초가 되어서 황산고에게 한없는 상상을 하도록 만들었다.

그러나 명료한 말들을 황산고는 명확히 이해하지 못했다. 전서의 내용에는 황산고가 볼 수 없는 어떤 것이 포함되어 있는 듯싶었다.

황산고는 머릿속이 하얗게 될 정도로 생각했지만 그것이 무엇인지 알 수 없었다. 병전이서는 완벽하게 암기했지만 황산고의 몸속으로 녹아들지는 않았다.

*   *   *

해가 뜰 때 황산고는 병전이서를 돌돌 말아서 간직하며 해

방감을 느꼈다.

씻고 아침을 먹은 후에 사부 배일청의 집으로 달려갔다.

모인이 오전부터 본격적으로 시작되었다.

황산고는 노사들의 요구에 의해 제일 먼저 시험대에 나갔고, 노사들은 그에게 별다른 질문도 하지 않고 즉시 병사로 뽑았다.

모인관 윤치덕은 떨떠름한 표정이었지만 열세 노사의 만장일치에 의한 판정을 뒤집지는 않았다.

"축하한다, 견보!"

황청과 전연수가 황산고를 주먹으로 치면서 말했다.

황산고는 기뻤다. 전 모인을 통틀어서 첫 번째 병사가 된 것이다.

대승헌에서 그날 큰 잔치가 열렸다.

황청과 전연수도 모인에서 병사로 뽑혔다.

병사 열 명 중에서 배일청의 제자가 세 명을 차지했다. 그 결과에 모든 노사들은 충격을 받았다. 더불어 배일청의 명성이 아주 높아졌다.

모인은 성공적으로 끝이 났다.

열 명의 병사가 뽑혔으며, 팔백 명의 전사가 선정되었다.

상당수의 전사와 병사들이 혼인을 했으며, 그들이 술과 여자와 친구와 더불어 생애 최고의 순간을 만끽하고 있을 때, 황산고는 사부 배일청과 함께 시간을 보냈다.

배일청은 그에게 훈련을 강요하지도 않았고 가르침을 내리려 하지도 않았다. 함께 산책을 하고 낚시를 하면서 소일했다.

밤이 되어 집으로 돌아오면 병전이서를 읽으며 그 내용을 골수에 새겼다. 읽을 때마다 병전이서에서 그가 얻는 것이 달랐다. 그는 병전이서를 읽으면서 내면 깊숙한 곳이 개조되어 딴사람으로 변하는 것처럼 느껴졌다.

그 변화를 감상하는 것도 나쁘지 않았다.

유모와 온 가족이 그를 극진히 대접했다.

날마다 매파가 문전을 드나들었지만 큰어머니가 일절 상대하지 않았다. 그녀는 황산고가 혼인을 하고 자식을 가지면 집안의 마지막 정기가 흐려져 그가 돌아오지 못할 것처럼 두려워하고 있었다.

*   *   *

어느 날, 황산고가 여느 때나 마찬가지로 사부를 찾아갔을 때 사부는 아침부터 외출 준비를 하고 있었다.

"함께 가자."

배일청이 황산고를 기다리고 있었듯이 말했다.

"예!"

황산고는 어디로 가는지도 물어보지 않고 순순히 대답했다.

사부와 함께 마차를 타고 황산고는 황가진에서 가장 시끄러운 곳으로 갔다. 무기를 만들어 파는 병기점이 많은 곳이었다.

마차가 골목으로 들어가서 어느 병기점에 멈추었다.

배일청은 황산고를 데리고 그 병기점 안으로 들어갔다. 십여 명의 장인이 망치를 휘두르고 쇠를 끓이는 일을 하는 중이었다.

병기점의 주인인 듯한 사람이 달려와 배일청에게 인사를 했다.

"준비 다 되었는가?"

배일청이 점잖게 물었다.

주인이 황산고를 힐끗 본 후에 허리를 숙이며 말했다.

"이분이 바로 그분이군요."

배일청은 말이 많은 것을 좋아하지 않았다. 얼굴을 찌푸렸다.

그러자 주인은 그들을 데리고 안으로 들어가며 말했다.

"말씀하신 대로 만들기는 했습니다. 하지만 이분이 감당하기에는 쉽지 않을 듯합니다."

"왜?"

배일청이 물었다.

주인이 눈치를 보며 대답했다.

"한철이라 두께는 얇지만 무겁습니다. 한번 써보시고 맞지 않으면 아직 시간이 있으니 고치는 것이 좋을 듯합니다."

"그럴 필요 없네. 괜한 걱정이야."

황산고가 조심스럽게 끼어들었다.

"사부님, 제 갑주는 아직 새것입니다."

배일청이 퉁명스럽게 말했다.

"갑주를 만들진 않았어."

'검인가?'

황산고는 잠깐 생각했지만 묻지는 않았다.

주인은 귀중품을 보관하는 장소로 그들을 데려갔다. 그리고 황산고는 주인이 그에게 내미는 그 물건을 볼 수 있었다.

은빛 사슬이었다.

두께는 손톱 두께 정도였고, 사슬의 고리 하나 크기는 가운뎃손가락의 가운데 마디 크기였다. 고리의 숫자는 헤아릴 수 없었다. 찰랑거리는 맑은 소리가 흔들릴 때마다 나면서 마음을 상쾌하게 했다.

길이는 몹시 길어서 오 장하고도 반이 넘었다.

"이게 무엇입니까?"

하고 황산고는 묻지 않을 수 없었다.

"벗어라!"

배일청이 퉁명스럽게 말했다.

황산고는 머뭇거릴 틈도 없이 즉시 옷을 벗었다. 먼저 상의를 벗고 나도 배일청의 표정이 여전히 퉁명스럽게 보였다.

하의를 마저 벗었다.

배일청은 은빛 사슬의 끝을 황산고의 목에 걸쳐서 천천히 감아 내렸다.

황산고는 꼼짝할 수 없었다. 은빛 사슬의 고리들은 아주 날카롭지는 않지만 예리한 편이었다. 더구나 무게가 있어서 함부로 움직일 때는 몸을 상할 우려가 있었다.

배일청은 목에서부터 빈틈없이 황산고를 감아 내려서 하복부까지 은색으로 만들었다.

그런 후에 남아 있는 사슬을 아래위로 연결하여 사슬들이 제 위치를 벗어나지 않도록 했다.

황산고는 마치 벗겨지지 않는 은빛 붕대를 감은 것 같은 모습이었다. 그러나 실상은 전신에 무거운 칼날을 두르고 있는 것이나 다름없었다.

은빛 사슬의 무게는 적게 잡아도 마흔다섯 근은 충분했다.

"움직일 수 있겠느냐?"

배일청이 물었다.

"예!"

"옷을 입어라."

황산고는 아주 천천히 옷을 집어서 입었다. 몸을 함부로 움직이다가는 칼날 같은 사슬이 자신의 껍질을 벗겨 버릴 것 같았기 때문이다.

피부가 사슬 사이에 끼지 않도록 온 신경을 다 썼다. 움직일 때마다 식은땀이 흐를 지경이었다.

"가자!"

배일청은 앞서서 나갔다.

주인이 황산고에게 물었다.

"무겁지 않은가?"

황산고는 미미하게 머리를 좌우로 흔들었다. 무겁지 않은 건 아니었지만 못 견딜 정도는 아니었다. 무거운 것보다는 무섭다는 것이 황산고가 부닥친 문제였다.

마차를 타고 돌아가는 길에 배일청은 별말이 없었다.

마차는 호숫가 낚시터로 향했다. 낚시터에는 목 노인이 먼저 나와서 자리를 잡아놓고 있었다.

배일청은 마차가 멈추었을 때 황산고에게 말했다.

"한 번은 그것이 너를 지켜줄 것이다. 너와 같은 사람은… 생사의 큰 고비를 자주 만나지는 않는다. 위험한 경우는 많을지라도……."

배일청은 멈춰 선 마차에서 오히려 지친 듯이 등을 기댔다.

"한 번만 넘으면 된다. 그런 고비가 두 번 찾아오진 않을 것이다, 네 능력으로도 어쩔 수 없는 고비가."

날카로운 사슬을 몸에 감고 살라고 하는 것은 그런 위험이 언제 닥칠지 모르니까 항상 경계하고 조심해야 한다는 의미일 수도 있었다.

황산고는 천천히 내려 스승을 부축했다. 배일청은 모인이 있은 후로 급격하게 늙는 것 같았다.

황산고와 배일청은 말도 거의 주고받지 않았으며 딱딱하기 이를 데 없는 사제지간이었지만 이상할 정도로 서로를 신뢰하고 있었다.

배일청에게는 제자가 황산고 말고도 많았다. 황산고를 특별히 대우하지도 않았으며 별난 가르침을 주지도 않았다. 따뜻한 격려나 칭찬조차 없었다.

그럼에도 그들의 관계는 다른 제자들이 볼 때조차 가장 밀착되어 있었다.

배일청은 물가에 놓인 의자에 앉아서 나직하게 말했다.

"견보야, 너는 군문에 오래 있지 마라."

황산고는 습관적으로 대답했다.

"예, 사부님."

"병법을 써서 버릇이 된 자는 그 버릇을 버리지 못한다. 앞으로 네가 많이 힘들 것이다."

배일청은 씁쓸하게 웃었다.

"제백(諸百:제자백가)의 도리가 모두 우리를 비웃는 듯하여 슬픈 때가 많았다."

배일청은 그 말 이후 입을 다물어 버렸다.

하지만 황산고는 제백의 도리가 비웃었기에 사부가 슬펐던 것이 아니라 제백의 도리가 그의 심정을 이해하지 못했기에 슬펐다는 사실을 알 수 있었다.

제백은 천하를 종횡하며 가르침을 베푸는 뛰어난 학자들을 말한다.

세상이 조그마한 나라들로 수없이 쪼개져 있으면서 하루

도 쉬지 않고 싸움을 일삼으니 지혜를 가진 자들이 세상을 평안하게 하고 사람이 잘살 수 있는 방법을 들고 나와서 유세하는 중이었다.

황산고도 그런 사람들이 많다는 이야기를 들었다. 그들은 때로 법(法)을 말하고 때로는 도(道)를, 혹자는 명(明)을 설파했다.

그러나 그들 중에서 누가 군사 도시 진둔에 왔다는 말을 들어본 적은 없었다.

병술을 논하는 자들이 있기는 했지만 그들은 그 이전에도 존재했던 터다.

그들은 세상이 어지러운 이유가 전쟁에 있다고 보았으며, 전쟁은 군(軍)이 있기 때문이라고 생각했다. 또한 나라가 하나로 통일되면 전쟁이 없어질 것이라 생각하기도 했으며, 모든 것을 인간의 어리석음과 욕심으로 보기도 했고, 덕이 없기 때문에 그렇다는 생각을 갖기도 했다.

그러나 황산고는 전쟁을 준비하면서 어렴풋이나마 그것들이 옳지 않다고 느껴왔다. 나라가 있으면 반드시 임금이 있어야 하는 것처럼, 나라가 있으면 반드시 군도 있어야 하는 것이라고 생각했다.

말을 하는 도리에서는 그들을 공박할 수 없어도, 황산고는 그들의 말이 모두 허상에 불과하여 이룰 수 없는 것임을 느꼈던 것이다.

결국 백성을 지키고 나라를 보전하는 수법은 군(軍)과 전쟁

외에 있을 수가 없었다. 몇 가지 말과 가르침으로 나라를 지
킬 수 있다면 그토록 많은 전비(戰費)를 들여서 군사를 양성
할 필요가 없을 것이다.

　나라를 다스리는 자들은 부패할 수는 있어도 어리석은 자
들이 아니기 때문이었다.

＊　　　　＊　　　　＊

　그날 집으로 돌아와서 황산고는 낮에 일어났던 생각들을
씻어버리기 위해서라도 검을 들고 대정검법을 연습했다.

　대정팔검이라고도 부르는 대정검법은 언제부터인지 모르
지만 황가진의 독보적인 검법이었다.

　전쟁 속에서 경험을 통해서, 그리고 많은 노사들의 연구와
연구가 더해져서 이루어진 것이 지금의 대정검법이었다.

　대정검법은 대정팔검이라는 다른 이름에서 볼 수 있듯이
여덟 개의 검로(劍路)를 가지고 있으며, 각 길마다 여섯 가지
의 변화가 더 있고, 각 변화에는 모두 공(攻), 방(防), 회(廻)라
고 불리는 삼의(三儀)가 있었다.

　삼의는 적과 부딪치는 그 순간에 어느 것을 사용할 것인지
결정되는 것으로 서로 배타적이었다.

　황가진의 군사들이 무서운 것은 바로 이 대정검법 때문이
라고 해도 크게 과언은 아니었다.

　그리고 세상에는 검술을 아는 사람은 이름 높은 진둔 출신

의 군사 외엔 오직 왕족과 귀족 정도였다.

그 외에 검술을 아는 자가 있다면 바로 그들은 협객(俠客)이었다.

신분을 좀체 드러내지 않으며 행사가 은밀하나 무서운 자들이 협객이었다. 그들은 약속을 중시하고 신의를 높이 살 뿐, 법과 생명을 우습게 아는 자들이었다. 남을 위해서 의리의 자객이 되는 경우도 있고 돈에 팔리는 경우도 있었지만 모두 사람들의 꺼리는 바였다.

진둔의 맥이 계속 전해오는 것처럼 협객들도 맥이 전해왔다.

그러나 그들은 무리를 이루지는 않았다. 무리를 이루면 곧 그들은 도적이나 다름없었다. 무리를 이룬 자들은 잠시 동안은 존속할 수 있어도 이내 그들을 못마땅하게 여기는 다른 협객들에 의해서 흔적도 없이 사라지기 일쑤였다.

그처럼 세상에 몽둥이를 휘두르거나 칼을 쓸 수 있는 자는 많아도 진정한 검술을 쓸 수 있는 자는 많지 않았다.

황가진의 대정검법도 세상에 존재하는 얼마 되지 않는 검술 중의 하나였다.

황산고는 은빛 사슬을 입은 상태로 대정검법을 펼치자니 긴장으로 전신의 솜털이 다 곤두섰다. 속도가 너무 느려져 팔검을 모두 펼쳤을 때는 세 시간이 지났을 때였다.

탈진하여 털썩 주저앉고 싶어도 그마저 온 신경을 다 써야 했다. 천천히 바닥에 앉았지만 언제든지 뛰어오를 마음의 준비를 했다.

한데 바닥에 앉은 그의 전면에 무릎 높이 정도의 작은 비석(碑石)이 눈에 띄었다. 예전에도 그곳에 있었지만 무심코 지나쳤으며 읽을 생각도 하지 않았던 것이다.

집 안에 있는 여러 가지 석등과 바위들처럼 그것도 하나의 장식품 정도로 여겼기 때문이다.

그런데 앉아서 보자니 그 비석의 글씨체가 몹시 눈에 익었다. 날마다 읽고 또 읽는 병전이서에 적혀 있는 필체와 똑같았다.

바로 조부 황채욱의 글씨체였다.

황산고는 자기도 모르게 몸을 앞으로 가져갔다.

산고도원(山高道遠).
산은 높고 길은 멀다!

황산고는 몸을 부르르 떨었다. 마치 그 비석이 자기를 부르는 듯했다.

第七章
산고도원(山高道遠)

武帝本紀

무제 본기

 산고도원(山高道遠)

무릎으로 기어가서 비석에 손을 얹었다. 산고도원이라고
쓴 아래에 작은 글씨가 적혀 있었다.

산고이부능등산몰유(山高而不能登山沒有).
도원이부진기장물존(道遠而不盡其長勿存).
장부당연능발개비석(丈夫當然能拔個碑石).
혜인응당능채식장의(惠人應當能採植藏意).

산이 높아도 오르지 못할 산은 없고,
길이 멀어도 다하지 않는 길은 없다.
장부면 마땅히 비석을 뽑을 수 있어야 하고,

지혜롭다면 심어놓은 뜻을 캐낼 수 있어야 한다.

대장부의 호방한 기개와 지혜를 자신있게 드러내어 적어
놓은 시였다.

하지만 산고(山高), 산이 높다라고 하는 말은 황산고 그의
이름이기도 하였다. 또한 장부(丈夫)는 굳센 남자라는 뜻의
견보(堅甫)와 통했다.

황산고는 학문을 깊이 배우지는 않았지만 총명했다. 그 한
수의 시는 조부 황채욱이 황산고를 시험하고 있었다.

황산고는 비석을 안고 벌떡 일어섰다.

있는 힘을 다하여 뽑아 올렸다.

그러나 비석은 꿈쩍도 하지 않았다. 작은 비석이라고 생각
했던 것이 결코 작지 않았다. 위로 올라온 것이 작을 뿐이었
다.

황산고 혼신의 힘을 다했다. 온몸에서 혈관이 돋아나고 머
릿속에서는 위잉위잉 하며 피가 도는 소리가 났다.

황산고는 한참을 노력해서야 비석을 흔들 수 있었다. 삽으
로 파낼 수도 있었지만 조부는 그것을 원치 않는 것이 분명했
다.

다시 한 번 힘을 불끈 주자 한 번 흔들린 비석은 그의 손을
따라 쑥 뽑혔다. 뽑고 나니 길이가 황산고의 키보다 컸다. 무
게는 무려 사백 근에 달했다.

비석을 눕혀놓고 함께 누워 하늘을 보았다. 숨을 고르기가

쉽지 않았다. 사백 근짜리 비석을 평지에서 드는 것도 아니고 흙 속에서 뽑아낸다는 것은 그 배 이상의 힘이 드는 일이었다.

비석을 눕히며 살폈지만 뽑힌 부분에 다른 글은 적혀 있지 않았다.

황산고는 일어나서 비석을 뽑은 땅속을 살폈다. 그곳에 조부가 말하려는 뭔가가 있을 것이라 생각했다.

그러나 그곳은 황산고가 들어가기엔 좁았고 내려다보기엔 어두웠으며 손발을 넣어 더듬기에는 지나치게 깊었다.

황산고는 잠시 생각하다가 자기가 뽑아놓은 비석의 바닥을 손으로 더듬었다.

흙이 많이 묻어 있었다. 손으로 떼어나고 나니 그곳에 글자들이 음각되어 있었다. 그의 짐작이 맞았다.

비석을 뽑는 것은 대장부로서의 힘을 가늠해 본 것이고, 심어놓은 뜻을 캐는 것은 지혜를 시험하는 것이니 결코 땅을 파거나 장대로 밑을 뒤져서 될 일은 아닐 것이라고 생각했던 것이다.

황채욱은 견보를 위하여 이 글을 남긴다.

글은 이렇게 시작하고 있었다.

너는 어미의 배를 찢고 태어났다. 세 달이나 일찍 태어났으니 조산이었다. 반면 네 아비 영무는 만산이었다. 너의 어미가 너를 낳다가 죽었고, 네 아비의 어미는 네 아비를 낳다가 죽었다.

나는 네 어미가 죽은 후에 곰곰이 생각했다. 그런 후에 내게 어머니에 대한 기억이 없음을 알았다. 내 어머니도 나를 낳다가 돌아가신 것이었다.

이렇듯 나와 내 자식과 손자를 낳은 여인이 죽는 까닭은 어디에 있는가? 나는 오로지 단 한마디에서밖에는 그 이유를 찾을 수가 없었다.

내가 아직 늙지 않았을 때, 전장에서 이인(異人)을 만났다. 이인은 내게 함께 떠나자고 하였으나 나는 복이 없어서 그렇게 하지 못했다.

이인은 내게 태극의 씨앗이 있다고 말했다.

나는 태극의 씨앗이 무엇인지 모른다. 음양가(陰陽家)에서 태극을 중시한다는 말을 들었지만 그것이 전부일 뿐이다. 그 태극이 내게 있다고 할지라도 왜 있는지 어디에 쓰는 것인지도 모른다.

그러나 나는 그 효험을 크게 보았다. 써보았다고 할 수 없고 효험을 보았다고 말할 수밖에 없는 것은 전적으로 내가 모르기 때문이다.

전쟁에서 승리를 했으나 전차에서 낙상하여 죽음에 이르렀을 때, 나는 기이한 일을 겪었다. 나는 죽음과 싸웠던 것이다. 꿈속처럼 나는 내 속에서 이인을 다시 보았고, 의미조차 모르는 태극의 씨앗이란 말을 계속 떠올렸다. 그러면서 나는 죽음에 대항하여 싸웠고, 마침내 이겼다.

척추가 부서졌던 내 몸은 완전하게 회복되었다.

황채욱의 글은 자기가 경험했던 내용과 세월을 두고 계속하여 생각한 후에 느꼈던 바를 기록했다.

황산고는 옛날이야기를 듣는 듯해서 조금도 실감이 나지 않았다.

치열한 훈련 속에서 성장한 황산고에게 육체적으로도 감정적으로도 와 닿지 않는 말을 사실로 받아들인다는 것이 무리였다.

현실과 동떨어져 있었다.

조부 황채욱의 글은 마치 당부를 하는 듯이 비석에 적혀 있는 네 줄의 시를 다시 반복하며 끝났다.

황산고는 기대 속에서 온 힘을 다해 뽑았던 비석을 원래 자리에 세웠다.

큰 힘을 한번 써서 물고가 터진 것처럼 이번에는 비석을 들어서 옮겨놓는 데 처음만큼 힘이 들지 않았다.

그리고 황산고는 병전이서는 철저하게 기억하고 있었지만 비석 밑바닥에 적혀 있던 조부의 글은 이내 까맣게 잊어버렸다.

밤이면 은빛 사슬을 입은 채로 검술을 펼치는 연습을 하고,

낮에는 황청, 전연수 등과 더불어 사부 배일청을 모시면서 상희를 놓았다.

그동안 전세를 살피는 연습을 하기 위해서 키웠던 개미는 그보다 어린 사제에게 주어버렸다.

상희는 병법의 전감(典鑑)이었다.

서른두 개의 말에 각각 개성을 부여하고 시작하면 싸우는 도중에는 항상 그 개성을 숙지하고 있어야만 이길 수 있었다.

상희를 하는 중에도 사부가 없을 때면 황청과 전연수는 여자 이야기를 하곤 했다. 황산고에게 여자가 어떤지를 설명해 주려고 하였으며, 어떻게 하니까 여자가 어쩌더라는 생생한 내용을 알려주기 위해 안달이었다.

그러나 황산고는 감정이 잠시 쏠릴 뿐, 마음이 동하지는 않았다.

큰어머니가 혼인할 것을 명했으면 그도 혼인을 하고 날마다 여자와 동침했겠지만, 황산고는 황청과 전연수에게 자극받을 때를 제외하고는 여자에 대해서 생각하는 경우는 없었다.

여자와 동침하는 것이 싫거나 한 것은 아니지만 굳이 그렇게 할 이유를 발견하지 못한 때문이었다.

전연수는 자기 처에게 말해서 친구를 황산고에게 소개해 주려고 여러 번 노력했지만 마침내 포기하고 말았다.

그래도 미련이 남았는지 전연수는 안타까운 듯이 황산고

에게 말했다.

"그게 얼마나 좋은지는 안 해보면 몰라. 우리는 우리끼리만 즐기자니 미안해서 그런 거라구."

황산고는 큰 소리로 웃었다. 말수도 적은 황산고가 그렇게 웃는 모습은 황청과 전연수도 처음이었다.

덩달아 큰 소리로 웃으면서 여자 생각은 다 떨쳐 버렸다.

모인이 있었던 날로부터 두 달 후에 황산고는 황가진을 떠나 마침내 군문(軍門)으로 들어갔다.

전국에서 모여든 군사들과 함께 다시 군율을 배우고, 그들과 함께 진을 치는 법과 행군하는 법 등등을 연습했다.

군율은 이미 모르는 것이 없었지만 수천수만 명 속에서 그중 하나가 되어 움직이는 훈련은 그뿐만 아니라 모두에게 처음이었다.

말로만 듣고 상상으로만 했던 것을 황산고는 황청, 전연수 등의 동료들과 함께 경험하고 배웠다.

수천 명의 병사들이 깃발과 북소리에 맞추어 진군하고 물러가며, 때로는 흩어져서 어느 깃발 아래로 다시 모여들고, 여러 갈래로 나뉘고, 다시 합쳐지면서 파도처럼 넘실거리며 진퇴를 하고 원을 그리는 모습은 일대 장관이었다.

황산고와 황청, 전연수는 병법을 맡은 병사였기 때문에 진지의 높은 망루에서 그 모습을 볼 기회가 자주 있었다.

사람들이 많이 움직이는 것을 멀리서 보면 영락없이 개미들 같았다.

사부 배일청이 개미를 키우게 했던 이유를 확연히 알 수 있었다. 황산고 등은 오랫동안 개미를 키우면서 개미 한 마리한 마리를 구별할 수 있을 정도가 되었기 때문이다.

군사들의 깃발에 의지하지 않고 그들을 구별할 수 있을 정도라면 지휘하는 장수는 멀리서 보고도 적과 아군에 대해서훨씬 많은 것을 알게 될 것 같았다.

이런 점은 배일청의 병법이 황채욱의 병법과 일맥상통하면서 접근하는 면이었다.

병사들에게는 전사를 지휘하는 훈련이 따로 있었다. 황산고는 그때 깃발과 나팔, 북을 이용하여 직접 대군을 지휘해볼 수 있었다. 그의 손짓 하나에 따라서 움직이는 대군을 보며 뭐라 말할 수 없는 짜릿한 흥분을 느꼈다.

그러나 마음은 빨리 움직여도 그가 지휘하는 군사들은 아주 느렸다. 황산고는 병법을 실제에 쓴다는 것은 기다리는 답답함을 참는 것부터 배우는 것이라는 사실을 깨달을 수 있었다.

명령이 전달되어도 군사의 움직임은 느리고, 그마저 답답하여 포기한다면 군사들은 십만 대군이라 하여도 우왕좌왕하며 서로 짓밟는 지진 속의 쥐 떼나 다를 바 없었다.

황산고는 직접 군사를 지휘할 기회를 다섯 번 가졌다. 그때마다 그는 사부의 병법을 기본으로 하면서 조부 황채욱의 병법을 적용하려고 노력했다.

실제 전투가 아니라서 적용할 수 있는 부분이 적기는 했지만 그 와중에 병법의 많은 부분을 살아 있는 채로 이해하게 되었다.

어느 날 모인관 윤치덕이 황산고가 훈련받는 군영으로 찾아왔다. 황산고는 그의 모습을 얼핏 보았었다.

마침내 군영 내의 훈련이 끝날 때가 된 것이다.

눈치 빠른 사람들은 자기들이 어디로, 누구의 밑으로 배속될 것인지를 걱정하고 있었다.

전사들은 필요에 따라 지휘관을 마음대로 선택하고 바꿀 수 있지만 병사들은 그것이 쉽지 않았다. 병사들은 장수와 가까운 위치에 있기 때문이었다.

그 다음날부터 전사들과 병사들이 명령서를 받아 쥐고 무리를 지어 군영을 나가기 시작했다.

훈련은 정지되었고, 날마다 군영을 빠져나가는 전사와 병사들을 군영의 영반이 나와서 환송하는 행사가 있었다.

황산고와 황청, 전연수 중에서 가장 먼저 명령을 받고 떠난 사람은 전연수였다.

전연수는 명령서를 받고는 기뻐하며 말했다.

"조참(趙參) 장군 밑에 배속됐어."

조참 장군은 위(衛) 나라의 여섯 명장 중 한 사람이었다.

그는 진둔 출신이 아닌 일반 백성으로 군문에서 공을 세워 장군이 된 걸출한 인물이었다. 그는 부하들을 아끼기 때문에 그의 밑에는 유능한 장수들이 많고 그의 군사는 용맹하다고 알려져 있었다.

전연수가 조참 장군의 밑으로 들어간다는 것은 어느 정도 출셋길을 보장받은 것이나 다름없었다.

전연수는 먼저 떠났고, 그 후에 황청이 떠났다.

황청은 서문잠(西門岑) 장군의 밑으로 배속되었다.

서문잠 장군은 조참 장군만큼 유명하지는 않았지만 용맹이 아주 뛰어난 장군이었다. 군사 도시인 창운둔(昌運屯) 출신이며 병사로 군문에 들어온 사람이었다. 작은 실수는 몇 번 했지만 큰 공도 여러 번 세웠다.

황산고는 남들이 다 떠나갈 때 혼자서 우두커니 명령서를 기다렸다.

이윽고 그가 영반에게 불려갔다.

그 자리에는 이미 칠십여 명의 군사가 명령서를 쥐고 모여 있었다. 황산고는 자기가 갈 곳이 그들과 같은 곳임을 알았다.

명령서를 받았다.

두 장이었다. 한 장은 황산고가 볼 것이고, 봉인된 다른 한 장은 그가 배속된 곳의 장군이나 장수가 읽을 것이었다.

황산고는 설레는 마음으로 명령서를 읽어보았다.

'전선(戰線)이구나!'

황산고는 펼치자마자 속으로 말했다.

그는 정만척(鄭萬尺) 장군의 밑으로 배속되었으며, 정만척은 현재 전쟁의 최첨봉에 서 있는 사람이었다.

군문에 들어온 이상 전쟁에 나가는 것은 당연하지만 갓 들어온 병사가 바로 전투에 투입하는 경우는 많지 않았다. 어느 정도 경험을 쌓지 않은 병사는 전쟁에서 없는 것이나 마찬가지기 때문이었다.

황산고는 먼저 와 있던 칠십여 명의 군사를 보았다. 그들의 얼굴에는 불안과 두려움이 엷게 깔려 있었다.

영반이 말했다.

"저들을 인솔하고 떠나라."

황산고는 복명하고 칠십여 명과 함께 군영을 나왔다.

동행하게 된 칠십여 명은 모두 병사가 아니었다. 그들 중에서 이십 명 정도는 전사였고, 나머지는 일반 백성들 중에서 군문에 들어온 자들이었다.

그들은 모두 황산고가 병사라는 것을 알고 있었다. 더구나 영반은 황산고에게 그들의 병부(兵簿·군사 개개인의 이름과 신상을 적은 장부)를 주었기 때문에 그를 순순히 지휘자로 인정했다.

그들 중 한 명이 황산고에게 말했다.

"황 대장, 당신은 아주 특별한 사람인 모양이오. 당신도 신병이기는 우리와 마찬가지인데 인솔 책임자가 되었으니 말이오. 나는 인솔 책임자는 우리보다 훨씬 계급이 높은 사람인 줄 알고 있었소."

황산고도 그런 점이 조금 이상했다.

하지만 그는 황가진 모인에서 첫 번째로 뽑힌 병사였기에 영반 등 윗사람들이 그런 결정을 내렸을 수도 있다고 생각했다.

*   *   *

황산고는 이레 동안 행군하여 정만척 장군이 있는 전장으로 갔다.

전쟁터가 가까워질수록 땅은 황폐하고 민가는 없었다. 길은 잡초가 무성하고 움푹 파인 곳이 많아서 마차가 갈 수도 없는 곳이 많았다.

수습하지 못한 시체들이 노변에서 썩어가며 백골을 드러내고 있었다.

마침내 정만척 장군의 진지에 이르러 담당 군관에게 명령서와 병부를 바쳤다. 그때까지는 별문제가 없었다.

그러나 그 이튿날, 담당 군관이 호명하여 세부적으로 배치될 장소와 직속상관을 불러주는 데서 예상치 못한 문제가 발생했다.

"황산고!"

"예!"

군관은 황산고를 쳐다보지도 않고 말했다.

"너는 장천사(張天師) 밑으로 간다."

황산고는 어리둥절했다.

군관이 말하는 장천사가 방금 전 유백진(劉白津)이라는 전사의 직속상관으로 거론된 십인대장(十人隊長)의 이름이었기 때문이다.

군관은 벌써 다른 사람의 이름을 부르고 있었다.

먼저 호명된 전사들도 황산고의 경우가 이상한 듯이 그를 바라보았다. 황산고는 차림새도 병사의 차림이지 전사의 차림이 아니었다.

황산고는 군관의 말을 끊었다.

"질문있습니다."

"뭐야?"

군관이 신경질적으로 소리쳤다.

황산고가 물었다.

"제 직속상관 장천사라는 분은 계급이 어떻게 됩니까?"

군관이 화를 내며 소리쳤다.

"십인대장이지 뭐야! 말귀가 먹었어? 멍청한 호로자식아!"

황산고가 말했다.

"저는 병사입니다."

"야! 이 미친놈아! 옷만 그렇게 입으면 아무나 병사가 되는 줄 알아? 꼴에 잘도 동료들을 속였구나!"

군관이 기막힌 듯이 껄껄 웃었다.

"잘 들어라, 거짓말쟁이 미친놈아! 너는 전사야, 전사! 저 명령서를 꼭 보여줘야 하나?"

황산고는 군관을 노려보았다.

군관이 흠칫했다.

황산고는 평소에 온순해 보였지만 그에게는 열 살 때부터 늑대를 상대하며 키운 야수 같은 면모가 있었다.

군관은 황산고가 진짜 미친놈일지도 모른다는 생각에 급히 명령서를 집어서 황산고에게 던지면서 말했다.

"자! 봐라! 글은 몇 자 읽을 수 있을 테지!"

군관의 말이 사실이었다. 거기에 황산고는 전사로 기재되어 있었다.

황산고는 그 순간에 자기에게 일어난 일들이 모두 정상이 아니었다는 사실을 상기했다. 그가 알 수 없는 모종의 힘이 그에게 작용했다.

황산고는 차분한 음성으로 말했다.

"병부에는 병사로 기재되어 있습니다."

군관이 코웃음을 치면서 말했다.

"병부는 이름이 정확한지만 확인하는 정도다. 명령서에 적혀 있는 게 진짜야. 알았으면 빨리 꺼져!"

돌이킬 수 있는 상황이 아니었다.

그를 궁지로 몰아넣은 힘은 일찍부터 작용했는데 그는 늦게 그 사실을 알았다. 보이지 않는 적이 오랫동안 준비한 것을 하루아침에 뒤집을 가능성은 없었다.

황산고는 누가 자기를 이런 처지로 몰아넣었는지 알 수 없었기 때문이다. 적을 모를 때는 물러난다고 병전이서에는 분명히 적혀 있었다.

이기기 위해서는 싸우면서 적을 알아서는 안 되고, 반드시 적을 안 다음에 싸워야 하는 것이다.

자기를 시험하는 것도 마찬가지였다. 적과 부딪쳐서 자기를 시험하여 아는 자는 기필코 죽게 마련이다. 적과 부딪치기 전에 자기의 역량을 알고 있어야 싸울 수 있다.

황산고는 묵묵히 돌아서서 나왔다.

그는 최말단의 보충병으로 장천사의 십인대에 소속된 신병일 뿐이었다.

그와 다른 한 명을 데려가기 위해서 장천사의 부하가 밖에 와 있었다. 하지만 그 부하도 황산고보다는 훨씬 고참이었다.

"유백진, 황산고!"

외치는 소리를 듣자마자 황산고는 손을 번쩍 들어서 자기를 나타내며 그를 따라갔다.

"운 좋은 줄 알아!"

키가 훌쩍한 그자가 말했다.

"우리 십인대는 최강의 십인대야. 정만척 장군님도 대장의 이름을 알고 있지."

함께 가는 유백진을 힐끗 보면서 그가 키득거렸다.

"위험한 일은 죄다 우리가 다 맡는다는 말도 되지. 큭큭, 대신에 우린 돈을 많이 벌어. 특히 대장은 아마 웬만한 장수보다 많이 벌고 있을걸?"

황산고와 유백진을 데려가는 사람의 이름은 오보현(吳普賢)으로 장천사 휘하에서 가장 오래 있어온 자였다.

황산고는 걷는 중에 오보현에게서 자기가 어떻게 처신해야 할 것인지를 배웠다. 오보현은 황산고의 옷이 병사의 복장이라는 것조차 모르는 것처럼 전혀 신경 쓰지도 않고 물어보지도 않았다.

하지만 오보현은 간혹 어려운 문자를 툭툭 말했으며 행동거지에 전사답지 않은 교양이 엿보였다.

글을 많이 배운 사람인 듯했다. 글을 많이 배운 사람이 전사가 된다는 것도 아주 드문 일이었다.

황산고도 자기가 병사였던 사실을 마음속에서 접어버렸다.

전쟁의 살기를 걷는 중에도 느낄 수 있었다.

자기의 처지가 바뀐 것을 생각하며 흥수를 찾을 때가 아니었다.

그가 있는 곳은 전쟁터였고 첫 번째 그의 사명은 살아남는 것이었다. 길 잃은 화살과 창검이 날아다니는 전장에서는 황산고가 아무리 잘 배웠다고 해도 미숙한 신병에 지나지 않았다.

더구나 황산고는 직접 검에 피를 묻히며 사람을 죽여본 적도 없었다.

오랫동안 전장에서 자기의 피와 적의 피를 섞으며 살아온 전사들과 비교하기에 그는 강하지 못했다.

전장에서는 전투를 치르고도 살아남은 사람만이 강한 것이다.

그런 의미에서 그곳에 있는 신병을 빼고는 모든 사람들이 황산고보다 강했다.

그가 속한 십인대의 막사로 가서 장천사 대장과 인솔해 온 오보현을 제외한 일곱 사람을 만났다.

그러나 아무도 황산고와 유백진에게 신경 쓰지 않았다. 그나마 딱딱한 말이라도 던져 주는 사람은 오보현이었다.

"여! 너희들은 내일 신고식을 치를 거야. 분위기상 내일쯤 싸움이 있을 것 같거든. 내 이른 예감은 틀림없으니까 믿어도 돼! 살고 싶으면 밤잠 자지 말고 아는 검법이라도 더 연습해둬!"

장천사가 버럭 소리쳤다.

"쓸데없는 소리 마라!"

오보현은 실실 웃다가 입을 다물었다.

황산고는 장천사라는 인물을 처음 보고 속으로 크게 놀랐다.

그는 한눈에 보기에도 생김새가 기이했다. 그렇다고 못생겼거나 병신인 것은 아니었다. 딱 꼬집어 말할 수 없으면서도 그는 보통 사람과 확연하게 달랐다.

얼굴은 붉은빛이 감돌았지만 흰 편이었고 체구는 당당하고 몸은 아주 강해 보였다. 눈빛은 무심한 듯했으나 보이지 않는 불길이 일렁거리는 것 같았으며, 목과 허리와 팔다리가 모두 긴 편이었다.

누구든지 한눈에 그가 보통 사람이 아니라는 것을 알아볼 수 있었다.

인사를 한 후에는 별다른 이야기가 없었다.

황산고는 밖으로 나가 오보현의 말대로 검술을 연습했다.

사부 배일청의 음성이 귓가에서 맴돌았다.

"전장에 나가서 재주있는 자가 죽는 경우는 세 가지가 있을 뿐이다. 첫째는 첫 전투를 치를 때 전쟁에 놀라서 죽는 것이다. 둘째는 척하면 응할 정도가 되어서 무서울 것이 없어진 후에 교만으로 죽는 것이다. 마지막 셋째는 같은 옷을 입은 적을 방비하지 못해서 죽는 것이다."

황산고는 신병의 대부분이 첫 전투에서 죽는다는 사실을 수없이 많이 들었다. 첫 전투에서 살아남으면 일단 한 고비는 넘어선 것이라 할 수 있었다.

어쩌면 첫 전투는 가장 큰 고비일 가능성이 많았다. 살아남기 위해서는 할 수 있는 순간은 모조리 그 첫 전투를 대비하는 데 사용해야 한다.

황산고는 자기가 난전 속에서 과연 잘 싸울 수 있을지 없을지를 몰랐다. 한 번도 그렇게 싸워본 적이 없기 때문이었다.

그가 사부에게 물어본 적이 있었다.

"첫 싸움을 어떻게 극복하고 살아남을 수 있습니까?"

배일청이 아주 퉁명스럽게 말했었다.

"눈으로 반만 보고, 귀로 반만 들으며, 아무 생각도 없으면서도 주위가 어떻게 변해가는지를 알고 싸울 수 있다면 살아남을 것이다. 한마디로 골이 텅 빈 상태로 검술을 자유롭게 펼쳐 낼 수 있다면 살 수 있는 거야!"

몸의 상태를 해치지 않을 만큼만 잠을 자고, 황산고는 막사 앞에서 전력을 다해서 검술을 연습하며 생길 수 있는 온갖 상태를 가정했다.

그의 철저한 준비 정신은 첫 전투에 대하여 그만큼의 두려움과 긴장을 주었다.

황산고는 위로 솟구쳐 보고, 앞으로 뛰어보고, 뒤로 날아보고, 굴러보고 달려보면서 자기의 몸을 확인했다.

그런 후에 귀를 막고 눈을 감았다 떴다 하여 반만 보면서 검술을 펼쳤다.

갑주 속 밑에서 온몸을 감고 있는 은빛 사슬의 불편은 황가진을 떠날 즈음부터 느끼지 않았다.

귀를 막는 것만으로도 검이 흔들렸다. 왜 귀를 막은 채 검법을 연습하지 않았는가 하고 후회했다.

눈을 감았다 뜰 때마다 검술의 조화가 깨어졌다.

전쟁은 개인 간의 비검(比劍)과 다르다. 비검이라면 오히려 견보는 어느 정도 자신이 있었다. 이기지 못한다 할지라도 그에게는 다른 군사들은 거의 익힌 적이 없는 비법이 있었다.

사부 배일청을 찾아가서 가장 먼저 배웠던 달아나는 법과 피하는 법이었다.

그러나 전쟁은 검술을 비롯한 지니고 있는 능력만으로 되는 것이 아니다. 그 모든 것 위에 두 가지가 더 있어야 한다.

첫째는 운이다. 강한 운을 타고난 자가 전쟁에서 살아남는 강한 자다. 결국 전쟁은, 전투는 싸우는 자들 중 누구의 운이 강한가를 따지는 것 이상이 아니다.

둘째는 군신(軍神)이 선택한 사람이어야 한다. 군신이 선택한 자라면 가진 능력보다 더 큰 힘을 전쟁에서 발휘하고, 그렇지 않은 자라면 가진 재주의 십분지 일, 백분지 일도 쓰지 못하고 검 아래 외로운 혼이 되고 만다.

황가진뿐만 아니라 모든 진둔에서 군신으로 섬기는 것은 북두칠성(北斗七星)이었다. 가족 가운데 전장에 나간 사람이 있는 집집마다 단을 쌓고 북두칠성에 빌었다.

황산고도 집을 떠나기 전에 칠성단(七星壇)에 빌었고, 새벽이 오는 지금쯤 그의 큰어머니도 유모, 하녀들과 함께 칠성단에서 기도할 터였다.

황산고는 한쪽 무릎을 꿇고 북두칠성을 향해 손을 모은 채 머리를 조아렸다. 자기가 북두칠성의 선택을 받은 사람이기를 간절하게 바랐다.

자기 자신을 위하여, 그리고 애타게 기도할 큰어머니와 누이, 가족을 위하여.

*　　　*　　　*

날이 샐 때, 해가 뜨면서 흥분이 함께 치밀어 올라와 목을 떠밀어 막았다. 숨을 쉬기도 쉽지 않았다.

피부를 찌르는 듯한 기묘한 느낌, 전쟁의 살기가 바람에 묻어서 날아왔다. 굶주린 늑대의 포악하던 살기 정도는 미풍처럼 느껴질 엄청난 살기가 그의 몸을 떨게 했다.

황산고는 그것이 두려움 때문인지 실체가 있는 그 무엇인지조차 분간하기 힘들었다. 전쟁은 그에게 날이 새면서 벌써 시작되었다.

황산고는 흥분과 전율을 참지 못하고 고함쳤다.

"으아아아아!"

아주 큰 소리였다.

그러나 곧 해가 뜰 시간인데도 아무도 그 소리에 신경 쓰지 않았다. 다만 눈을 비비면서 막사를 나오던 강만유(姜滿兪)가 그의 어깨를 툭 쳤다.

"잘하면 미치겠군. 그래, 겁나면 미쳐서 싸워보는 것도 괜찮아."

몸에서 혼이 빠져나갈 정도로 고함을 질렀지만 여전히 흥분과 전율은 가시지 않았다. 입술이 떨려 말을 할 수가 없었다.

"이 자식, 이거 민감한 거야, 겁이 많은 거야?"

강만유가 가소로운 듯이 말했다.

부우우!

그때 갑자기 나팔소리가 들렸다.

순간 막사들마다 전사들이 뛰쳐나오고 지휘관들이 부하들에게 뭐라고 고함치며 한곳으로 달려갔다. 마치 벌집을 쑤셔놓은 듯이 진영이 들끓었다.

뿌우! 뿌우!

나팔소리는 계속 들려왔다.

오보현이 급히 뛰어나와 인원을 점검했다.

황산고는 유백진 옆에 선 채 얼굴이 창백하게 질려 있었다. 심장이 터질 듯 급하게 뛰었다. 숫자를 헤아릴 수도 없었다. 자기가 숨을 쉬고 있는지 아닌지조차 알 수 없었다.

히이이잉! 두두두두!

말 울음소리와 말발굽 소리가 이내 뒤따랐다.

장천사가 명령을 받고 달려오면서 고함쳤다.

"전쟁이다! 적이 기습(奇襲)해 왔다!"

'역시!'

황산고는 그 소리를 듣자마자 오히려 반쯤 전율이 멈추는 것을 느꼈다. 늑대들과 달리고 뛰며 다듬어진 자신의 감각이 전쟁의 살기를 미리 감지해 냈던 것이다.

그러나 전율이 가라앉은 만큼 흥분은 배가되었다. 마침내, 그리고 너무도 빨리 전쟁에 던져진 것이다.

벌써부터 주변의 모든 소리가 귀에서 가물가물 멀어지고 있었다. 자기의 혼이 반쯤 달아나고 있는 증거이기도 하였다.

드드드드드!

지축이 미미하게 울려왔다. 적의 대군이 몰려오고 있었다.

"이야아아아!"

장천사는 검을 뽑아 높이 들면서 불을 토할 듯한 음성으로 외쳤다.

"우와아아아!"

오보현 등이 일제히 검을 뽑아 들고 함께 외쳤다.

황산고는 자기도 모르게 따라 했다. 고함을 지르고 나니 다른 사람들의 모습이 조금 선명하게 보이는 듯도 싶었다.

장천사가 소리쳤다.

"나를 따라라!"

오보현은 깃발을 어깨에 멨다.

장천사가 앞으로 달려갔다.

수많은 사람들이 장천사와 마찬가지로 앞으로 달려나가고 있었다. 정만척 장군의 자랑인 십인대가 제일 먼저 적을 요격하기 위해 출동한 것이다.

십인대의 앞쪽에는 백인대장(百人隊長)들이 말에 깃발을 세우고 앞서 달리고 있다. 십인대장들은 자기가 속한 백인대장의 뒤를 따라 달렸고, 그와 나란히 또는 뒤에서 그들의 부하들이 달렸다.

"오 리 밖에서 적을 요격한다!"

백인대장들이 입을 모은 것처럼 동시에 외쳤다. 아련하게 들리는 북소리의 장단에 맞춘 듯하였다.

"각 십인대는 죽음으로 적을 막아라! 본진이 전열을 갖출 때까지 시간을 벌어라!"

기습을 당했다. 야습에는 대비하고 있었으나 날이 밝자마자 적이 급습해 올 줄은 누구도 예상하지 못했다.

허를 찔린 것이고, 그만큼 상황은 다급했다.

본진이 전체적인 상황을 파악하고 반격으로 나올 때까지 시간을 벌지 못하면 전선은 일거에 붕괴되어 버린다.

정만척 장군이 고심하여 기른 십인대가 이럴 때 역할을 해줘야만 한다. 빠른 임기응변과 어떤 강적과 맞닥뜨려도 물러서지 않는 십인대의 용전분투(勇戰奮鬪)만이 파멸을 막을 수 있다.

두두두!

삼십 명의 백인대장은 흙먼지의 폭풍을 일으키며 몰려오는 적의 전차 부대들을 향해 돌진하다가 뒤로 빠졌다. 본진에서의 거리가 오 리에 가까웠다.

백인대장들은 말을 뒤로 돌려서 뒤늦게 달려오는 십인대를 독려하여 요격선상으로 몰고 갔다.

황산고는 유백진과 함께 적 전차 부대의 진군으로 흔들리는 대지를 달렸다.

전쟁이었다.

열 살 때부터 준비해 온 전쟁이었다.

하지만 이것은 진짜 전쟁이었고, 그의 첫 번째 전쟁이었다.

둥둥! 뿌우! 뿌우!

삼십 명의 백인대장이 이끄는 삼천 전사가 달려나간 뒤로, 정만척 장군은 북과 나팔을 울리면서 적을 상대할 진세를 구축하고 있었다.

"와아! 와아!"

두두두두!

깃발이 들판을 까맣게 뒤덮고, 함성이 하늘과 땅을 메웠으며 전차의 바퀴는 대지를 진동시켰다.

황산고는 아무런 생각도 할 수 없었지만 본능처럼 느끼고 있었다. 적을 요격하여 정만척 장군이 진을 형성할 시간을 주지 못하면 전군이 산산조각 나고 대부분이 죽게 될 것임을.

아무런 생각이 없는 중에 황산고는 전쟁이라는 이름을 가진 괴물의 일부가 되어 적을 적으로 하여 하나로 묶고, 자기를 자기로 하여 아군 전체와 일체가 되었다.

전쟁은 승패를 염두에 두고 자기의 생사는 잊어버렸다. 흥분 속에서 미친 듯이 함성을 지르며 앞으로 내달았다.

적의 전차 부대가 폭풍처럼 몰려오고 있었다.

第八章
이것이 무엇인지 모른다.
산고제일식(山高第一式)!

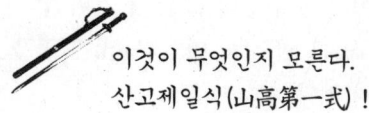
이것이 무엇인지 모른다.
산고제일식(山高第一式) !

들꽃들이 짓밟혔다. 시들은 가을꽃의 향기가 말라가는 잡초 냄새 밑으로 흐른다.

밤하늘에는 별이 지나가고, 죽음 가득했던 전장(戰場) 위로는 서늘한 바람 한줄기가 옷깃과 옷깃들을 꿰매고 지나간다.

낮의 격렬했던 전투에서 생겨난 두려움과 흥분, 그리고 긴장은 새벽이 멀지 않은 지금까지도 갑옷처럼 두텁게 몸을 감싸고 있다.

막사 쪽에서는 누가 무슨 짓을 하는지 이따금 쿵! 털썩! 하는 소리가 간헐적으로 들려왔다.

치열한 전투가 있은 날이면 장천사는 막사 안에서 잠들지 못했다. 어느 곳에선가 숨어 있던 적병이 뛰어들 것만 같은 생각 때문에 항상 막사에서 멀찌감치 떨어진 바위 위에 누워서 자곤 했다.

전쟁터에서 마주 선 사람이라면 누구나 그를 두려워했다. 장천사는 전장에서 장수의 머리를 벤 적도 있었다. 많은 공을 세웠고 그보다 더 많은 돈을 벌었다.

그러나 장천사는 알고 있었다.

별똥별이 하나, 둘, 다시 하나, 둘, 셋.

날이 새면 명령에 따라 어디론가 움직이며 싸우다가 잠시 밤하늘에 나타났다 사라지는 별똥별처럼 땅속에 생명을 묻게 되리라.

전장에서는 매일 밤이 마지막 밤이고, 매일 아침이 마지막 아침. 살아 있는 지금 이 순간이 영원한 순간. 모든 것이 아름답고 소중한 바로 그. 순.간.

언제부터인가 장천사는 거짓말을 하지 않았다.

마지막 밤과 마지막 아침이 거듭되던 어디쯤이었을 것이다. 아름다운 이 세상에 자기의 거짓말을 풀어놓기가 무서워졌다.

눈으로 보았던 죽음의 숫자와 검으로 죽였던 생명의 숫자가 늘어가면 갈수록 이 세상도, 이 세상을 살아가는 삶의 순간들도 더 아름답고 황홀해졌다.

싸움이 없는 날, 가만히 앉아서 빨간 고추잠자리가 꼬리로 물을 치는 것을 보거나 나뭇잎 하나가 바람에 흐느적거리는 것을 볼 때면 불에 달군 쇠꼬챙이를 복부에서 가슴으로 콱 찔러 올린 듯이 화끈하고 눈물이 팽 돌 때가 있었다.

전쟁이 살인마를 만들어내는 것만은 결코 아니었다.

차라리 살인과 더불어 점점 더 인성을 상실한 살인마가 되었다면 고통없이 죽이고 고통없이 살다가 고통없이 죽을 수 있었을 것이다.

잠시 그와 비슷한 상태, 피와 죽음에 광기를 번득이던 상태가 있기는 했지만 그것은 긴 겨울의 짧은 감기와도 같은 것이었다.

오랫동안 전장에 참여하고도 밤이면 혼자 구석진 곳에 처박혀 훌쩍이는 장병들도 적지 않다.

그들에게 고향 생각, 가족 생각, 오랫동안 만나지 못한 벗 생각도 있겠지만, 생명이 치열하면 오히려 정은 희미해지는 법이라 그 때문에 우는 것은 아니었다.

죽고 죽이는 중에 적과 자신의 운명을 동일시하게 될 때, 날마다 대하는 죽음들은 어느 것이나 자기의 죽음이다.

사람은 누구나 변할 수 있는 부분과 변할 수 없는 부분을 함께 가지고 있다.

장천사는 사람 그 자체는 인격적으로 발전하거나 파탄할 수는 있어도 변하여 다른 사람으로 될 수는 없다고 생각했다.

지리한 전쟁, 끝없는 죽음과 죽음들, 그것과 칠 년을 나란히 해온 장천사의 스물여섯 인생이었다.

전쟁터에서 단단해져 창날이 비껴가는 몸뚱어리였다.

대여섯 그루의 나무가 서 있는 쪽에서 오줌 냄새와 함께 중얼거리는 소리가 들려왔다.

　벌레 소리보다 더 처량한 소리다.

　이따금 새벽녘에 듣곤 했던 소리……. 저 소리.

　제 검이 살을 가르고 뼈를 잘랐습니다.

　제 얼굴에 그의 심장에서 뿜어진 뜨거운 피가 쏟아졌습니다, 어머니.

　어느 누구처럼 어느 여인인가를 어머니로 두었을… 그는 눈을 허옇게 까뒤집으며 두 손으로 제 검을 움켜잡은 채 죽었습니다.

　검을 뽑을 때 그의 손가락이 밀랍으로 만든 가짜 손처럼 잘려서 톡톡 떨어졌습니다.

　검으로 전해지는 절단의 쾌감 앞에 저는 처녀 아이의 발가벗은 모습을 숨어서 엿보는 듯이 몰래 전율하고 흥분합니다.

　처녀 아이의 허벅지와 사타구니를 마음으로 몰래 만지며 폭발하는 정욕을 주체하지 못한 것처럼, 저는 다른 상대를 찾아서 꽁꽁 묶어놓은 갑주의 끈을 자릅니다.

　젖이 제 주먹보다 더 큰 처녀 아이의 옷고름을 자르는 심정으로 저는 다시 어느 누구처럼 어느 누구인가의 아버지이거나 아버지가 될 자를 죽입니다.

　죽였습니다, 어머니.

　제가 죽을 순간에 제 죽음을 가볍게 해줄 죽음의 숫자를 늘렸습니다.

어느 날엔가 제가 죽는 날, 저는 기다란 창으로 옆구리에서 다른 편 옆구리를 뚫리고 내장이 창날에 후이후이 휘둘려 감겨 죽더라도,

어느 여인인가를 어머니로 두었고, 어느 누구인가의 아버지거나 아버지가 되었을 자의 죽음을 생각하면 기뻐하며 죽을 수 있을 것입니다.

하지만 어머니, 제발 제가 제 검으로 어머니의 이 아들을 죽이지만 말게 해주십시오.

오보현의 음성이다.

오보현은 자살의 충동을 이미 죽은 그의 어머니를 부르는 것으로 억누른다고 했다.

죽고 사는 것은 주사위를 굴려서 나오는 홀짝 이상의 의미가 있을 것 같지 않다고 말하기 때문인지, 오보현은 종종 자기의 생명을 스스로 위협한다.

장천사 휘하의 열 명 중에서 가장 뛰어난 검술을 소유한 오보현은 장천사보다 늦게 군문에 들어왔지만 나이는 한 살 위다. 그는 언제나 든든한 방수다.

낮의 격전에서 오보현의 도움이 없었다면 죽은 부하가 둘로 그치지는 않았을 것이다.

오보현이 버텨주었기에 장천사는 포위한 적의 우두머리를 베고 본진으로 무사히 돌아올 수 있었다.

부하 두 명이 죽었기에 낮의 전공은 삼등을(三等乙)로 기록

되었다. 역설적이지만 같은 결과였어도 부하들이 더 죽었다면 아마 이등갑(二等甲) 또는 일등을(一等乙)이 되었을 수도 있었다.

부하들이 죽으면 금방 새 부하로 충원된다.

그래서 장천사는 부하 중 누구에게도 정을 주려 한 적이 없었다.

가만히 있어도 다치고 죽는 전장에서 마음마저 꺼내놓아 다치도록 방치한다면 그도 배겨낼 도리가 없다.

그래도 조금씩 정이 새고 마는 것은 사는 놈은 거의 늘 살고, 새로 온 놈이 늘 죽는 까닭이다.

오보현이 막사로 돌아가는 소리가 들렸다. 그런데 잠시 후에 다시 오보현이 막사에서 나오더니 장천사가 누워 있는 바위로 왔다.

"대장!"

오보현의 음성은 듣기가 좋다. 여자들이 좋아할 만한 음성이다.

장천사는 손등으로 이마를 덮은 채 말했다.

"자둬. 다시 잘 기회가 없을 수도 있어."

오보현이 싱긋 웃으며 말했다.

"새로 온 녀석 있잖소? 좀 맛이 간 것 같은……."

"누구? 산고(山高)? 백진?"

하고 말하면서도 장천사는 손을 치우고 오보현을 노려보았다. 달빛이 전포를 걸친 오보현의 어깨 위에서 부서진다.

새로 온 녀석들은 대체로 첫 전투에서 죽게 마련이다. 그리고 이미 죽은 부하는 다시 언급하지 않는 것이 군문의 불문율이었다. 아무도 책임질 수 없는 감정을 건드리는 일이기 때문이었다.

장천사는 기이한 면이 있는 사람이다.

오보현은 장천사의 눈빛에 찔끔하며 말했다.

"그, 그럴 것 없소, 대장. 산고는 죽지 않았소."

그 말에 장천사가 의아해졌다. 속으로 새로 온 황산고가 죽지 않았다면 대체 누가 죽었다는 건가 하는 의문이 생겼다.

두 명의 부하가 새로 왔기에 죽은 두 명의 부하가 바로 그들인 줄로만 알고 있는 장천사였다.

포위한 적의 우두머리를 베고 돌아와 오보현으로부터 두 명이 죽었다는 말을 들었을 때 누군지도 물어보지 않고 고개만 끄덕였던 것이다.

오보현이 씁쓸한 표정을 짓고 말했다.

"정말 불문율을 어기게 하는구려, 대장. 젠장할, 죽은 놈은 가편수(賈編受)와 다른 신병 유백진이었소."

장천사는 몸을 일으키며 천천히 무릎을 당기고 머리를 감싸 쥐었다.

가편수가 죽었다. 검술도 괜찮았지만 특히 채찍을 잘 쓰면서 짧은 비수로 적을 기습하는 데 도통했던 가편수가 죽었다. 사 년 동안 함께 싸웠지만 몸이 재빨라 큰 부상 한 번 당하지 않았던 그가 죽었다.

그리고 죽은 그의 대장이 바로 장천사 자신이었다.

속이 뒤틀리는 것이 느껴졌다. 빌어먹을 하고 속으로 한 번 욕을 했다. 이럴 때는 번번이 어떻게 해야 좋을지 도무지 알 수 없었다.

오보현이 옆에 와서 앉았다. 잠시 어색하고 서먹서먹했다. 그리고 기분이 장천사와 별다를 것이 없었다.

오보현이 빛바랜 풀잎을 툭 따서 씹으며 내뱉었다.

"그늘처럼 찾아와서 밤처럼 떠나는 게 생명이라지 않소? 더 생각할 필요도 없소."

잠을 자는 건 애초부터 불가능했지만, 이제는 누워 있는 것도 앉아 있는 것도 견딜 수가 없다.

장천사는 아예 바위에서 내려왔다.

"황산고가 왜?"

하고 마른 음성으로 툴툴거리듯이 던졌다.

오보현이 말했다.

"내가 오줌 누고 오니까 그 녀석이 머뭇거리며 묻지 않겠소? 우리 중에서 검술이 가장 높은 사람이 나냐고. 그래서 대장이라고 했더니 그놈이 그럼 대장한테 뭘 좀 물어봤으면 좋겠다는 거요."

"검술을 묻겠다는 거냐?"

장천사가 퉁명스럽게 물었다.

전쟁 중에 서로 가르치는 경우가 없지는 않지만 장천사 자신은 격전을 치른 날 밤에 검술을 담론할 만큼 여유로운 마음을 가지고 있지 못했다.

오보현이 말했다.

"그런 것 같기도 한데 어쩌면 아닌 듯도 해서 대장을 부르러 온 거요. 그놈은 내가 잠들기 전에도 안절부절못하면서 깨어 있었고, 오줌 누러 갈 때도 깨어 있었소."

장천사는 큰 걸음으로 걸어서 막사로 갔다. 한가롭게 신병과 검술을 담론하고 싶어서가 아니라 무엇이든 하지 않으면 못 견딜 것 같은 마음 때문이었다.

막사 안에는 장천사의 십인대에 속한 일곱 명이 가지런히 서 있었다. 장천사와 오보현을 합하여 전부 아홉. 원래는 열한 명이어야 하지만 두 명이 죽어서 아홉이었다.

장천사는 오보현을 힐끗 보았다. 나머지 사람들도 모두 깨어 있다는 말은 전해 듣지 못했다.

오보현은 슬쩍 고개를 돌리고 딴청을 부린다.

"다들 무슨 일이야?"

장천사가 침상에 털썩 앉으면서 물었다.

그러자 십인대에서 오보현 다음 서열인 강만유가 나서며 조용히 말했다.

"대장, 황산고가 이상한 것을 물었습니다. 대장이 한번 보십시오."

다들 표정을 보니 심상치 않았다. 뭔가 있긴 있는가 보다 싶은 생각이 들었다.

"뭔데?"

장천사가 되묻자 강만유가 대답했다.

"황산고, 저 녀석이……."

장천사는 황산고의 병부를 읽어봤다. 그에게 무심한 면은 있지만 부하의 신상을 확인하지 않을 정도는 아니었다.

황산고는 나이가 열일곱이다. 함께 들어온 신병 유백진이 죽었으니 이제 십인대 내에서 가장 어린 나이다.

그러나 열일곱, 민간에서는 소년이라고밖에 말할 수 없겠지만 지금은 군문에 들어온 군사였다.

장천사의 눈빛을 받고 황산고는 얼굴을 붉히며 고개를 숙였다. 아직 군사라는 말이 어울리지 않는다.

탄탄한 몸은 많은 수련을 한 듯했지만 장천사가 보기에 황산고는 풋내기였다. 차분해 보이는 표정의 말이 없는 소년일 뿐이다.

강만유의 말이 이어졌다.

"다 깨워놨습니다. 제 딴에는 만만하다고 생각했는지 제일 밑의 서열인 정대추(鄭坮推)부터 시작해서 차례로……."

"왜?!"

장천사가 날카롭게 소리쳤다. 오보현도 그렇고, 강만유도 그렇고, 오늘 밤은 다들 바보처럼 헤매는 것같이 느껴졌다.

강만유는 질책을 받고 물러서며 말했다.

"황산고, 직접 보여 드려라."

치익!

불에 달군 쇠꼬챙이를 물에 담을 때 나는 소리를 내며 황산고가 검을 불쑥 뽑았다.

강만유가 턱으로 장천사를 채근했다.

"대장, 검을 뽑으시오."

장천사는 어이없고 화가 났다. 열일곱 살짜리 신병과 한밤중에 검을 겨루기라도 하란 말인가?

장천사는 부하들이 자기들의 대장 장천사를 잊어버리기라도 한 것 같았다. 장천사는 오보현의 말마따나 겨우 십인대장에 불과하지만 그 실력만은 정만척 장군조차 인정하는 실력자였다.

말이 번드르르한 오보현은 이 순간에 입을 다물고 있고, 나머지는 모두 언변이 시원찮아서 아예 행동으로 하는 것이 서로 편한 놈들이다.

괘씸한 마음에 한번 해보자 싶어서 장천사는 검을 뽑았다.

황산고가 머뭇거리며 말했다.

"대장, 이건 제가 배운 검초가 아닙니다. 검초인지 아닌지도 모르는 것입니다."

"그럼 뭐야?!"

장천사는 눈을 부리부리하게 빛내면서 소리쳐 물었다.

오보현이 황산고를 거들었다.

"낮에 싸울 때 자기도 모르게 무심코 하게 됐다고 하오."

"펼쳐 봐라."

장천사가 여전히 딱딱하게 말했다.

황산고가 절을 꾸벅 하고 검을 겨누었다. 그의 검에서 대정 팔검(大正八劍)의 기세가 뻗어났다.

대정팔검은 황산고의 고향인 황가진의 독보적인 검법이다. 장천사는 대정팔검을 배우지는 않았지만 알아볼 수는 있었다.

장천사는 내심 머리를 끄덕였다.

진둔(陣屯) 출신이 아닌 사람이 어린 나이에 군문에 들어오 기란 쉽지 않다. 열일곱 살의 황산고도 황가진이라는 이름난 진둔 출신이었던 것이다.

진둔은 군문에 출사하는 것을 업으로 삼는 사람들이 모여 서 형성된 도시다. 이런 도시들에서는 남녀 누구나 어릴 때부 터 무술을 익힌다. 생활은 흥청망청하게 마련인데 가족들 중 에서 젊은 사람들은 모두 군문에 들어가 있어 돈이 풍부하기 때문이다.

장천사는 황가진 출신으로 군문의 요직에 있는 사람들에 대해서도 들은 바가 있었다. 장천사는 둔진 중에서 이름도 거 의없는 장가진(張家鎭) 출신이고, 오보현은 오가둔(吳家屯) 출 신이다.

그들 사이에 들어온 황산고의 출신 배경은 황가진 출신이 라는 것만으로도 상당한 것이었다. 그것도 첫 전투에서 가장 위험한 곳에 뛰어들고도 살아남았기 때문이다.

황산고가 대정팔검 중의 한 수법으로 공격해 왔다. 기세가 강하고 날카롭지만 수없이 전장을 누벼온 장천사가 보기에는 대단치 않았다.

장천사는 검을 세워서 반원을 그리며 황산고의 장검을 휘감아 옆으로 떨치며 곧장 황산고의 목을 검으로 찔렀다.

한데 그 순간 갑자기 장천사는 몸이 그물에 걸린 듯한 느낌을 받았다. 아무것도 보이지 않는 것 같았다. 몸이 자기의 의지와는 상관없이 허공으로 조금 떠오르더니 눈알이 핑 돌고 머리가 어지러웠다.

쿵!

소리와 함께 막사 바닥에 처박혔다. 다시 벌떡 일어섰지만 중심을 잡지 못하고 다시 주저앉았다. 황산고가 죽이려고 마음만 먹었다면 벌써 최소한 두 번은 죽었을 목숨이다.

밖에 있을 때 간간이 들렸던 쿵! 소리가 바로 이런 상황이 막사에서 펼쳐지는 소리였던 것이다.

황산고는 미안한 표정이었고, 오보현과 강만유, 왕백지 등은 역시나 하는 듯이 고개를 끄덕거리고 있었다. 이미 그들도 똑같은 수법에 당해본 모양이다.

오보현이 장천사의 손을 잡아주었다.

이차두(李借斗)가 땅에 떨어진 장천사의 검을 들고 와서 건넸다.

오보현이 무슨 말을 하려는 것을 장천사는 손을 저어 만류했다. 검을 고쳐 잡으며 황산고에게 말했다.

"다시 한 번!"

아직 소년 티를 다 벗지 못한 황산고는 꾸벅 절을 한 후에 다시 검을 겨루었다. 대정팔검, 그리고 초식은 조금 전과 다른 것이었다.

장천사는 신중하게 황산고의 검을 받으며 옆으로 피했다. 한데 그 순간, 다시 구름을 탄 것인지 그물에 휩쓸렸는지 알 수 없는데 몸이 허공으로 살짝 떠오르더니 천지가 아득해졌다. 쿵! 하고 떨어지는 느낌만이 생생했다.

전신의 감각이 마비된 것처럼 저려왔다. 장천사는 또다시 벌떡 일어섰다. 그리고 일어섰던 것보다 더 빠른 속도로 쓰러졌다가 검을 찾아서 집어 들고 다시 일어났다.

"한 번 더!"

발밑이 흔들렸지만 발가락 끝에 힘을 주고 버텼다.

황산고는 대정검법을 펼쳤고, 뛰어난 검법이기는 하지만 장천사가 받아내지 못할 것도 아닌 검초였다.

장천사는 후발선제(後發先制)의 수법으로 늦게 출발했지만 황산고의 검초의 흐름을 끊어버렸다. 아직 황산고가 검술에서 장천사에게 미치려면 요원한 거리가 있는 듯하였다. 황산고의 검술은 단번에 끊어졌다.

그러나 장천사는 다시 아득한 정신 속에서 대지에 떨어지는 자신의 솜뭉치 같은 몸뚱이를 한 번 더 느꼈다.

황산고가 전력을 다해 검을 펼친 것도 아니고, 그냥 한번 대충 펼쳐 본 것같이 느껴졌다. 그러나 장천사는 무엇이 어떻게 되었는지조차 알 수가 없었다. 형용할 수 없는 거력이 자기 몸에 작용한 것 같았지만 그 힘이 어디서 어떻게 발하여져서 이르렀는지 짐작조차 하지 못했다.

장천사는 한 번 더 일어나서 황산고의 검을 받지 않고 뒤로 피해보았지만, 여전히 구름에 휩쓸린 듯한 느낌과 함께 또 대지에 쓰러졌다.

　일어날 힘도 없었다. 전신이 부서진 듯 시원하면서도 노곤했다. 막을 수도 피할 수도, 볼 수도 알 수도 없는 이상한 수법이었다.

　황산고는 전혀 힘을 쓴 것처럼 보이지도 않았다. 오보현과 강만유가 옆에 와서 앉았다.

　"어떤 것 같소?"

　장천사가 겨우 내뱉었다.

　"죽을 맛이야. 요술(妖術)인가?"

　강만유가 말했다.

　"분명히 요술은 아니오. 마법(魔法)도 아니오."

　요술은 보통 사람은 이해 못할 속임수다. 하지만 마법은 기이한 것으로 무공(武功)과도 비슷한 면이 있다.

　요술과 마법에는 강만유가 평소에 관심을 많이 가지고 있었다.

　오보현이 황산고를 힐끗 보면서 말했다.

　"나하고 할 때보다 더 늘었군. 나한테는 한 번 실패하기도 했는데……."

　약간 뻐기는 듯하기도 했다.

　장천사는 입맛이 썼다.

　조부영(曹赴瀛)이 작은 소리로 장천사에게 말했다.

"대장, 이건 아무래도 이상한 무공인 것 같습니다. 산고가 우연히 해버린……."

터무니없다.

무공이라니? 무공이 우연히 발견되는 금붙이라도 된단 말인가?

무공은 엄격한 법도하에서 선택받은 소수의 사람들에게만 전승되어지는 특별한 힘이다. 무공을 익힌 사람들의 세계는 이 세계에 속해 있지만 외부에서 넘볼 수도 없는 곳이다. 마법과 기수(奇獸), 영수(靈獸)들의 세계나 다름없다.

무공을 익힌 그들은 보통 사람들은 상상할 수 없는 방식으로 살아간다. 그들끼리의 세상에서도 그렇고, 일반 사람들의 세상에서도 그러했다.

한데 무공이 우연히 발견되었다는 것은 모래를 움켜쥐었는데 금강석이 잡혔다는 말보다 더 허무맹랑하다.

하지만 장천사는 조부영의 말을 부정할 수가 없었다.

자기도 모르게 나직하게 내뱉었다.

"무공이라……."

다른 사람들 모두 틀림없다는 듯한 눈빛이었다.

장천사는 일어나서 앉으며 말했다.

"산고, 대추를 상대로 어떻게 하는지 보여봐라."

정대추가 황산고의 앞으로 갔다. 몇 번이나 황산고의 그 이상한 수법에 당해보았는데도 무공의 상대가 된다는 두려움 때문인지 발이 떨리고 있었다.

황산고가 정대추를 보면서 물었다.

"먼저 공격할까요, 아니면……."

장천사가 말했다.

"대추가 천천히 공격하고 너도 천천히 해라."

정대추가 검으로 황산고의 가슴을 찌르며 옆으로 비켜 들어갔다. 황산고는 몸을 틀어 정대추의 검을 피했다. 그때 느린 동작이었지만 장천사와 오보현 등은 순간적으로 황산고의 몸이 정대추의 몸에 닿을 정도로 붙는 것을 보았다.

그것은 아주 놀랍고 기이했다.

정대추도 백전의 용사였다. 정대추에게 어떤 틈이 있지도 않았는데 황산고의 몸이 아무렇지도 않게 정대추와 가까워졌던 것이다. 승부는 이 순간에 결정된 것이나 마찬가지였다.

장천사는 '그만!' 하고 외쳤다.

정대추와 황산고가 그 자세로 멈춰 섰다.

정대추는 자기가 어떤 상태에 있는지를 깨닫고 안색이 새까맣게 변했다. 적에게 몸을 전부 내주고 있는 것이나 다름없었다. 죽은 것처럼 비틀거리며 몇 걸음 물러섰다.

오보현이 얼떨떨한 음성으로 물었다.

"어떻게 그런 식으로 들어갈 수가 있지?"

장천사는 눈에 빛을 발하며 강만유에게 말했다.

"만유, 네가 보현에게 공격해라. 대추가 했던 것처럼."

오보현과 강만유가 검을 뽑아 들고 나섰다. 막사 안에서는 긴장이 흘렀다.

강만유는 정대추가 했던 것처럼 가슴을 찌르며 비켜 들어갔다. 하지만 오보현은 황산고가 했던 것처럼 하지 못했다. 그의 검법으로 반격했을 뿐이다.

장천사가 고함쳤다.

"산고가 했던 대로 해!"

오보현이 식은땀을 흘리며 말했다.

"젠장, 하기 싫어서가 아니오. 그렇게 들어가면 죽을 판인데 어떻게 들어가란 말이오. 나보고 죽으란 말이오?"

장천사가 눈을 부릅떴다. 기이한 그의 생김새와 더불어 무시무시하게 보였다.

하지만 오보현은 눈을 딱 감고 하지 못하겠다며 완강하게 버텼다. 그는 장천사를 가장 잘 아는 사람이었다.

하는 수 없이 장천사는 직접 검을 들고 강만유 앞에 섰다. 강만유가 똑같은 공격으로 들어오는 순간에 장천사는 아무것도 생각하지 않고 오직 황산고가 했던 것처럼 몸을 틀어 피하면서 중심을 강만유 쪽으로 옮겼다.

눈앞으로 강만유의 검이 번득였다. 오보현의 말대로 죽을 자리였다. 하지만 장천사는 어금니를 꽉 깨물고 몸을 들이밀었다. 순간 마치 동굴을 빠져나온 것처럼 모든 것이 일변했다.

장천사의 어깨가 강만유의 가슴에 닿을 듯이 붙어 있었다. 강만유의 검에 스치거나 맞은 것도 아니었다. 강만유가 놀라서 물러섰다.

장천사도 전신에서 땀이 비 오듯이 흘렀다. 죽음의 동굴을 지나간 기분이었다. 착각 같기도 했다.

장천사는 털썩 앉아서 손으로 황산고를 불렀다.

"죽었다 살아난 기분이군."

그보다 더 정확한 표현이 있을 수 없었다.

황산고가 작은 소리로 대답했다.

"예."

장천사가 길게 한숨을 내쉬며 오보현 등에게 말했다.

"비결은 사중생로(死中生路)다. 어떤 이치로 그렇게 되는지는 알 수 없지만 사중생로, 이 비결로 할 수는 있다."

오보현이 긴장으로 침을 꿀꺽 삼키며 물었다.

"대장, 이게 무공 비결일 것 같소?"

장천사가 머리를 흔들었다.

"모른다. 하지만 우리에게 유용하다. 이 비결만 명심하고 연습을 충분히 해놓는다면 최소한 우리가 이 전쟁에서 죽지는 않을 것 같다."

조용히 입을 다물고 있던 사마운(司馬韻)이 말했다.

"대장, 저도 이전에 비슷한 경험을 한 것 같긴 한데 전혀 기억할 수가 없소. 혹시 대장도 그런 적이 있지 않았소?"

사마운은 말수가 아주 적지만 한 번 입 밖에 내는 말은 헛된 것이 없었다. 그는 병사가 되려다 되지 못한 처지였지만 치밀하고도 사려가 깊었다.

장천사는 눈을 감고 고개를 치켜든 채 잠시 생각했다.

그런 적이 있었던가? 어찌 생각하면 생각보다 쉽게 강적을 이긴 경우들이 간혹 있는 것 같기도 했다. 그것들이 황산고가 발견한 사중생로와 어떤 연관성이 있을 것 같은 느낌도 들었다.

하지만 사마운의 말처럼 그것은 느낌으로 남아 있을 뿐, 전혀 기억할 수가 없었다.

피와 살이 튀고 함성이 대지를 뒤덮는 전장에서 생각하고 기억하며 싸울 수 있는 사람은 없다. 전쟁 속에서 사람은 마치 정해진 각본에 따라서 연기하는 배우처럼 오로지 행동, 행동만 하게 된다.

황산고가 사중생로를 기억하게 된 것은 낮의 전투가 그에게 처음의 전투였고, 그는 아직 전쟁에 온전히 휩쓸리지 않은 상태에서 빠르게 그런 경험을 했기 때문일 수도 있었다.

오보현과 이차두가 비슷한 경험을 한 것 같다는 말을 했다.

장천사는 황산고에게 다시 그 수법을 펼쳐 보게 했다. 어떤 식으로 펼치는지 다 보여보라고 했다.

황산고는 여덟 사람을 상대로 계속해 보는 도중에 이미 그 수법을 깊이 터득하게 된 듯했다. 선공에서나 후공에서나 어떤 상태에서도 그 한 가지 수법을 사용할 수 있었다. 계속 사용해 보면서 시행착오를 겪고 그만큼 잘못된 부분을 교정했기 때문이다.

몸이 허공중에 떠오르는 것은 서로 닿은 순간에서 힘이 부딪칠 때, 몸을 돌려주는 것만으로 그런 기이한 효력이 나타났던 것이다.

어렴풋이 이해가 되자 장천사는 황산고와 의견을 주고받으며 다른 부하들의 견해를 참조하여 더욱 구체화시키고 함께 연습했다.

장천사가 몇 번 더 시도해서 모두 성공했고, 이어 조부영과 왕백지(王百志), 강만유, 오보현 등도 모두 성공할 수 있었다.

그러나 아무도 그렇게 되는 이치를 알 수는 없었다. 단지 이렇게 하면 어떤 결과가 나온다는 것을 알고 더 잘할 수 있도록 연구할 수는 있었지만 그것이 다였다.

날이 샐 무렵까지 장천사 등 아홉 명은 산고제일식(山高第一式)이라 이름 붙인 그 수법을 연습했다.

산고제일식은 검법도 아니고 어떤 것이라 하기도 애매한 것이었지만, 어떤 상태에서도 어떤 검법이나 수법과도 함께 쓸 수 있는, 말 그대로 이상한 것이었다.

이 산고제일식을 한 번 연습한다는 것은 실전보다 더욱 위험한 일이어서 그때마다 한 번씩 죽음의 동굴을 지나는 것과 똑같은 것이기에, 그들의 정신과 몸은 자신들도 모르는 사이에 변하고 있었다.

수년간 전장에서 가장 위험한 전투를 겪고도 꾸준히 살아남았던 장천사와 오보현 등이 아니었다면 그렇게 연습한다는 것은 꿈에서조차 못할 일이었다.

날이 밝았을 때, 장천사는 대원들에게 산고제일식에 대해서 입을 굳게 다물라고 명령했다. 무공일 것이라고 짐작되는

산고제일식을 알게 되었다는 것은 가슴에 불을 품은 것이나
마찬가지라는 사실을 전 대원들이 다 알고 있었다.

무공은 그들에게 허용된 것이 아니었다.

높은 관직에 있거나 군의 요직에 있는 자 중에서 정말 무공
을 알고 있는 자가 있을 수 있었다. 만약 그런 자에게 발각된
다면 그들 모두 살해당할 가능성이 높았다.

장천사는 백인대장에게 소집되어 갔을 때, 부하를 새로 충
원해 주겠다는 배려를 거절했다. 신병이 오히려 방해가 될 뿐
이기 때문에 지금 여덟 명만으로 계속 가겠다고 말했다. 부하
의 충원을 요구하는 측이 많았기 때문에 백인대장에게 그 말
은 반갑게 들렸다.

격렬한 전쟁이 있은 후, 전선은 잠시 소강상태로 접어든다.
장천사는 출동 명령이 없는 것으로 봐서 한동안 이곳에서 주
둔하겠구나 하고 생각했다.

막사로 돌아와서 부하들과 함께 머리를 맞대고 산고제일
식에 대해서 연구했다. 그리고 밤이 되었을 때는 남모르게 연
습했다. 다른 사람들이 볼 때는 다음 전투를 대비한 훈련으로
여겨질 뿐이었지만 그들은 한 번의 연습 때마다 한 번의 죽음
을 넘어서는 중이었다.

그 연습을 하룻밤에도 수백 번씩 했다.

第九章
죽음의 동굴을 지나며
영혼을 불태우다

무제본기

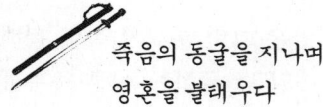

죽음의 동굴을 지나며
영혼을 불태우다

전쟁의 소강상태는 금방 끝났다.

정만척 장군은 지난번 기습에 대한 보복을 준비했다. 장군의 막사에는 요인들이 모였고, 그들은 한 달여를 준비한 계획을 지도 위에서 최종 점검했다.

작전은 복잡했지만 간단하게 정리하면 적이 한 번 더 기습을 하도록 유인하면서 공성계로 오히려 적의 본진을 기습하겠다는 것이었다.

지난번에 기습을 했던 적은 이번에도 기습의 기회가 온다면 가만있지 못하고 걸려들 것이라 믿었던 것이다.

톱니바퀴들로 이어져 움직이는 기관처럼 복잡한 작전에서 장천사의 십인대도 하나의 톱니바퀴로 예정되어 있었다.

예민하고 노련한 군사들은 이미 내부에서 피어오르는 죽음의 살기를 감지하고 묵묵히 자기들의 죽음을 준비하며 검의 날을 세우고 있었다.

장천사와 그의 십인대는 이번만은 그런 분위기 속에 묻혀 들어가지 않았다. 그들은 이미 매일 밤 극한에 이른 죽음과 싸우면서 그들의 신경을 더욱 질기고 예민하게 만들어갔다.

사중생로의 비결로 죽음의 동굴을 지나는 회수가 늘어갈수록, 산고제일식이 점점 더 익숙해질수록 그들의 검은 머리카락은 조금씩 백발(白髮)로 변해갔다.

황산고와 장천사 등도 서로의 머리카락을 보면서 그 사실을 느끼고 있었다. 바깥에서는 장천사의 십인대가 독초를 잘못 먹어서 머리색이 변했다는 소문도 돌았다.

장천사가 속해 있는 백인대가 밤중에 갑작스런 이동을 명령받은 것은 작전의 최종 점검이 있던 바로 그날이었다.

밤은 깊었다. 차가운 밤바람은 은밀히 행군하는 장천사 일행을 어둠 속에 묻어버리려는 듯이 날카로웠다.

모두가 검을 몸에서 멀리 잡고 천천히 움직였다. 검이 전포와 부딪치는 소리는 독특하다. 툭 하는 그 소리는 낮지만 멀리서도 단번에 알아들을 수 있다.

장천사는 손짓으로 모두에게 땅만 보고 걸으라는 명령을 내렸다. 나무와 바위가 듬성듬성 있는 곳이었다.

황산고도 왜 그래야 하는지 이유를 알고 있었다.

땅만 보고 걷지 않으면 나무와 바위들이 이상한 모습을 하고 덤빈다. 이미 적을 마음속에 품고 있기 때문이다. 적의가 심장에서 고동치기 때문이다. 마음이 지은 것들이 마음을 공격하고, 그들과 마음으로 싸운다면 이미 적을 만나기도 전에 자기가 만든 적들과 싸워서 기진맥진하게 된다.

사부 배일청은 이런 것들을 세심하게 가르쳤다. 자기의 살심과 적의 살기를 구분하지 못하는 자는 전쟁에서 오래 살아남지를 못한다.

어둠은 짙고 달도 없다. 길을 밝히는 불도 없고 오직 앞 사람의 뒤꿈치를 보면서 걷는다. 제일 앞에서 인솔하는 자는 아마도 여러 번 이 길을 혼자서 걸었을 것이다.

출발하기 전에 장천사는 황산고에게 살아남으라는 명령을 내렸다. 공을 세울 필요도 없다. 오직 살아남아라. 황산고는 오보현과 강만유 등의 우려 담긴 눈빛을 보고 그 말의 의미를 알았다.

낮 싸움은 이미 한 번 겪었다. 이제는 어두운 밤 전쟁이다.

눈은 겨우 몇 자 앞을 더 바라볼 수 있을 뿐이고, 소리는 땅바닥을 기어다니며 사람을 속이는 밤의 전쟁이 닥쳐왔다.

웅크리고 엎드려 숨어서 요행케 적의 눈을 속일 수도 있는 밤이지만 웅크리고 엎드린 적의 은밀한 창검이 옆구리를 꿰뚫는 밤이기도 하다.

밤의 전쟁은 껍질로 하는 전쟁이다. 계란을 마주 굴러 깨뜨리는 장난 같은 전쟁이다.

황산고는 큰어머니를 생각했다. 이 밤에 큰어머니 강씨는 틀림없이 잠들지 못한다.

황산고가 큰어머니께서 잠들지 못할 거라고 느끼는 만큼, 큰어머니 강씨는 황산고가 위험 속으로 들어가고 있다는 것을 느낄 거라 생각되었다.

죽어서는 안 된다. 황산고는 작게 진저리쳤다. 죽어서는 안 된다. 큰어머니가 죽음을 느끼게 해서는 안 된다.

어쩌면 고향을 떠나기 전부터 시작된 마수는 전장에서 그를 죽음으로 더 내모는 것만큼 큰어머니와 남아 있는 가족들에게도 위해를 가하고 있을지도 모른다. 이유가 무엇이든 간에.

그러나 황산고는 그 부분에 대해서는 더 생각지 않았다.

큰어머니는 강하다. 그리고 무엇보다도 사부 배일청 노사가 있다.

배 노사는 황산고 집안에 위험이 닥치는 것을 보고만 있을 사람이 아니다. 또한 배 노사는 황가진에서 누구도 당하지 못할 만큼 뛰어난 사람이다. 어떤 음모든 싸움이든 배 노사는 지지 않을 사람이다.

황산고는 분노를 뱃속 어딘가에 있는 주머니 속에 챙겨 넣었다, 언젠가 그것을 원흉의 심장으로 날리기 위해서. 그리고 다짐을 거듭했다.

병사가 된 만큼 음모에 죽지는 않겠다.

전사가 된 만큼 겁에 죽지도 않겠다.

죽일지라도 죽임을 당하지는 않겠다.

눈을 파랗게 번득이며 황산고는 어금니를 악다물었다.

행군은 날이 새기 전에 땅을 파고 숨는 것으로 끝났다.

새들은 그들이 숨은 곳을 피해서 날았지만 이따금 적의 전마(戰馬)가 근처로 지나가기도 했다.

해가 지고도 완전한 어둠이 내리기까지 황산고는 땅속에 숨은 채 계속해서 온갖 종류의 잡념에 시달렸다. 모두가 마음을 심난하게 하는 잡념들로, 어린 시절의 기억에서부터 경험하지 못한 것들에 대한 허황된 상상까지 골고루 망라되었다.

옆에서 정대추가 그를 몇 번 쿡쿡 찌르다가 그만뒀다. 잡생각하지 말라는 뜻이었겠지만 잡생각은 통제되지 않았다. 마치 마음이 몸을 버리고 멀리 가고 싶어하는 것 같았다. 현실을 잊어버리고 싶어하는 것도 같았다.

몸은 자꾸만 움츠러들었다. 추위 때문만은 아니었다. 공포 때문도 아니었다.

별이 선명해졌을 때, 출발 명령은 손에서 손으로 전해졌다. 황산고의 잡념은 거기서 끊어졌다. 몸을 움직이기 시작하자 마음은 오히려 가지런해졌다.

소리를 죽이고 소리를 죽인 곳을 걸어가면서 황산고는 침묵을 밟고 심장이 뛰는 고동을 북소리 삼아서 발을 맞추었다.

그때는 오로지 걷는 데만 집중했다. 걷고 있는 곳이 산인지 들판인지도 생각지 않았다. 그는 심장 고동이 부르는 소리에

발맞추고 보이지 않는 계단을 힘주어 밟으며 자기만의 산을 올라갔다.

오르고 오르는 중에 점차 자기의 몸을 보았다. 처음에는 심장 소리만 들었지만 나중에는 바람이 코로 들었다가 코로 나가는 소리를 보았고, 목구멍으로 넘긴 침이 꿈틀거리며 미끄러지는 것을 보았고, 심장에서 분출된 피가 쏴아아아! 소리를 내면서 혈관을 치달리는 것도 보았다.

행군이 끝나고 땅속에 몸을 숨기고 모두 건포를 씹을 때, 황산고는 건포를 든 자기의 손을 내려다보았다. 한참 동안 손을 보던 중에 해가 돋아서 햇살이 땅속으로도 조금 스며들어 왔다.

빛을 황산고가 두 손에 물처럼 받혔다.

황산고는 무심결에 빛을 받아 빛이 되어버린 손가락의 마디를 헤아렸다. 하나, 둘, 셋, 넷, 그리고 열넷. 왼 손가락의 마디는 모두 열네 개였다. 접주름도 열네 개였다. 오른손도 헤아렸다. 어린아이처럼 왼손으로 하나씩 짚어가며 헤아렸다. 또 열네 개다.

신기할 것 하나 없는 일이지만 황산고는 기적처럼 그 사실을 느꼈다. 손가락의 마디가 열네 개라는 사실, 왼손도 오른손도 다 열네 개의 마디를 가지고 있다는 그 사실을 왜 지금까지는 몰랐을까? 왜 지금에서야 그 사실을 알았을까?

손을 보는 것은 수도 없이 보았다.

사부 배일청은 잠자기 전에 손을 보게 했다. 어둠 속에서 자기의 손을 보면서 밤눈을 밝히는 연습을 하게 했던 것이다.

그처럼 많이 보았음에도 이전에는 몰랐다, 열네 개의 손가락 마디를.

황산고는 발가락마저 확인하고 싶었다. 신발을 벗지는 못하고 발가락을 꼬물대면서 마디 하나씩 움직이며 그 느낌으로 헤아려 보았다. 그러나 종내 발가락의 마디는 몇 개인지 알 수가 없었다.

몹시 혼란스러웠다. 발가락의 마디가 몇 개인지 알 수 없다니. 아주 중요한 것을 알고 있지 못하는 것처럼 불안했다. 어떻게 그것을 모를 수 있단 말인가?

마른침이 넘어갔다.

혀로 이빨을 헤아려 보았다. 알 수가 없다. 손가락으로 더듬었지만 역시 뚜렷하지 않았다. 스물여덟 개 혹은 서른 개?

건포를 씹으면서 마치 커다란 소용돌이가 자기 속에 생겼고, 그것을 바라보고 있는 것 같은 이상한 느낌 속에서 황산고는 맥을 풀고 축 처졌다. 자기가 너무 낯설었다.

그대로 잠이 들었다. 꿈은 꾸지 않았다.

그런데 눈을 떴을 때는 아주 낯선 곳이었다.

싸움이 끝난 전쟁터는 꺾어진 깃발 위로 까마귀가 내려앉고, 희미한 햇빛은 눈알이 빠져 버린 시체의 창백한 얼굴을 비추고 있었다.

황산고는 자기의 검을 보았다. 피가 묻어 있지 않았다.

둘러보니 살아 있는 사람도 보이지 않았다. 시체들 중에는 한두 번 보았던 사람들의 얼굴도 있었다.

같은 십인대에 속한 동료들의 모습은 없었다.

얼마나 많은 사람이 죽었는지 헤아릴 수조차 없었다. 그가 걸어가는 곳에는 어디나 시체들이 널브러져 있었다. 들판에도, 산에도, 냇물에도 시체들은 제각각의 모습으로 뒹굴었다.

하늘이 낮은 듯했고 고독했다.

원치 않는 세상이었다. 그곳이 싫었다. 그곳의 모든 것이 싫었다.

그런데 점점 눈앞이 희미해지더니 흙냄새가 코로 들어왔다.

황산고는 눈을 조금 떠보았다. 은신하고 있는 땅속이었다. 코가 흙벽에 거의 닿아 있었다. 순간 조금 전의 모습이 꿈이었다는 사실을 깨달았다. 그것이 꿈이어서 기뻤다.

그날 황산고는 여러 번 잡념과 몽상, 악몽을 경험했다.

그리고 저녁 무렵에 마침내 자기가 처음으로 지났던 어둠의 동굴을 자기 속에서 발견했다. 산고제일식을 펼칠 때마다 지났던 바로 그 동굴이었다.

한번 시도해 보니 몸을 움직이지 않고도 어둠의 동굴로 들어갈 수 있었다.

어둠의 동굴에 들어서서 움직이지 않고 있는 것은 죽음이었다. 그 죽음은 시간과 공간을 모두 멈춰 버리게 만들었다.

숨을 쉬지 않고 물속에 있는 것과 비슷했기에 오랫동안 그 죽음 속에 머무는 것은 불가능했다. 하지만 그 죽음은 공포를 넘어서서 만났을 때는 황홀이었다.

황산고는 어둠 속에서였지만 손바닥으로 받았던 햇빛 같은 빛이 자기 몸속으로 물밀듯이 밀려들어 온다고 느꼈다.

영혼이 그 빛을 받아서 하얗게 타오르는 것 같았다.

텅!

황산고는 더 견디지 못하고 어둠의 동굴에서 튕겨 나왔다.

알 듯 말 듯했다. 산고제일식의 비밀도 어둠과 빛의 비밀도 닮았지만 모호한 어떤 그림처럼 알쏭달쏭했다. 안다고 말할 것 같으면 말이 막히고, 모른다고 말하려면 불쑥 뭔가가 반발하며 튀어나오려 했다.

정대추와 이차두가 걱정스럽다는 듯이 황산고를 보고 있었다. 황산고는 감정을 추스르며 조금 웃는 표정을 지었다.

마침내 그날 밤에 전쟁이 시작되었다.

적의 주력은 정만척 장군의 유인술에 넘어가 기습을 위해 본대를 비웠다. 장천사의 십인대는 가장 앞에서 적진을 향해 돌격했다.

사흘 동안 닫았던 입으로 그들은 구린내와 함성을 동시에 내질렀다.

달려가면서 장천사가 고함쳤다.

"우왕좌왕하는 놈들은 모두 적이다!"

황산고에게 들으라고 하는 말이었다. 어둠 속에서 적군과 아군을 구분하는 방법으로는 그게 최고의 방법이었다.

황산고는 '와아!' 하는 함성으로 대답하면서 장천사와 나란히 달렸다. 흥분이 시꺼멓게 묻어서 마음으로 들어왔다.

아직 그는 전쟁에 가슴 떨리는 신병이었다. 눈에 보이는 것이 적고 들리는 것이 적다. 그리고 죽이는 적의 숫자는 적은데 휘두르는 검의 횟수는 더 많다.

앞서서 달리던 황산고는 처음에는 오보현에게, 두 번째는 강만유에게 주먹으로 한 방씩 맞고 저지당해서 뒤로 처졌다.

"겁대가리없는 자식!"

오보현은 발로도 한 번 찼다.

황산고는 멈칫했다가 다시 '와!' 하고 함성을 지르면서 달려갔다. 그리고 적을 찔러서 죽이고, 베어서 죽이고, 쳐서 죽였다. 밤과 하나가 되어서 죽이고, 공포와 하나가 되어서 죽였다. 죽이고 또 죽였다.

적의 본대를 쓸어버린 그들은 다시 반전하여 본대로 귀환하던 적의 기마대를 도륙했다.

죽은 적들의 머리와 포로와 승리를 움켜쥐고서 그들은 지정된 장소로 집결했다.

전쟁은 대승이었다. 정만척 장군의 이름을 높이 불렀고, 장천사의 십인대는 이등갑(二等甲)의 포상을 받았다.

황산고는 전쟁과 죽음을 신체의 일부, 삶의 전부로 받아들였다.

　기습을 기습으로 보복하고 대승을 거둔 그날 이후로 황산
고는 다시 이상한 잡념들 속으로 빠져들어 자기를 흐릿하게
하는 일이 없었다. 오히려 날이 갈수록 더 차분해지고 반듯해
졌다. 머리카락은 더 하얀색으로 변했지만 얼굴과 눈에서는
영기가 흘렀다.

　장천사와 오보현 등도 마찬가지였다.

　황산고가 땅속 은신 중에 체험했던 '어둠의 동굴 속에서의
죽음'을 두고 그들은 모두 논의에 논의를 거듭했고, 강만유
는 그것을 좌망(坐忘)이라고 이름 지었다. 체험을 해보면 마
치 모든 것을 잊어버리거나 죽어도 좋을 것 같았기 때문이다.

　산고제이식(山高第二式)이라고 부르기에는 적당치 않다고
여겨져 좌망이라는 이름에 모두 동의했다.

　장천사를 비롯한 그의 십인대는 낮이면 번갈아가면서 좌
망을 수련하고 밤이면 산고제일식을 수련했다.

　좌망은 죽어도 좋을 만큼 큰 기쁨이었다.

　그러나 똑같은 뿌리를 가진 산고제일식은 여전히 두려움
과 공포였다. 익숙해질 대로 익숙해진 산고제일식만큼이나
두려움과 공포도 익숙했다.

　그들은 낮의 기쁨과 밤의 치열함을 날마다 반복했다. 마침
내 두려움과 공포가 점차로 극복되어서 강철 같은 자부심과
기백으로 변했을 때, 장천사, 오보현, 강만유, 이차두, 왕백지,

조부영, 사마운, 정대추, 그리고 황산고는 자기들도 짐작할
수 없는 사람이 되어 있었다.

*　　　　*　　　　*

정만척 장군은 문서를 칼집으로 툭 쳐서 튕겨냈다.
"내가 볼 내용은 아닌 것 같군."
설교웅(薛橋熊)은 땅에 떨어진 문서를 다시 집어서 내밀었
다.
"보셔야 합니다."
정만척 장군은 전쟁의 큰 승리로 기세가 등등했다. 지금이
라면 국왕을 제외한 어느 누구도 그의 앞에서 큰소리칠 수 없
을 정도였다.
전과를 최종적으로 기록한 문서들이 속속 올라왔고, 그것
들은 하나같이 정만척과 장수들을 놀라고 기쁘게 하기에 충
분했다. 독립하여 나라를 하나 세운다고 해도 가능하지 않을
까 싶을 정도였다.
정만척에게 야심이 없는 것은 아니지만 그에게는 또한 외
교를 할 수 있는 뛰어난 변설가가 없기에 감히 그렇게 결심하
지 못했다. 나라는 백성과 군대로만 지켜지는 것이 아닌 까닭
이었다.
정만척은 자기의 위엄을 거스르고 고집 부리는 설교웅을
노려보면서 말했다.

"공을 세웠으면 보상을 받아야 한다. 세상에서 군사의 공과(功過)보다 더 엄밀하게 집행되어야 하는 것은 없다. 무슨 말을 하고 싶든 간에 공로대로 가족들에게 포상금을 보내도록 해."

설교웅은 식은땀을 흘리면서 말했다.

"장군, 속하는 그렇게 하지 않겠다는 게 아닙니다. 하지만 이들의 경우는 도저히 정상적이라 할 수가 없습니다."

정만척은 여전히 매 같은 눈으로 쏘아보면서 설교웅을 강박했다.

"전쟁에 뭐가 정상인가?"

"장천사, 그들의 십인대는 삼백팔십 명을 벴습니다."

설교웅이 빠르게 말했다.

정만척이 멈칫했다.

"장천사."

"그렇습니다."

설교웅은 정만척의 관심에 안도하면서 말을 풀기 시작했다.

정만척이 다시 단호하게 말했다.

"보내."

설교웅은 더 이상 고집을 부리다가는 아무 말도 못할 것 같아서 고개를 푹 숙이며 말했다.

"알겠습니다. 포상금은 그대로 보내겠습니다."

정만척이 만족해하면서 입가에 미소를 머금었다.

"좀 많긴 하겠군."

"장천사 등이 죽인 자들 중에는 적의 장수 다섯이 포함되어 있습니다."

정만척의 표정이 약간 굳어졌다.

설교웅이 말했다.

"서정기, 신재용, 권삼탁, 한상필, 양소. 바로 이들입니다."

한상필과 양소는 어느 정도 이름은 있어도 뛰어난 자는 아니었다. 그러나 서정기와 신재용은 정만척도 꺼려했던 용맹한 장수들이었다. 그리고 권삼탁은 어린 나이에 장수가 되어 천지에 무서운 것 없이 날뛴다고 알려졌던 자다.

전장에서 보이지 않기에 그들은 도주했는가 보다 생각했다.

정만척은 눈을 번득였다.

설교웅이 말했다.

"직접 본 자들에 의하면 장천사의 십인대가 그들을 죽일 때도 단 일 합이었다고 합니다."

장천사의 이름은 정만척도 잘 알고 있었다. 전장에서는 워낙 눈에 띄어서 많이 보기도 했고, 직접 공을 치하하느라고 불러서 만나본 것도 여러 번이었다.

한마디로 기이하게 생긴 자였고, 이상하게 행동하는 자였다.

정만척은 속으로 목격했다는 놈들이 어둠 속에서 참 눈도 밝구나 하고 생각했다.

설교웅이 말끝을 흐렸다.

"죽은 적장들의 몸에는 제가 화살을 한두 대씩 박아놓긴 했습니다만……."

한 배를 타겠다는 뜻이다.

그걸 모를 정만척이 아니었다.

"그냥 놔둬. 나를 위해 공을 세운 자들이다."

정만척은 싸늘하게 말했다.

설교웅은 고개를 숙이고 물러났다.

전장에서만은 아니다. 어느 곳에서든 군사를 거느리는 장군은 그 말을 물리거나 뒤집어서는 안 된다.

장군의 말 한마디는 모두 군사들이 목숨을 걸고 수행하는 군령(軍令)이다. 뒤집어질 말에 목숨을 걸 수 있는 병사도 없고, 되물러질 말에 있는 용맹을 다 발휘할 군사도 없다.

장군의 말은 한 번만 바뀌어도 군사들이 명령 앞에서 망설이게 된다. 이는 전군이 자살하고자 하는 것이나 마찬가지다.

그러므로 장군은 절대로 잘못을 시인해서도 안 되고 말을 바꿔도 안 된다.

정만척 장군이 입으로 한 말 역시 바뀔 리가 없다.

설교웅은 입술을 질겅질겅 씹었다.

장천사의 십인대로 돌아갈 포상은 가장 많은 포상을 받는 천인대(千人隊)와 비슷했다. 아홉 명이 그 많은 포상을 나누어 가진다면 평생 먹고살고도 남는다. 이래서는 공로를 이등 갑으로 낮추어놓은 것도 의미가 없다.

설교웅은 병사로 군문에 들어와서 잔뼈가 굵었지만 그처럼 큰 포상은 상상조차 해보지 못했다. 병사의 포상은 전사보다 훨씬 많지만 결국 거기서 거기였던 까닭이다.

설교웅은 이후 점령지를 순찰하고 위무하는 일 등에는 일절 장천사를 투입하지 않았다. 장천사 일행으로서는 넉넉한 자기들만의 시간을 보낼 수 있어서 좋았다.

                    *   *   *

황산고는 아침마다 혼자서 검술을 연습했다.

황가진에서 전해지는 대정팔검은 많지 않은 세상의 검술 중에서도 뛰어난 것이었다.

그러나 순수한 검만으로는 귀재라고 할 만한 장천사에게 황산고는 단 몇 합에 패했고, 껄렁거리는 오보현에게도 패했다. 강만유와 이차두 등도 아주 강했다. 그들은 전쟁 속에서 수없이 살아남은 진짜 강자며 검의 달인들이었다.

검에 자부심을 가지고 있던 황산고로서는 그냥 넘어갈 수 없는 일이었다. 완성에 가깝다고 생각했던 자기의 검술이 장천사에 비하면 초라했다.

"검술을 익힌다는 건 집 짓는 법을 배우는 것과 마찬가지다."

사부 배일청은 대정검법을 가르쳐 주면서 그렇게 말했다.

배일청의 말이 항상 그렇듯이, 심오한 뜻이 있으리라 여겼지만 따져서 물을 수는 없었다. 배일청은 입으로 묻고 머리로 아는 것을 아주 질색했다. 황산고는 가르쳐 준 것만큼만 수없이 반복하여 단련하면서 그 의미를 스스로 알게 될 때까지 기다려야만 했다.

그러나 황가진을 떠나서 이곳으로 올 때까지도 그 말의 깊은 뜻은 여전히 깨닫지 못했다.

그러다가 장천사의 검을 보고서 황산고는 어렴풋이나마 사부의 말을 이해할 수 있게 되었다.

장천사의 검은 털끝만큼의 차이도 허용하지 않는 검이었다. 그의 검법은 멈춰야 할 바로 그곳에서 멈추었고, 가야 할 바로 그 길로 갔으며, 닿아야 할 바로 거기에 닿았다.

검이 움직일 때 손과 발은 있어야 할 자리에 있었고, 검이 움직일 때 눈과 뜻도 흘러야 할 곳으로만 흘렀다. 그 움직임에서 한 치, 추호(秋毫)의 차이도 있을 수가 없었다.

그러면서도 그는 자유로웠다. 그의 움직임은 모두 검식 속에 있었고, 검식이 그의 움직임을 구성하고 있었다.

황산고는 거기서 격[形式]의 엄함을 보았다.

집을 지을 때, 크고 튼튼하게 지으려면 목수가 치수를 정확하게 재고 톱질과 대패질을 정확하게 하지 않으면 안 된다.

헐겁게 끼운 도리목이 서로 잘 버텨줄 리가 없다.

황산고는 스승 배일청의 말이 바로 그런 엄격을 스스로 추구해야 한다는 의미라는 것으로 이해하기 시작했다.

자기의 사지 골간을 기둥으로 삼고, 대정팔식의 매 수법마다 하나의 집으로 여겼다. 그 집이 무너지지 않도록 튼튼하게 만들어갔다.

태풍이 불어도 흔들리지 않고 바위를 얹어도 무너지지 않을 집이면서, 눈 깜짝할 사이에 만들어지고 눈 깜짝할 사이에 변하는 집으로 만들어갔다.

검법은 달라도 황산고의 검은 장천사의 검이 가진 엄격함을 갖추는 중이었다.

오보현이 한번 보더니 툴툴거렸다.

"저 자식은 나도 넘으려고 하네."

근래에 와서 그들 사이에 비검(比劍)은 없었다. 단지 혼자 연습할 뿐이지만 황산고의 실력이 비약적으로 발전하고 있다는 사실을 모두 알고 있었다.

엄격을 추구하는 황산고의 검은 시원하고 깨끗했지만 연습할 때 빠르지는 않았다. 어쩌면 그래서 그의 발전하는 모습이 더 잘 보였을지도 모른다.

정대추와 사마운 등도 자극받았는지 따로 시간을 잡아서 검술을 익히는 모양새였다.

함부로 나서지는 않았지만, 십인대 속에서 생활하며 황산고는 자기의 병법도 검법처럼 가다듬어 더욱 치밀하게 다듬었다. 난마(亂麻)의 얽힘을 한눈에 내려다보고 실마리를 찾을 수 있을 정도로 마음을 가지런히 했다.

첫눈이 오고 장천사의 십인대가 흰머리 때문에 백수대(白
首隊)라는 별난 이름으로 불리기 시작한 지도 두 달 반이 더
지나갔다.

정만척 장군이 은밀하게 수도까지 다녀왔고, 마침내 장천
사는 출동 명령을 받았다.

하지만 그것은 전투에 투입되는 것이 아닌 납치 명령이었
다.

진국(晉國)에서 제국(齊國)으로 보내는 사신(使臣)을 잡는
것이 임무였지만 실패하면 죽이라는 것이었다.

실패하면 알아서 죽으라는 것이기도 했다.

장천사는 명령을 받고 여덟 명의 대원과 함께 출발했지만
똑같은 명령을 받은 자들이 얼마나 되는지도 알지 못했다.

일국의 사신이라면 분명히 신분이 높은 자일 것이고, 그런
자를 잡거나 죽인다는 것은 무엇보다 위험한 싸움이 될 가능
성이 많았다.

신분이 높은 자들은 마법이나 무공을 익히고 있는 경우가
많기 때문이었다.

명령서를 받을 때 설교웅이란 자가 비릿하게 웃었다.

장천사는 기분이 틀어져 그를 쏘아보았다.

장천사의 생김새는 기이하고 눈빛은 마주 보기 어렵다.

설교웅은 안색이 창백하게 변하며 검을 잡았다가 막사 바

깥으로 나가 버렸다.

　밖에는 명령서를 받기 위해서 기다리고 있는 다른 십인대
장들이 여럿 있었다.

第十章
아홉 명의 전사

무제본기

武帝本紀

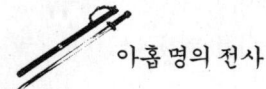 아홉 명의 전사

"출동이다!"

장천사는 막사로 들어서자마자 명령서를 오보현에게 던져 주면서 말했다.

"염탐 척후 임무요?"

오보현이 기지개를 켜면서 물었다.

지난번 전쟁에서 승리 이후 현재 전선은 조용했다. 오보현 은 출동이라면 염탐 척후 임무밖에 없다고 단정했던 것이다.

장천사는 자기의 발을 내려다보면서 말했다.

"납치다."

신발에 똥이 묻어 있었다. 어떤 게으른 놈이 구덩이까지 가 지 않고 풀 더미 사이에 아무렇게나 내질렀던 것이다.

"납치?"

오보현이 명령서를 펼쳐 들며 반문했다.

그들은 자객이 아니었다. 일반 군병이 아닌 군사(軍士) 중에서도 전사의 신분이었다. 전사가 납치를 위해 나선다는 말은 금시초문이었다.

강만유 등도 무슨 말도 아닌 소리냐는 듯이 장천사에게 모여들었다.

"받아들일 것입니까?"

사마운이 물었다. 그만큼 이번에 장천사가 받은 임무는 이질적이었던 것이다.

오보현이 흥분하여 말했다.

"거절해야지! 이건 말도 안 돼! 전사가 납치라니!"

장천사가 바닥에 똥을 문질러 없애며 불쑥 물었다.

"전사가 자랑스러운가?"

오보현이 머뭇거렸다. 발밑에서 구린내가 올라왔다.

장천사가 다시 말했다.

"자랑스러운가?"

오보현은 전사를 자랑스러워하지 않았다. 그러나 강도보다는 낫다고 생각했다. 납치는 그가 자랑스러워하지 않는 전사조차 하지 않는 짓이었다.

전사는 싸우고 죽이는 사람이지, 사람을 훔치고 빼앗는 자가 아니었다.

오보현은 자기 생각을 다 말하고 싶었지만 장천사가 다 들어주지 않고 거두절미할 것을 뻔히 알고 있었다.

잘리지 않을 말을 했다.

"그래서 어쩌란 말이오? 사람을 훔치는 같잖은 짓을 하자는 거요?"

"나가자!"

장천사가 일어나며 말했다.

황산고와 오보현을 비롯한 여덟 명이 그의 뒤를 따라 나갔다.

장천사가 가진 이상한 면모가 발휘되어 이를 떼면 아무런 소리 못하고 시키는 대로 하게 되었다.

장천사는 그런 의미에서 본다면 타고난 대장으로, 남자 중의 남자였다.

막사를 나와 탁 트인 곳으로 나왔을 때는 해가 질 무렵이었다. 저녁 짓는 연기가 낮게 깔리고 햇살은 푸른 연기를 금빛으로 물들이고 있었다.

황산고는 장천사가 야트막한 바위에 턱 기대앉는 것을 보았다. 오보현도 그렇게 앉았다.

가까운 곳에 사람은 없었다.

서열이 가장 낮은 황산고는 가만히 서 있었다. 다른 사람들은 저마다 편한 자세를 취했다. 장천사는 그들이 편하게 자리 잡기를 기다리고 있는 것 같았다.

장천사의 얼굴은 항상 기쁠 때나 즐거울 때나 가벼워 보일 때가 없다. 늘 무겁고 조금은 이상하고 기이한 면이 있었다.

장천사는 잠시 묵묵히 있다가 말했다.

"반대하는 사람은?"

오보현이 먼저 손을 들었다. 이어 이차두와 정대추가 손을 들었고, 강만유가 마지막으로 손을 올렸다.

네 명이었다.

장천사가 무뚝뚝하게 말했다.

"백인대장에게 말해두겠다. 너희들은 남아라."

오보현과 강만유의 안색이 확 바뀌었다.

오보현이 소리쳤다.

"대장!"

장천사가 그를 보았다.

오보현이 화를 내며 말했다.

"다짜고짜 이러는 법이 어디 있소? 이유가 있으면 설명을 하거나 설득이라도 해봐야 할 것 아니오!"

장천사가 단호하게 말했다.

"난 너처럼 그런 재주 없다."

"하아!"

오보현이 속이 뒤집어진다는 듯이 자기 머리를 벅벅 긁었다. 오보현은 검술 솜씨도 뛰어났지만 말솜씨가 아주 좋았다.

그러나 속에서 열이 받친 지금은 화만 부룩부룩 냈다. 대장 장천사가 자기한테 이럴 수가 있느냐는 표정을 짓고 밑의 부하들을 둘러보았다.

강만유가 물었다.

"대장, 이유가 뭡니까? 전사인 우리가 꼭 납치에 나서야 할 이유가 있습니까? 더구나 진국 사신을 납치한다는 것은 작은 일이 아닙니다. 어쩌면 우리는 전쟁이 아닌 정쟁(政爭)에 휘말릴 가능성도 있습니다."

전사들이 병사들에 비하여 유일하게 내세우는 자존심이 있다면 정쟁에 휩쓸리지 않는다는 것이었다.

병사들은 세력 다툼이나 정치적 결정에 따라 행동할 수도 있지만 전사들은 그렇지 않았다. 전사들은 지휘관의 명령에 복종하여 죽더라도 깨끗한 명예를 가지고 죽는 것이었다.

정쟁에 말린 자들의 말로는 언제나 아주 비참했다. 그들은 권력을 가질 수도 있지만, 결국 종착지는 그들에게 패했던 자들과 똑같았다.

전쟁에서는 적을 죽이는 것으로 끝나지만, 정쟁은 적의 씨를 말리고 죽은 자의 시체를 찢고 뼈를 갈아버리기까지 하는, 한계가 없는 가장 더러운 싸움이었다.

전사로서 정쟁과 관련된다는 것은 그보다 더한 치욕이 없다고 해도 과언이 아니었다.

강만유가 정쟁이라는 말을 꺼낸 이상 납치를 하느냐 마느냐의 문제는 크다고 할 수 없었다. 그에 대해서 장천사는 분명히 답을 해야만 했다.

이차두가 말했다.

"진국 사신을 납치하면 후환이 따를 것입니다. 우리 고향에 자객이 갈 수도 있습니다. 진국은 '그림자의 숲'이라는 자객 집단을 가지고 있습니다."

정대추도 볼멘소리로 한마디 했다.

"원래 이런 임무는 자객들이 맡는 것 아닙니까? 왜 호원(狐苑)에서 할 일을 우리가 합니까?"

"명령이다, 장.군.의."

장천사가 잘라서 말했다.

강만유와 이차두 등이 입을 다물었다. 오보현도 안색이 무겁게 변했다.

장군의 명령이라면 그들도 느껴지는 것이 있었기 때문이다.

"젠장……."

오보현이 중얼거렸다.

"한번 해봅시다. 기분은 더럽지만……."

강만유도 한숨을 내쉬었다.

백인대장이나 천인대장의 지명에 의한 것이라면 거절해 버릴 일이었지만 장군이 직접 지명했다면 그럴 수가 없다. 장천사가 순순히 이런 말도 안 되는 명령을 받아온 것도 그 때문이었다.

정만척 장군은 최소한 부하들이 볼 때는 아주 유능한 장군이었다. 그가 직접 지시했다면 다른 깊은 뜻이 있을 가능성이 많았다.

없다고 해도 장천사와 강만유 등은 정만척 장군의 명령을 거절할 수 있는 위치에 있지 않았다.

오보현이 혼잣말로 중얼거렸다.

"그 자식 그거, 누가 콱 죽여 버리지 않나. 속 시원하게."

장천사는 다시 반대하는 사람이 있는지 물었다. 아무도 손을 들지 않았다.

장천사는 황산고를 턱으로 가리키며 말했다.

"산고!"

"예!"

황산고가 대답했다.

장천사는 왕백지를 함께 불러서 각기 남쪽과 북쪽으로 천천히 걸어가라고 명령했다.

두 사람이 걸어가는 뒤에서 장천사가 말했다.

"왼손 들어."

황산고와 왕백지가 왼손을 들었다.

장천사는 이번에 왼손을 내리고 오른손을 들라고 했다. 황산고와 왕백지가 걸어가면서 명령에 따랐다.

장천사는 왼손과 오른손을 번갈아가며 말했다.

하지만 왕백지는 거리가 십 장 정도 떨어진 후부터 명령에 따르지 않았다. 황산고도 십삼 장이 지났을 때부터 명령을 듣지 않았다.

장천사가 음성을 좀 높여서 말했다.

"돌아와!"

두 사람이 달려왔다.

오보현과 강만유는 장천사가 무엇을 알려고 했는지 짐작

할 수 있었다. 장천사는 그들의 음성이 바람을 타고 미치는 거리를 계산하려 한 것이었다.

밖에 나와서까지 장천사가 말하려고 한 진짜 중요한 이야기는 지금부터 시작이다.

장천사는 음성을 낮추고 말했다.

"우리는 위험하다. 언제까지 막사 안에서의 비밀을 유지할 수는 없다."

모두 머리를 끄덕였다.

그것은 그들 모두가 간직하고 있는 불씨 같은 비밀이었다. 그들은 서로의 모습을 보면서 머리카락이 점점 백발로 변하고 있다는 사실을 알고 있었다. 비밀이 밝혀지는 것은 시간문제였다.

장천사가 짧게 말했다.

"기회야."

더 이상 이론의 여지가 없었다. 장천사와 황산고를 비롯한 아홉 명은 묵묵히 서로의 눈을 보면서 고개를 끄덕였다.

전사로서의 명예도, 그 무엇도 그들의 가슴속에서 뜨겁게 이글거리는 비밀에 비교할 수는 없었다.

반드시 목숨 때문은 아니었다.

장천사가 말했다.

"내일 아침에 출발한다. 이상."

황산고는 장천사가 가져왔던 명령서를 읽어보았다. 제일 끝에 뜻이 통하지 않는 글자가 하나 더 붙어 있었다.

방(放).

섬뜩했다.

어쩌면 정만척 장군이 자기들의 비밀을 알아버린 게 아닌가 싶었다.

읽자마자 고개를 들어서 장천사를 힐끗 보니 장천사가 천천히 고개를 끄덕였다.

두 사람이 주고받는 눈빛과 고갯짓을 보고 다른 사람들도 명령서의 방 자를 찾아냈다. 그들 중의 바보는 없었다.

짧은 침묵이 있은 후에 장천사가 말했다.

"조건일 거다, 이번 임무를 완수하라는."

그대로 떠나라는 것이라면 굳이 그런 식의 명령서를 작성할 필요는 없었다. 당사자 외에는 볼 수 없는 명령서인만큼 그냥 떠나라고 했을 것이다.

오보현이 잠긴 소리로 중얼거렸다.

"젠장할……."

*   *   *

아침 일찍 떠나기 위해서 그날 밤은 훈련을 하지 않았다. 싱숭생숭해서 잠도 오지 않았다.

"여자는?"

나란히 누운 왕백지가 물었다.

황산고는 어색하게 웃었다. 황청, 전연수가 말할 때와 달리 좀 부끄러웠다. 모두 침대에 누워 있었기 때문에 그의 얼굴이 붉어진 걸 본 사람은 없었다.

왕백지가 침울한 음성으로 말했다.

"난 여자가 있는데……."

황산고는 고개를 약간 들어서 그를 보았다.

왕백지는 그의 십인대 내에서 서열 사위로, 강만유 다음이었다. 그러나 그는 마치 있는 듯 없는 듯 행동하기 때문에 종종 잊어버릴 때가 있었다.

용모도 평범했으며 말을 할 때도 아무런 개성이 없었다. 검술도 온건했고 성격도 모질지 못했다. 그런데도 그가 전쟁의 칼끝에서 살아왔으며 승리해 왔다는 사실은 어찌 보면 기적 같기도 했다.

오보현은 왕백지를 유령이라고 놀려대곤 했다.

"이미 죽은 놈인 줄 알고 적이 안 죽이는 거야."

그의 말처럼 왕백지는 유령같이 느껴질 때가 많았다.

"혼인했어요?"

하고 황산고가 물었다.

왕백지는 이불을 끌어서 코까지 덮으며 말했다.

"아니."

왕백지는 더 말하지 않았다.

이불이 조금 흔들렸다. 황산고는 왕백지가 운다고 생각했다. 위로할 수도 없었다. 가만히 그냥 둘 수밖에.

황산고는 군문에 들어온 지 얼마 되지 않았지만 이미 이런 것에 익숙해지고 있었다.

오보현은 전투가 있는 날이면 제멋대로 지껄이며 자살의 충동을 억누른다는 사실도 들어서 알고 있었고, 강만유는 껍질 속에 숨는 자라처럼 할 수도 없는 마법과 요술에 대한 상상 속으로 자신을 밀어 넣어 도피하며, 이차두는 술을 많이 마셨다.

이차두는 화가 나거나 기분이 이상할 때는 아무리 많이 마셔도 술에 취하지 않는다고 했다.

조부영은 심심할 때 작은 칼로 손톱과 발톱에 부적 같은 것을 새기는 취미가 있었다. 그의 손톱은 두꺼웠는데 정교하게 새겨진 그림과 글자를 보면 마치 커다란 청동 기와에 새겨진 조각을 보는 것 같았다.

사마운은 바둑을 좋아했다. 주된 상대는 정대추였다.

황산고는 상희를 주로 배웠고, 바둑은 대충 어떤 것인지만 알고 있었다.

하지만 사마운은 바둑의 고수였다. 정대추는 열여덟 점을 깔고도 늘 사마운에게 졌다. 정대추의 실력도 만만치 않았고, 사마운과 바둑을 두면서 아주 많이 늘었다고 함에도 결과는 항상 똑같았다.

정대추는 그것이 억울하고 분해서 사마운과의 바둑을 포기하지 못했다. 한 번 이기기만 하면 때려죽인다고 해도 다시는 사마운과 바둑을 두지 않겠다고 하는 말을 황산고는 여러 번 들었다.

대장 장천사는 가만히 혼자서 무슨 생각에 빠져들거나 무표정하게 검술을 연습하는 경우가 많았다.

그러나 왕백지는 종종 있는 줄도 잊어버리는 사람이기 때문에 그런 특징을 생각지 못했다.

여자가 있다면서 이불을 쓰고 우는 그의 모습은 황산고에게 놀라웠다. 사람에게는 대체 얼마나 많은 모르는 면이 있는 것일까?

병사든 전사든 간에 어릴 때부터 군사로 훈련받으며 성장한 사람들은 스승이 누구냐에 따라서 이상한 재주를 한두 가지쯤 가지고 있는 경우가 많았다.

그것들은 때로 목숨을 건지고 적을 죽이는 수단이 되기도 하고, 서로가 도박을 할 때 사용되거나 이야깃거리가 되기도 했다.

가까운 자리에 누운 사람들은 끼리끼리 이야기를 조금씩 나누다가 잠을 잤다. 고른 호흡 소리와 코 고는 소리가 막사 안에서 뒤섞였다.

황산고는 팔베개를 하고 고향집을 생각했다.

늙으신 큰어머니 생각, 사부 생각. 편지를 써서 보낼까 하는 마음은 쭉 있었지만, 전장에 가족을 내보낸 사람들에게는 무소식이 희소식이다.

날마다 소식을 기다리지만 막상 소식이 오면 간부터 철렁

하게 마련이었다.

그렇게 온 소식에 황산고는 아버지의 죽음을 알았고, 큰아버지의 죽음도 알았었다. 아직 편지를 보낼 때가 아니었다.

함께 모인에 응해서 나갔다가 첫 전투에서 죽은 소년들의 소식이 지금쯤 고향에 속속들이 도착하고 있을 것이다.

큰어머니가 염려스러웠다. 황산고는 자기에게 위해를 가한 손들이 그의 집에 해를 가하지는 않았을까 두려웠다.

잠자리에 누우면 항상 큰어머니를 생각하고, 사부가 계심에 안도하며, 그 후에는 누군가에 대한 복수의 칼날을 세워서 자기의 심장에 간직했다.

군문을 들어오자마자 나가게 된다면 이제 무엇을 해야 하나 하는 생각도 들었지만 오히려 잘되었다. 복수를 하고 나서 다시 어느 장군의 휘하에 들어갈 수도 있을 것이고, 어쩌면 장천사가 대책을 생각해 두었을 것 같기도 했다.

어쨌든, 군문에 있는 한 눈앞에 닥친 임무는 죽는 한이 있어도 완수해야 한다. 더는 이런 생각으로 마음을 어지럽혀선 안 된다.

황산고는 임무를 완성하는 데 정신을 집중하기로 마음먹으면서 잠을 청했다.

장천사의 십인대는 그 이튿날부터 부대에서 사라졌다.

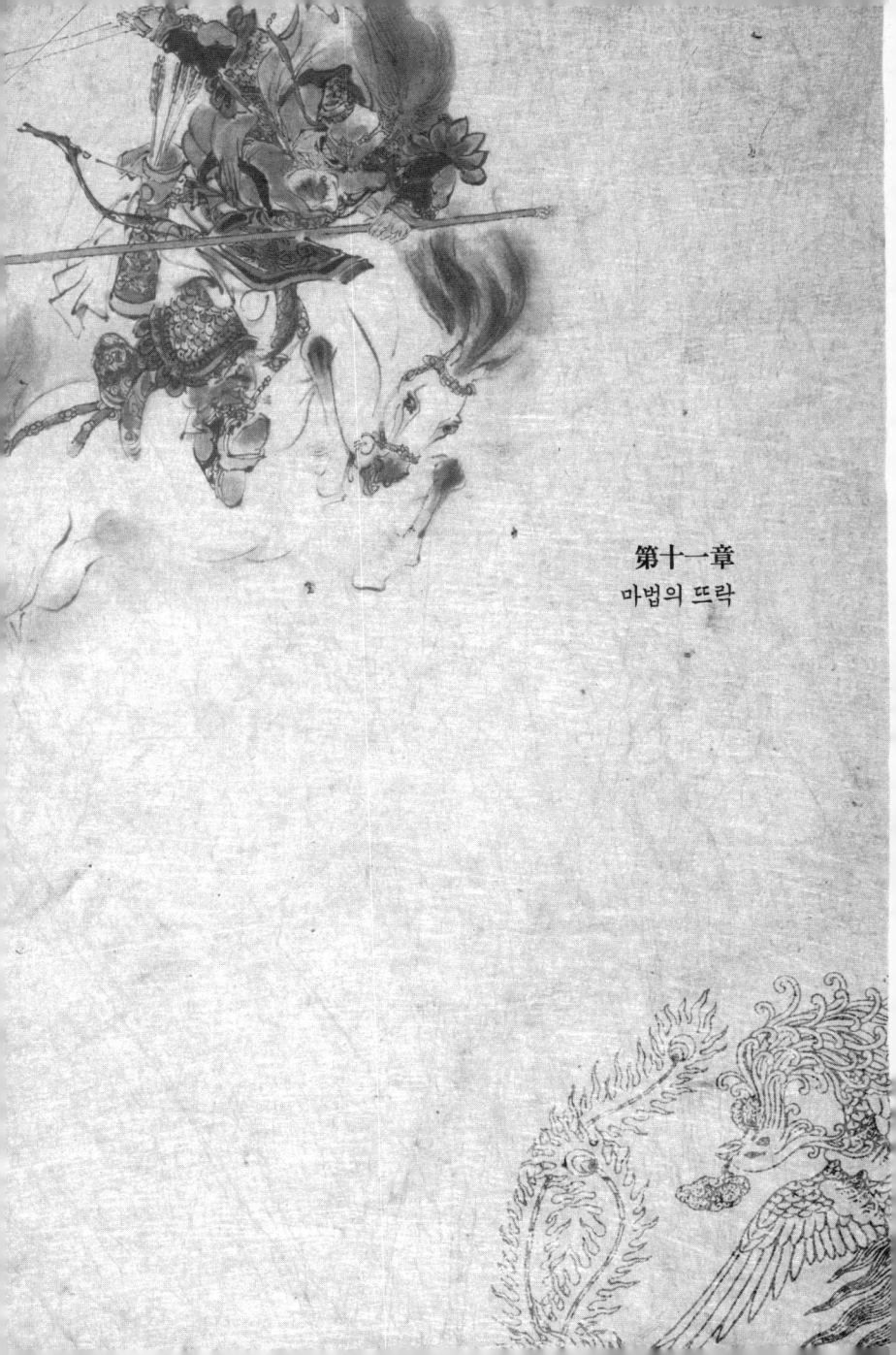

第十一章
마법의 뜨락

무제 본기
武帝
本紀

 마법의 뜨락

　군문에서는 병사나 전사의 탈영을 염려하지 않았다. 그들에게는 군이 바로 생활 터전이기 때문이다.

　또한 포상은 분명히 하지만 승진에 대해서도 엄격한 규율이 있는 것은 아니었다. 그래서 평생 십인대의 대원 노릇을 하다가 군문을 나서는 사람도 있었다.

　십인대의 병졸이라고 해서 그의 실력이나 군인으로서의 수입이 천인대장, 만인대장보다 적으라는 법도 없었다.

　계급이 높아지면 많은 부하를 거느릴 수 있겠지만 그만큼 전략과 전술에 밝아야 하고 통솔력이 뛰어나야 한다.

　그렇지 못할 경우에는 부하들의 원성이 높아지고 그 사람 밑을 떠나 다른 대장들 밑으로 가버린다. 병사들은 그렇게 하기 힘들어도 전사들은 거리낌없이 다른 지휘관을 찾아서 옮길 수 있었다.

대부분의 병사들이 진둔 출신들인지라 긍지와 자부심이 대단한데다 그들은 전쟁에서 소득을 많이 올리는 것이 목표처럼 되어 있다.

대장의 실수로 공을 쌓지 못하면 그들의 가족이 받을 보상이 줄어드는 판이니 무능한 대장 밑에서 천인대장 노릇을 하는 것보다는 차라리 유능한 십인대장 밑에서 병졸 노릇 하는 것이 더 나은 경우도 왕왕 있게 된다.

직접 적을 상대하여 목을 베는 것은 상당히 높은 보상을 받게 된다. 완수한 작전의 성공 여부에 따라서도 보상이 주어지고, 죽인 적의 숫자에 따라서도 보상이 주어진다.

이러한 사정은 어느 나라나 마찬가지다.

한 나라의 전쟁 수행 능력은 그 나라 안에 얼마나 많은, 얼마나 뛰어난 진둔이 존재하는가에 의해서 결정된다고 해도 과언이 아니다.

병사와 전사들은 자기가 태어난 나라 이외의 나라를 위해서 싸우지도 못한다.

그러나 신분이 높은 자들은 그렇지 않다.

신분이 높은 자들 중에는 무공을 알거나 마법을 쓰는 사람들도 있으며, 그들은 국왕과 뜻이 맞지 않으면 다른 나라로 망명하여 그 나라의 국왕을 섬기거나 경우에 따라서는 아무도 섬기지 않을 수도 있으며, 산이나 섬, 계곡을 차지하여 산주(山主), 도주(島主), 곡주(谷主), 또는 성주(城主)가 될 수도 있다.

장천사가 알기에, 일곱 개의 큰 나라와 이백수십여 명의 작은 나라 국왕 외에도 세상에는 수백 명의 산주, 도주, 곡주, 성주 따위가 있었다.

진국의 사신은 삼천 리에 이르는 여행길을 그런 산주와 도주, 곡주, 성주, 동주들의 도움을 받으며 이동하는 중이었다.

어깨 위에 쌓이는 눈을 손으로 툭툭 쳐서 떨어뜨리고 왕백지가 새소리를 연거푸 냈다.

삐이이!

진눈개비가 흩날리는 하늘에서 부리가 빨간 새 한 마리가 같은 소리를 내며 날아왔다.

왕백지는 손바닥으로 새를 받아서 모이를 주고 몇 번 새소리를 내더니 장천사에게 말했다.

"대장, 결국 우리가 따라잡은 것 같습니다. 진국 사신은 저 아래에 있는 것이 틀림없습니다."

사마운이 지도를 펼쳐 놓고 보다가 접으며 낙심한 어조로 말했다.

"저 아래에는 정한곡(情恨谷)이 있소. 저 사신이라는 자는 신분도 높고 발도 넓은 모양이오."

정한곡이 어떤 곳인지 장천사는 잘 알지 못했다.

사마운에게 눈으로 재촉하자 사마운이 말하기 시작했다.

"곡주는 배연오(裴燕烏), 원래 업국(業國) 왕의 궁실에 있던 여자로, 왕자를 낳았지만 후에 국왕과 사이가 벌어져서 여기로 왔다고 합니다. 나이는 팔십이 넘었고 옛날부터 마법을 한다고 기록되어 있습니다."

마법이라는 말에 또 대원들의 표정이 어두워졌다.

신분이 높은 사람들 중에는 반드시 그런 것은 아니지만 남자는 무공을, 여자는 마법을 익히는 경우가 종종 있었다.

마법을 익혔으며 팔십 살이 넘었다면 감히 대적할 꿈도 꿀 수 없는 상대다.

조금만 더 빨리 따라잡았다면 사신이 정한곡에 들어가기 전에 기습할 수 있었겠지만, 이제는 그들이 정한곡을 나온 후를 기약해야 할 판이었다.

장천사가 절벽 아래를 바라보다가 물었다.

"몇 시냐?"

사마운이 대답했다.

"곧 해가 집니다."

장천사가 머리를 끄덕였다.

"해가 지기 전에 기습한다."

오보현이 놀라며 말했다.

"대장, 미쳤소? 우리가 곡(谷)을 공격할 수는 없소."

장천사가 말했다.

"알고 있다. 우리는 사신만 납치해서 빠져나간다."

오보현이 껄껄 웃었다.

"대장은 정한곡이라는 곳을 한 번 가보기라도 했소? 사신이 어디에 어떻게 처박혀 있을 줄 알고 꼭 집어내서 납치하겠다는 거요?"

장천사는 대답하지 않았다. 대답할 필요도 없다. 그가 정한곡을 가보지 않았으며 사신이 어디에 있는지 모른다는 사실은 누구나 다 알고 있다.

장천사는 사마운에게 시선을 돌렸다.

"사마운, 길을 잡아라."

명령이 떨어졌다.

사마운은 떨떠름한 표정을 지으면서도 대답하고 돌아섰다.

장천사는 다른 사람들이 어찌할 것인지는 관심도 없는 것처럼 사마운의 등 뒤에 바싹 붙어서 따라갔다.

어쩔 수 없다는 듯이 부하들도 그의 뒤에 그림자처럼 붙어섰다.

산고제일식을 연습해 온 이후로 장천사와 그의 부하들은 상황에 임하는 마음이나 몸가짐에서 엄청난 변화를 겪었다.

한 번의 연습이 죽음의 동굴을 지나는 것과 같은 것이었기에, 그들은 아홉 명이 움직이면서도 단 한 명이 움직이는 것처럼 기척도 없었으며 물 흐르는 듯했다.

눈발이 흩날리는 중에 높이가 이백 수십 장에 이르는 암벽을 그들은 불과 차 한 잔 마실 시간도 되지 않아서 다 내려갔다.

높은 담장 너머로 하얀 눈을 뒤집어쓴 전각들이 늘어서 있다. 흩날리는 눈송이 사이로 어둠이 스며들고 있었다.

피풍의를 뒤집어 흰색이 바깥으로 나오게 한 후에 머리를 숙이고 담장으로 접근했다. 가만히 서 있으면 눈이 무릎까지 내려갔지만 그들이 빨리 움직이면 가볍게 발자국만 찍히는 정도였다.

강만유가 담장을 훑어보면서 작은 소리로 말했다.

"기관 장치나 마술 도구가 숨겨져 있을 것 같진 않소."

장천사가 고개를 끄덕였다.

강만유는 담장을 자세히 살펴보면서 먼저 타고 넘었다. 높이가 삼 장이었지만 강만유는 한줄기 바람처럼 가볍게 넘어 갔다.

오보현이 뒤를 따라 넘어갔고, 그 뒤를 왕백지와 이차두, 조부영 등이 차례로 넘어갔다.

장천사는 황산고가 넘어가고 난 후 제일 마지막으로 담장을 넘었다.

오보현을 위시한 여덟 명이 엎드린 채로 사방을 경계하고 있었다.

오보현이 말했다.

"여긴 '마법의 뜨락' 같은 게 없는 모양이오."

마법의 뜨락은 마법을 쓰는 사람들이 자기의 마법을 시험 하는 것이기도 하고, 외부인을 방어하는 장치이기도 하다.

하지만 일반 사람들은 결코 무공과 마법을 쓰는 사람들이 사는 근처에 가려 하지 않기 때문에 이야깃거리일 뿐, 효용이 실제로 있을 것 같지는 않은 것이기도 했다.

장천사가 말했다.

"이상한 점은 없는가?"

오보현이 씩 웃으며 말했다.

"조용하오. 이상할 것도 없소. 사마운, 사신이 여기로 들어가기는 간 거냐?"

사마운이 고개를 끄덕인다. 왕백지가 틀림없다고 보증을 한다.

이차두가 말했다.

"대장, 이상하오. 사신은 이미 많은 공격을 받았을 텐데 여긴 경계조차 허술하오."

장천사는 머리를 끄덕였다. 그가 생각해도 이상한데, 한편으로는 오보현의 말처럼 아무 이상한 것도 없었다.

이상하다고 생각하며 머리를 쓸 때가 아니었다. 머리는 잘 돌아갈 때만 써야 한다. 머리가 잘 돌아가지 않으면 대신 빨리 움직이는 것이 상책이다.

장천사는 즉시 앞으로 나갔다.

왕백지가 소매 속에서 새를 풀어놓았다. 새가 눈 속으로 날아갔고, 장천사는 새를 쫓으며 몸을 날렸다.

오보현과 조부영 등도 장천사와 어깨가 닿을 정도로 밀착하여 달렸다.

바람이 뒤에서 분다. 전각들이 하나둘 뒤로 지나간다.

장천사는 정한곡의 더 깊숙한 곳을 향해서 달렸다.

수백 명은 족히 거주할 수 있을 규모를 지닌 정한곡이었지만 단 한 사람도 볼 수가 없었다.

뽑아서 피풍의 속에 숨겨둔 장검의 끝만이 긴장으로 잘게 떨렸다.

함정일지도 모른다는 불길한 생각이 입술을 마르게 하고 있었다.

앞서 날아가던 새가 어느 전각의 문 앞에서 맴돌며 더 나아가지 않고 있었다.

장천사는 달리던 속도에 속도를 더하여 문을 몸으로 부딪쳤다.

퍽!

두 치 두께의 나무 문이 박살났다.

허공에서 공중제비를 한번 맴돌고 몸을 비틀면서 바닥에 내려섰다. 순간 훈훈한 바람이 불어왔다.

그때까지 보았던 눈발 휘날리던 정한곡의 풍경은 보이지 않고, 장천사가 뛰어들었던 전각 속에는 주황색 꽃밭이 넓게 펼쳐진 중에 하나의 둥근 탑만 높게 솟아 있었다. 전각 속으로 뛰어들었지만 그곳은 전각 속이라 할 수 없는 곳이었다.

오보현 등이 뒤에 도착하여 굳은 표정을 지었다.

강만유가 나직하게 말했다.

"마법의 뜨락입니다."

이차두 등의 얼굴에 두려운 빛이 떠올랐다.

장천사가 말했다.

"세 사람이 한 조가 된다. 오보현, 왕백지와 정대추를 인솔해라. 강만유, 조부영과 사마운을 인솔한다. 이차두와 황산고는 내게서 떨어지지 마라. 사자를 발견해서 즉시 생포할 수 있으면 생포하고, 아니면 죽이고 탈출해라. 날이 어두워지기 때문에 여기서만 나가면 적은 쉽게 추적하지 못한다."

강만유가 물었다.

"집결지는 어디입니까?"

장천사가 말했다.

"살아서 벗어난다면 그 길로 본대로 귀환해라. 집결지는 없다."

장천사가 가리키는 대로 오보현은 왼쪽으로, 강만유는 오른쪽으로 해서 탑으로 접근해 갔다.

장천사는 이차두와 황산고에게 자기 피풍의 자락을 잡게 한 후 정면으로 나갔다.

이차두가 물었다.

"대장, 우리는 적의 시선을 유인하는 것입니까?"

장천사가 머리를 끄덕였다. 적의 시선을 끄는 동안에 오보현이나 강만유가 성공하기를 바랐다.

장천사의 느낌은 진국 사신이 그 탑 속에 있음을 확신하고
있었다.

마법의 뜨락이라는 꽃밭을 드러내 놓고 그들 세 사람이 걸
어갔지만 아무런 일도 생기지 않았다. 보통 꽃밭과 다를 바가
없었다. 장천사와 이차두, 그리고 황산고의 긴장만 활시위처
럼 팽팽하게 당겨져 있을 뿐이었다.

그들이 꽃밭을 반 정도 지나갔을 때, 황산고가 문득 입을
열었다.

"대장님, 전에도 이런 작전을 해본 적이 있습니까?"

주의력을 분산시키는 질문이었다.

현 상황에 맞지 않은 질문이었기에 먼저 장천사는 인상부
터 찌푸렸다. 해본 적이 없다는 사실은 이미 부대에서 출발하
기도 전에 알고 있는 사실이었다. 전사는 이런 일을 하지 않
기 때문이다.

하지만 무슨 까닭이 있는 듯도 해서 고개를 저어 대답은 해
주었다.

황산고가 말했다.

"저는 정말 사신을 잡을 생각을 가졌다면 군사들로 포위해
서 압박할 테고, 죽이려면 자객을 보내는 것이 옳다고 생각합
니다."

장천사는 약간 짜증이 났다. 겨우 그런 당연한 소리를 하는
가 싶었다. 짧게 말했다.

"네 말이 옳다. 하지만 우리는 그런 것과 상관없다. 우리

임무는 생각하고 판단하는 게 아니다. 그냥! 명령대로 움직여."

황산고가 말했다.

"오는 도중에 우리나라뿐만 아니라 여러 나라에서 진국 사신을 잡기 위해 움직였다는 말을 들었습니다. 우리는……."

이차두가 말했다.

"풀어주는 것일 수도 있고, 다른 목적을 위해서 버려지는 것일 수도 있지. 바로 이런 게 전쟁이다."

황산고는 입을 다물었다.

전쟁 중에 자기가 죽더라도 가족들에게는 큰돈이 지불된다. 그러나 살아 있더라도 전쟁에 패하게 되면 아무것도 없다. 다르게 말하면 황산고에게는 그것이 바로 전쟁이었다. 아직 그는 애송이였다. 전쟁과 전투의 모든 것이 손아귀에 잡히지 않았다.

눈앞에서 아지랑이가 피어올랐다.

마법의 뜨락이 조화를 부리기 시작했다.

"꽉 잡아라."

장천사가 빠르게 말했다. 동시에 탄환처럼 앞을 향해 쏘아 나갔다. 탑이 순식간에 가까워지고, 장천사는 전각의 문을 부술 듯이 문을 향해 몸을 던졌다.

그러나 문은 벌써 부서져 있었다. 두 치 두께의 박살난 문의 잔해를 밟고 장천사는 멈추었다. 탑 안으로 들어왔는데 그들은 전각 안으로 처음 들어섰던 그 자리에 서 있었다.

그들의 앞에는 다시 주황색 꽃밭과 탑이 놓여 있었다.

장천사는 돌아서서 그들이 들어온 문을 내다보았다. 순간 머리가 어질했다. 갑자기 자리를 바꾸어 탑 속에 들어온 것 같은 느낌이 들었다. 그 문밖으로는 역시 주황색 꽃밭과 그 너머의 문이 보였다.

안에 있는 것인지 밖에 있는 것인지 아니면 그 사이에 끼어 버린 것인지 알 수가 없었다.

다시 앞을 보면 탑이 보이고, 뒤를 보면 그 탑으로 들어가 돌아보는 것 같은 상황이었다.

이차두와 황산고의 안색은 파랗게 굳어 있었다.

탑으로 들어가더라도 탑을 올라갈 수 있는 길은 없다. 또다시 탑을 멀리 두고 볼 수 있을 뿐이었다.

장천사는 밖으로 나와 탑의 벽을 기어올랐다. 이차두와 황산고도 그의 옷자락을 놓지 않고 따랐다.

장천사는 어금니를 꽉 깨물고 탑을 계속 기어올라 갔다. 밑을 보면 손끝에 힘이 풀리고 발이 쩌릿쩌릿해지는 높이였지만 끝까지 기어올라 갔다.

중간에 창문들이 있었지만 들여다보면 역시 탑과 꽃밭만 보였다.

"호호호!"

제일 마지막까지 올라갔을 때, 장천사는 웃음소리를 들을 수 있었다. 젊은 여자의 웃음소리였다.

장천사는 담에 붙어서 멈추었다. 작은 소리라도 낼까 싶어서 조심했다. 숨을 죽였다.

"취릉(翠陵)! 당신의 교묘한 말솜씨는 삼십 년이 지났지만 줄어들지 않았군."

"마마님의 은혜를 갚기 위해서는 하루라도 연습을 쉬지 말아야 했지요."

"당치 않은 소리는 집어치워. 무슨 목적으로 나를 찾아왔는지 몰라도 허튼수작을 부린다면 살아서 곡을 떠날 생각은 않는 게 좋아."

"감히 소인이 어찌 그러리이까. 마마님, 염려놓으십시오."

사신이다! 바로 진국 사신이 지척에 있었다.

사신의 음성을 들어본 적은 없지만 그들이 주고받는 말로 봐서 정한곡주 배연오와 진국 사신이 분명했다.

"호호호! 취릉, 나에게 친구가 많다는 사실을 잊어선 안 될 거야. 특히 진국이 천하의 패권을 노린다면 더더욱 조심해."

웃음소리로 시작되었지만 말투가 싸늘하다.

"전쟁은 혼자만 하는 게 아니니까 적이 많아서 좋을 건 없겠지."

"마마님 말씀은 깊이 명심하겠소이다."

"옛정을 생각해서 추적자들은 내가 처리해 주겠어."

"황공하옵니다."

옷자락 스치는 소리와 발을 끌며 걷는 가벼운 발소리가 멀어졌다.

장천사는 이차두와 황산고를 힐끗 쳐다보았다.

그들도 미미하게 고개를 끄덕인다.

휘익!

장천사는 손으로 벽을 짚으며 몸을 솟구쳐 열려진 창으로 날아들어 갔다. 바깥이 아니었다.

값진 탄자가 깔려 있는 푹신한 바닥에 내려섰다. 넓은 방이고 여러 곳에 용도를 알지 못할 비단 휘장이 드리워져 있으며 황금색 기둥이 붉은 띠와 푸른 띠로 장식되어 있었다.

하지만 방에는 아무도 없었다. 정한곡주 배연오가 나갈 때 진국 사신도 함께 나가 버렸던 것이다.

황산고와 이차두가 장천사의 지시를 기다린다.

그때 가벼운 발소리가 다시 들려왔다.

장천사는 휘장을 가리킨 후에 창문 옆의 휘장 뒤로 숨었다.

이차두와 황산고도 각기 휘장을 찾아서 숨었다.

장천사는 휘장 뒤에 숨은 채 들어온 사람을 훔쳐보았다.

스무 살 남짓한 여인이었는데, 머리에는 색색의 옥으로 장식된 관을 썼으며, 이마에는 두 가닥의 장식이 드리워져 있고, 커다란 검은 나비가 수놓인 노랑 비단옷을 입고 있었다.

얼굴은 새하얀데 볼이 반쯤 붉은 복숭아 빛이었다. 코가 높으며 눈은 크고 깊어 보였다.

장천사는 여인의 얼굴을 보면서 숨이 멎는 것 같았다.

미인이었다.

군문에 들어선 후로 여자를 알았고, 적지 않은 여자들과 관계를 가졌지만 눈앞의 여인처럼 매혹적인 여자는 없었다.

황의여인은 곧장 장천사가 있는 쪽으로 다가왔다. 장천사는 뽑아서 피풍의 속에 간직하고 있는 검끝을 여인 쪽으로 겨누었다.

여인이 창문 앞에 섰다. 장천사의 지척이었다. 한 뼘도 되지 않는 거리였기에 여인의 향기가 장천사의 폐 속으로 강렬하게 스며들었다.

"역시 창문을 닫지 않았구나. 삼십 년 전이나 마찬가지……."

황의여인이 나직하게 중얼거리며 창문을 닫았다.

"취룡, 너는 언젠가 이런 부주의 때문에 큰 실패를 할 것이다."

황의여인은 오른손을 뻗어 휘장을 풀었다.

장천사는 창문으로 드리워지는 휘장과 함께 몸을 움직이며 자기의 모습을 숨겼다. 여인의 모습을 더는 보고 있을 수도 없었다.

"……!"

그때 갑자기 황의여인이 손을 멈추었다. 장천사는 보이지는 않았지만 그녀가 일체의 동작을 멈췄다는 사실을 감지할 수 있었다.

황의여인의 숨소리가 바로 자기의 코앞에서 들려오고 있었다, 휘장 맞은편에서.

들켰다.

황의여인이 속삭이듯이 말했다.

"너는 누구냐?"

장천사는 검을 꽉 잡았지만 그녀를 찌르지 못했다. 검은 그의 가슴과 황의여인의 가슴 사이에 있었지만 오히려 옆으로 위치를 옮겼다.

그녀가 말할 때 휘장 위로 그녀의 숨결이 밀려왔다.

그녀가 휘장을 천천히 옆으로 젖혔다.

장천사는 그녀를 마주 볼 수 있었다. 차가운 눈빛이 장천사의 전신을 얼음처럼 굳어지게 만드는 듯했다.

황의여인은 장천사의 얼굴을 확인하자마자 의미심장한 웃음을 머금더니 조그마하게 속삭였다.

"안개처럼 흩어져라."

황의여인은 다시 휘장을 놓아버리고 휙 몸을 돌려 밖으로 나갔다.

장천사는 창문에 등을 기대고 숨을 몰아쉬었다. 몸이 덜덜 떨려왔다. 그녀에 대해서 품었던 미묘한 마음 같은 것이 마지막 그가 보았던 차가운 미소와 함께 날려 가버렸다.

그것은 말로만 들어온 마법이었다.

숨어 있다가 달려온 이차두와 황산고가 그의 팔을 각기 하나씩 잡으며 나직하게 불렀다.

"대장!"

그러나 장천사는 잠시 동안 말을 할 수 없었다. 마법을 실제로 경험했다. 안개처럼 흩어지지는 않았지만 몸은 그의 것이 아닌 것처럼 잘 움직여지지 않았다.

잠시 시간이 지난 후에야 겨우 입을 뗄 수 있었다.

"마법, 마법이었다."

황산고와 이차두도 그럴 것이라고 생각하고 있었다.

황산고가 물었다.

"그 여자가 정한곡주 배연오입니까?"

장천사는 그럴 것 같았지만 확신할 수 없었다. 배연오는 팔십 살이 넘은 노파인데 그 여인은 아무리 좋게 보아도 스무 살 갓 넘은 나이였다.

늙지 않거나 젊게 보이는 방법들이 있다고 하지만 그렇게 해서 젊은 여자의 체취마저 만들어낼 수는 없다.

장천사는 황의여인에게서 익숙한 젊은 여자의 향기를 맡았던 것이다. 코가 서로 닿을 정도로 가까운 거리에 있지 않았다면 맡을 수 없는 향기였다.

이차두가 말했다.

"그 여자는 대장을 죽이려고 마법을 걸었던 것 같습니다. 아마 지금쯤 대장이 죽은 것으로 알고 있겠지요."

장천사는 머리를 끄덕였다. 황의여인이 미소 짓던 순간이 뇌리에 새겨진 것처럼 선명했다. 잠깐만 그것을 기억해도 몸이 굳어지는 듯했다.

창밖으로 눈을 돌렸다. 한데 창밖에는 어둠 속에서 흩날리는 눈발이 보였다. 그 사이로 여러 채의 전각이 보였다. 장천사가 부하들과 함께 정한곡에 들어와서 보았던 그 전각들이었다.

그들이 올라온 탑도 그 전각들 또는 탑 중의 하나일 듯했다. 어느 곳에도 마법의 뜨락은 보이지 않았다.

황산고가 얼떨떨한 음성으로 말했다.

"도깨비한테 홀린 것 같군요."

이런 이상한 것들은 이야기 속에서만 들었지, 처음이었다.

전쟁에서 마법을 쓰는 장군이 있어 가끔 신장(神將)과 귀졸(鬼卒)을 부르고 호풍환우하는 수가 있다고는 들었다.

장천사가 창문을 열어보았다. 그러자 그들이 헤매던 마법의 뜨락이 보였다.

장천사가 중얼거렸다.

"안에서 문을 열어주기 전에는 들어올 수 없는 곳이다. 밖에서 열면 마법의 뜨락으로 들어가게 되는……."

번쩍이는 도검들과 빛을 뚫고 대기를 가르며 나는 화살들은 보이지 않지만 그들은 더 흉험한 전장 속에 들어와 있음을 느꼈다.

탑 안으로 들어올 수 있었던 것은 탑을 기어오르는 용기 때문이 아니라 오로지 운이 좋았던 때문이다.

오보현과 강만유 일행도 그들처럼 운이 좋을 것이란 보장이 없다. 장천사는 그들이 마법의 뜨락에서 맴돌고 있을 것이라 생각했다.

황산고가 작은 소리로 물었다.

"대장, 마법에 대항하는 방법이 있습니까?"

군사가 마법을 쓰는 사람과 싸웠다는 말은 누구도 듣지 못했다. 마법이나 무공을 쓰는 사람들은 그들끼리 싸울 수는 있어도 다른 사람들과는 싸우지 않는다. 다만 일방적으로 죽이거나 해를 입힌다.

"모른다."

장천사는 짧게 말했다.

황의여인이 미소를 지으며 말하는 순간이 떠올라서 다시 손발이 굳어지는 듯했다. 그때 그녀의 마법에 왜 자기가 죽지 않았는지도 알 수가 없었다.

장천사뿐만 아니라 그의 부하들은 검을 들고는 누구와 싸운다고 해도 자신이 있었다.

산고제일식을 알게 된 후에 밤마다 치열한 비밀 연습을 했고, 지금은 자유자재로 어떤 상태에서도 산고제일식을 사용할 수 있었다.

좌망을 훈련하고 나면 어떤 종류의 힘이 자기 속으로 스며들었다고도 느꼈다.

자신감이 팽배할 때는 혼자서 백 명, 천 명이라도 힘들지 않게 이겨낼 수 있을 거라는 생각이 들기도 했다.

그러나 마법을 상대하는 법도 모르고 있었고, 무공일 것이라 믿고 있는 산고제일식 외에 다른 사람의 무공을 본 적도 없었고, 대적한 경험도 없었다.

똑같은 마음, 산고제일식을 펼칠 때와 똑같은 마음, 사중생로 그 한마음에 그들의 모든 것을 걸고 상황에 임하는 것만이 그들이 할 수 있는 전부였다.

第十二章
배연오와 장천사

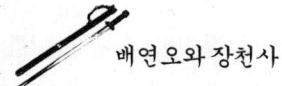 배연오와 장천사

　장천사와 이차두, 그리고 황산고가 문을 열고 그 방을 나가려고 했을 때, 분명히 황의여인이 나갔던 그 문은 더 이상 문이 아니었다.

　칼자루로 두들기니 탕탕! 하는 금속음이 들렸다. 그들이 들어왔던 창문을 제외한 모든 곳이 철판으로 이루어져 있는 듯했다.

　상황은 마법의 뜨락에 있을 때보다 나아진 것이 없었다.

　오히려 마법과 곡주에 대한 두려움이 더 자랐다. 문과 벽을 이룬 철판의 두께는 작게 잡아도 오 푼은 넘을 듯했다.

　신병이기가 없고서야 오 푼 두께의 철판을 뚫을 도리가 없다. 방 안은 화려하지만 섬뜩하기조차 한 감옥이었다.

이차두가 다시 한 번 문과 벽을 골고루 두들겨 본 후에 말했다.

"대장, 끝났습니다."

황산고 역시 바닥과 천장을 한 번 더 훑어본 후에 머리를 흔들었다.

이차두가 마른침을 삼키며 말했다.

"자살할까요?"

그래도 말이 화끈했다. 이차두의 성격이었다.

적에게 잡혔을 때 가장 대우받는 것은 탈출하여 돌아오는 것이 아니다. 문초당하기 전에 자결하는 것이다.

자결은 판단이 빨라야 할 뿐 아니라 실행도 빨라야 한다. 한 번 마음먹은 후에 시기를 놓쳐 버리면 다시 실행하기가 어려워진다.

황산고도 그렇게 배웠다. 어차피 언젠가는 죽는 목숨, 남자라면 당연히 전쟁터에서 죽어야 하고 그 머리는 말발굽에 차여 뒹굴어야 한다고 배웠다.

황가진에서 가장 못난 취급을 받는 사람들만이 침대에 누워 편안하지만 수치스런 죽음을 맞는다.

황산고의 아버지, 큰아버지, 할아버지의 아버지와 숙부들도 모두 전장에서 죽었다. 그래서 묘지에는 죽은 후에 시체가 돌아온 아버지와 큰아버지 외에 다른 사람의 무덤은 없다.

이차두는 말을 마치자마자 비수를 꺼내 든다. 임무는 실패했지만 자결은 또다시 공으로 기록되고 가족에게 영광과 조금의 부를 더해줄 것이다.

장천사는 머리를 끄덕였다.

이 정도면 자결해야 한다. 분하지만 인정해야 한다. 전사는 복잡하게 굴면 안 된다. 검의 자루를 잡았다.

쩌엉!

순간 장천사는 온몸을 벽으로 던지며 검을 비스듬히 휘둘렀다. 검에서 눈부신 광채가 피어올랐다.

"대장!"

그 변화에 황산고와 이차두가 놀라서 펄쩍 뛰었다.

쉬아아악! 쿵!

장천사의 검이 반달을 그리면서 벽을 그었고, 장천사는 달려가던 힘을 주체하지 못하고 부딪쳤다가 튕겨지며 뒤로 쓰러졌다.

장천사의 검은 벽을 찢은 후 여전히 벽에 매달려 있었다.

"대장!"

황산고와 이차두가 동시에 소리치며 달려왔다.

장천사의 입가에서 피가 흐르고 있었다. 정신이 가물거렸다.

장천사는 의식이 흐릿한 중에 이차두와 황산고가 벽을 베었다고 소리치는 것을 들었다. 자기가 했지만 믿기지 않는 일이었다.

하지만 철벽을 벴다. 분명히 벴다. 손으로 전해지던 그 기묘한 감각이 아직도 텅 빈 손에 남아 있었다.

흐릿해진 의식이 다시 돌아올 때, 이차두와 황산고가 검을 휘둘러서 벽에 문을 만들고 있었다.

쩡! 쩌엉!

그들의 검도 새하얀 광채를 뿜으며 철벽을 베고 있었다. 무리하게 벽에 부딪친 자기만 부상을 입었을 뿐, 그들은 희색이 만면한 얼굴이었다.

장천사의 사중생로였다. 자결이라는 상황에서 더욱 적극적으로 죽음을 향해 몸을 던져서 찾아낸 생로였다.

오 푼 약간 더 되는 철벽을 베는 것이 사중생로를 익히기 전에 통나무를 베는 것보다 쉬운 듯했다.

검술이 예전의 검술이 아니었다. 산고제일식과 좌망을 연습하는 사이에 그들의 검에는 저절로 무시무시한 힘이 담겨지게 된 것이었다.

지금 같은 위력이라면 방패와 적의 무기를 단숨에 베어버릴 수 있다. 전차가 달려와도 갑주를 걸친 말과 전차를 한꺼번에 벨 수 있을 것 같았다.

이미 그들의 능력은 예전에는 상상할 수 없는 경지에 이르러 있었다.

산고제일식과 좌망이 무공이라면, 그것을 익힌 후에 이처럼 강해졌으니 본격적으로 무공을 배운 사람들의 능력은 얼마나 될지 상상할 수가 없었다.

장천사는 머리를 흔들었다.

근래에 들어 자꾸 생각이 많아졌다. 생각하고 어떤 결론을 낼 문제도 아니다. 이런 것은 알아보았자 아무 소용이 없다.

황산고가 달려와 그의 팔을 붙잡고 일으키며 말했다.

"걸을 수 있겠습니까?"

"물론!"

장천사는 입에 고인 피를 뱉어내고 말했다. 뼈마디가 시큰 거리긴 했지만 높은 곳에서 떨어진 정도의 충격이었을 뿐, 견 딜 만했다.

황산고가 건네주는 검을 받아보니 끝 부근에서 날이 두 개 빠져 있었다.

황산고가 미안한 표정으로 말했다.

"제가 회수하다가 부주의하여 그만……."

벨 때 빠진 것이 아니었다. 작은 잘못이 문제가 될 때도 아 니었다.

장천사는 자기와 부하들에게 철벽을 단숨에 벨 수 있는 힘 이 있음에 놀라고 흥분했다. 벽을 향해 달려들기는 했지만 정 말 그렇게 될 거라고 믿은 것도 아니었다.

밤마다 연습하던 사중생로를 사용해야 할 순간이 바로 그 때라고 생각하여 죽음을 향해 더 돌진한 것뿐이었다.

"가자!"

힘차게 말하며 장천사는 앞장서서 입을 벌린 벽을 빠져나 갔다.

방 안처럼 화려한 계단이 아래로 향해 있었지만 사람은 보이지 않았다.

장천사와 이차두, 그리고 황산고는 그 순간 무엇도 두렵지 않았다. 마법이나 무공을 마주치더라도 순식간에 베어버릴 수 있을 것 같은 자신감으로 충만했다.

철벽을 찢은 것이 아니라 가슴을 막고 있던 뭔가를 찢어버려서 탁 트인 상쾌하고도 자유로운 기분이었다.

사중생로를 연습하며 그들은 몸으로 죽음의 동굴을 지나가는 데 혼신의 힘을 쏟았을 뿐, 검을 쓰는 데는 아무도 그렇게 하지 않았다. 그 사이에 전투가 없었던 탓이기도 했다.

그래서 누구도 몸이 죽음의 동굴을 빠져나가듯이 검을 휘둘렀을 때 생겨나는 엄청난 위력을 알지 못했던 것이다.

그들은 마치 개미처럼 벽을 달리고 천장을 밟기도 하면서 계단을 달려 내려가며 진국 사신을 찾았다.

그들을 발견한 무사는 소리를 지르기도 전에 땅에 처박혀 쓰러졌고, 발견하지 못한 무사는 영문도 모른 채 쓰러졌다.

심장이 격렬하게 뛰면서 피가 머리끝으로, 발끝으로, 손끝으로 뻗어가고 돌아왔다.

휘익!

장천사는 위에서 세 번째 층의 열려진 문 안으로 비조처럼 날아들어 갔다.

"누구냐!"

안에서 외치는 고함 소리가 터져 나오며 검광이 번득였다.

그러나 그 소리는 뒤따라 들어오던 이차두에 의해서 끊어지고 쿵! 하는 소리가 대신했다.

십여 명의 요리사가 음식을 만들고 있었고, 두 명의 무사가 그들이 만드는 요리를 감시하는 중이었으나 각기 이차두와 황산고에 의해서 정신을 잃고 말았다.

요리사들이 겁에 질려서 그들 세 사람을 보았다.

장천사는 그들 중 한 명의 멱살을 잡고 물었다.

"누가 우두머리냐?"

붙잡힌 요리사의 눈이 그들의 우두머리인 주방장을 저절로 찾았다.

이차두가 단번에 그를 끌어냈다. 오십 살이 넘었을 중늙은이였다.

장천사가 말했다.

"시키는 대로 하면 죽이지 않겠다."

주방장이 한숨을 쉬며 말했다.

"당신이 죽이지 않더라도 죽을 몸이오."

장천사의 말을 듣는다면 그들의 주인이 죽일 것이라는 말이었다.

장천사는 차갑게 말했다.

"곡주와 진국 사신을 위한 음식이냐?"

주방장이 말했다.

"그렇소. 하지만 독을 넣을 생각은 하지 않는 게 좋을 거요. 곡주님은 신기한 보물이 있어서 독을 보자마자 알아차리고 말 것이오."

장천사는 가볍게 코웃음을 쳤다. 이차두와 황산고에게 명
령해서 두 무사의 옷으로 갈아입게 하고 말했다.

"우리는 독 같은 건 쓰지 않는다."

"곡주께서 보시면 당신은 살아남지 못할 거요. 어떻게 들
어왔는지 모르겠소만, 조용히 떠나는 것만이 살길이오."

주방장은 나이가 있어서인지 차분하다. 그다지 두려워하
는 것처럼 보이지도 않았다.

이차두가 손으로 탁자 위의 음식을 찍어서 맛보았다.

"대장, 맛이 죽입니다."

황산고와 장천사가 웃었다. 맛을 보니 이차두의 말처럼 한
마디로 죽여주는 요리였다.

"당신, 솜씨가 아주 좋군."

장천사가 칭찬을 하자 주방장이 퉁명스럽게 말했다.

"그건 내가 만든 게 아니오. 내 조수가 만든 거요."

이차두가 물었다.

"그럼 영감이 만든 건 어느 거야?"

주방장이 손가락으로 탁자 위에 있는 세 송이의 연꽃을 가
리켰다. 장천사 등은 그것이 요리라는 사실을 알고 놀랐다.
그때까지 겨울에 귀하게 연꽃을 구해놓았구나 하는 정도로
생각했지, 그것이 밀가루와 쌀가루로 빚은 것인 줄은 알지 못
했던 것이다.

이차두가 연꽃에 손을 가져갔다.

장천사가 저지했다.

"그만둬라!"

이차두가 아쉬운 표정을 지었다.

장천사가 말했다.

"연회장은 어디냐?"

"이층이오."

"음식은 누가 가져가는가?"

"무사들이 호위를 하고 만든 요리사들이 직접 가지고 가서 선을 보이게 되오."

장천사는 머리를 끄덕였다.

피풍의와 전포를 벗어버리고 요리사 한 명의 옷을 빼앗아 입었다.

이차두가 엄지손가락을 치켜 올리며 웃었다. 장천사의 강인한 뼈마디도 헐렁한 요리사의 옷 속에서는 단지 키만 커 보일 뿐, 두드러져 보이진 않았다.

요리사들은 이차두와 황산고의 실력을 본지라 아무도 저항하지 않고 순순히 복종했다.

무사 복장을 한 이차두와 황산고가 그들을 인솔하고 연회가 펼쳐지는 이층으로 향했다.

장천사는 요리사들 속에 섞여서 접시 두 개를 받쳐 들고 걸었다. 그의 장검은 황산고가 숨긴 채 가져가고 있었다.

계단을 내려가자마자 비파 소리가 들렸다.

탑은 어떤 구조인지 몰라도 아래층의 소리가 위층으로 올라오지 않고 위층의 소리도 아래층으로 내려가지 않는 것 같았다.

장천사는 어쩌면 아래층과 위층이지만 서로 딴 곳에 존재하는 것일지도 모른다고 생각했다. 마법의 뜨락은 단지 하나의 뜰이 아니라 마법을 사용할 수 있는 사람이 존재하는 모든 장소일 가능성도 있었다.

넓은 연회장에는 악사들이 연주를 하고 무희들이 춤을 춘다.

벽면을 따라서 한 팔 간격으로 벌려 서서 연회장을 에워싼 무사들의 살벌한 눈초리도 무희들의 애교 띤 미소 속에서 녹아난다.

장천사는 연회장의 상석에 앉아 있는 푸른 머리카락의 중년인과 황의미녀를 보았다. 밝은 빛을 뿜는 하얀색 공들이 천장에서 천천히 돌아가며 그녀의 모습을 비추었다. 사람은 가만히 있지만 그림자가 움직이며 사람을 신비하게 만들었다.

요리사들은 주방장의 인솔하에 푸른 머리카락의 중년인과 황의미녀 사이에 요리를 내려다 놓기 시작했다.

장천사는 푸른 머리카락의 중년인 쪽으로 요리를 가져가려 했지만 혼자서 방향을 바꾸어 갈 수가 없었다.

그 푸른 머리카락의 중년인이 바로 문제의 그 진국 사신이다. 다른 사람은 몰라도 진국 사신만은 장천사가 확실하게 알 수 있었다.

황의미녀는 중년인과 마주 보며 이야기를 나누는 중이었다.

"진왕에게는 꿈을 보게 해주는 구슬이 있다고 하던데, 사실인가?"

중년인은 무희들의 춤을 보면서 미소를 짓고 대답했다.

"어느 안전이라고 숨기겠습니까? 저희 폐하께서는 정녕 그 보물을 가지고 계십니다."

"그래?"

황의미녀가 무관심한 듯 한 번 흘깃하고는 말했다.

"소문도 믿을 만한 게 있긴 있군."

진국 사신은 황의미녀가 견몽주(見夢珠)에 관심이 있음을 알아채고 그에 대해 말하기 시작했다.

"폐하께서 젊으셨을 때, 오악(五嶽)과 구산(九山)을 두루 돌아보신 적이 있지요. 그때 서악(西嶽) 정상에서 신선을 만나 얻으셨다고 합니다."

진왕은 이름이 희중(希衆)이고 지금은 나이가 육십대 중반의 노인이다. 성격이 강하고 거친 면이 있지만 반대로 탈속한 데가 있다고 알려져 있었다.

그의 성격으로 말미암아 벗은 함께 죽기를 맹세하고 원수는 하늘 아래 함께할 수 없다고 맹세한다. 젊어서부터 이십 년 가까운 세월을 유랑한 후에 왕위에 올랐다.

적에게는 한없이 가혹하다. 백성에게는 어질고 뛰어난 군주다.

장천사는 황의미녀의 곁에 접시 하나를 내려놓았다.

황의미녀가 한기가 감도는 음성으로 말했다.

"신선이 어지간히 심심했던 게로군."

진국 사신은 여전히 웃는 얼굴로 대답했다.

"그 신선께서는 우리 폐하의 오대 조모(祖母) 되시는 분으로, 두우(斗宇) 간에 노니시다가 폐하를 어여삐 보시고 선물하셨던 것이지요."

황의미녀가 웃으며 말했다.

"신선이 후손을 찾는 것은 개구리가 올챙이를 찾는 것만큼이나 우스운 일이지."

진국 사신이 말했다.

"마마님, 이는 하찮은 개구리에 비할 바가 아니라 마땅히 땅에서 솟은 해가 저녁이면 땅으로 내려앉는 것과 비견해야 할 것이 아닌가 하외다."

"쓸데없는 소리. 견몽주가 무슨 득이 있는지나 말해보게."

장천사는 요리사의 행렬 속에서 진국 사신 앞으로 이동했다.

한편으로 황의미녀가 정말로 정한곡의 곡주라는 사실에 놀라고 있었다.

가까이에서 그녀의 체취를 느꼈던 바로, 그녀는 결코 스무 살을 그다지 넘지 않은 육신을 지니고 있었다.

장천사는 자기의 느낌을 믿고 있었다. 육체의 빛깔은 마법으로 가릴 수 있거나 보존할 수 있을지 몰라도 육체의 냄새와 나이는 무엇으로도 속일 수 없다고 확신했다.

진국 사신이 온화한 웃음을 띠며 말했다.

"견몽주는 단지 자기의 꿈을 보여줍니다. 우리는 잠들게 되면 누구나 꿈을 꾸게 되지요. 하지만 깨어났을 때 꿈을 기억하는 사람은 많지 않습니다. 더구나 밤새 꾼 꿈을 모두 기억하는 경우는 전무하다고 할 수 있습니다. 그저 잠에서 깨어나기 전 짧은 꿈만 기억할 뿐이지요. 한데 견몽주는 자기가 꾼 꿈을 모두 보여줍니다. 그 점이 좋은 점입니다."

장천사는 진국 사신 앞에 접시를 놓았다.

그때 황의미녀가 장천사가 놓았던 접시의 요리를 젓가락으로 찍어보며 말했다.

"이 요리는 오늘 손님께서 원치 않는 것이군. 그것도 내 앞에 놓아라."

장천사는 멈칫했다. 진국 사신을 잡아채서 뛰쳐나가려던 마음이 순간적으로 흩어졌다. 황의미녀가 자기를 알아보았는가 싶어서 잠깐 눈치를 살폈지만 황의미녀는 별다른 태도를 취하지 않았다.

장천사는 진국 사신 앞에 놓았던 접시를 다시 들고 황의미녀 앞으로 갔다. 나머지 요리사들이 그를 지나쳤다.

황의미녀가 미묘한 웃음을 지으며 말했다.

"오늘 이 전채 요리를 두 번 먹게 되겠군."

'들켰다.'

장천사는 뒷골이 쭈뼛해 옴을 느꼈다.

하지만 황의미녀가 '놓아라!' 하고 말하는 바람에 그대로 내려놨다.

"마마님께서 전채를 좋아하셨군요."

진국 사신이 호탕하게 웃으며 말했다.

황의미녀는 간섭하지 말라는 듯이 차갑게 웃고 말했다.

"꿈이라……. 제 꿈을 보는 것은 또 무슨 득이 있는가?"

진국 사신이 말했다.

"꿈이란 영대(靈臺)를 열고 자기 위에 서서 자기 밖을 보는 것이지요. 도사와 승려가 명상을 하는 것도 결국은 제 꿈을 보려 하는 것에 지나지 않습니다. 꿈에서는 온갖 것을 보고 만나지만 꿈을 잊어버리면 그들과의 관계도 다 끊어집니다. 하지만 꿈을 기억하면 그것들과의 관계를 항상 유지할 수 있지요. 더구나 자기의 참모습을 볼 수도 있으니 헛된 야망을 품는 일도 없고, 이룰 것을 분명히 아니 나태해질 까닭도 없습니다. 어찌 보물이 아니라 할 수 있겠습니까?"

황의미녀가 말했다.

"취릉, 술(術)을 닦음이 얕지가 않군."

진국 사신이 말했다.

"과찬이외다, 마마님. 취릉이 어찌 마마님 앞에서 법술로 칭찬을 받을 수 있겠습니까?"

황의미녀가 낭랑한 음성으로 웃었다.

"너를 위해 한 번 더 힘을 써주지. 견몽주와 꿈의 비밀을 말할 때는 그저 말한 것이 아닐 테니."

진국 사신이 예를 취하면서 말했다.

"황공하옵니다. 그는 얼굴이 몹시 기이하군요. 제가 감당하기 어렵겠습니다."

황의미녀는 표정을 싹 바꾸며 장천사를 쏘아보았다.

장천사는 이미 대비를 하고 있는 차였다.

그러나 바로 그 순간에 다시 황의미녀의 눈이 반짝 빛을 발하며 머릿속으로 말소리가 들렸다.

"안개처럼 흩어져라."

머릿속을 꽉 채운 음성이었다. 장천사는 와락 몸을 웅크렸다. 훈련을 해본 적도 없는 본능적인 반응이었다. 그러나 그 순간에 자기의 몸이 푸석! 하면서 흩어지는 것을 보았다.

한쪽에 서 있던 이차두와 황산고도 장천사가 안개처럼 흩어지는 것을 보았다.

입이 딱 벌어졌다.

이차두가 뛰쳐나가려는 것을 황산고가 소매를 잡아서 저지했다. 그들이 해야 할 것은 임무의 완성이지, 대장의 복수가 아니었다. 기회를 노려서 푸른 머리카락의 진국 사신을 잡거나 죽이는 일이었다.

진국 사신 취룽은 이미 알고 있었다는 것을 자랑하는 듯 온화한 표정으로 미소를 짓고 있었다.

풀썩! 소리를 내면서 요리사의 흰옷이 떨어졌다.

장천사가 사라지며 잠시 동안 나타났던 비취색 안개가 스며들지 않도록 황의미녀는 소매로 입과 코를 가렸다. 안개는 금방 완전히 사라졌다.

취룽이 말했다.

"마마님의 영천취산무(靈泉翠散霧)는 환우십대마법(寰宇十大魔法) 중에서도 으뜸이 아닐까 싶습니다."

황의미녀가 냉소하며 말했다.

"마음에 없는 소리는 그만."

취룽이 머쓱한 표정을 지으며 허리 숙여 사죄했다. 식탁 앞에 앉은 자세에서도 그렇게 사죄할 수 있음을 황산고와 이차두는 처음으로 알았다.

황의미녀는 더 이상 취룽에게 관심이 없는 듯 눈을 내리깔고 찬찬히 수저로 음식을 먹기 시작했다. 단아한 표정은 위엄으로 날이 서 있는 듯했다.

연회장에는 적지 않은 사람들이 있었지만, 나직하게 연주되는 비파 소리 외에는 오직 황의미녀의 수저가 달그락거리는 소리만 들렸다.

진국 사신 취룽도 먹고 있었지만 그는 마치 허깨비라도 되는 듯 아무런 소리를 내지 않았다.

'마법이다!'

황산고는 그 말을 속으로 여러 번 반복하면서 마음의 충격을 줄이려고 애를 썼다. 같은 세상에 존재하면서도 접할 수 없는 다른 세계의 일부를 보았다.

이상하게도 마음에서 살기가 치밀려고 하는 것을 참아야

했다. 잠입해 있다는 사실이 발각되면 장천사와 마찬가지 신세로 변하고 말 것이다.

그러나 싸워보고 싶었다. 어떻게 싸울지도 모르고 이길 수 있다는 생각도 들지 않았지만 무작정 맞서 싸워보고 싶었다.

이토록 강렬한 전의와 살기를 황산고는 결코 전에는 알지 못했다.

마법이다!

마법이라는 그 한마디가 그의 전의(戰意)를 불태워서 몸을 떨리게 하고 있었다.

몸이 얇은 종이처럼 화끈하는 순간에 재로 변하는 것 같았다.

장천사는 자기의 몸이 비취색 안개 속에서 흩어지는 것을 아주 짧은 순간 동안 보았다. 그리고 자기의 존재가 허공중에 흩어져 버렸음을 알았다.

아무것도 보이지도 않았고 아무것도 들리지 않았지만 장천사는 자기 자신을 느낄 수는 있었다.

죽어서 귀신이 되었는가 하고 자문해 보았다. 알 수 없었다.

자신은 넓고 엷게 흩어져 있었다. 시간이 지날수록 장천사는 자신을 점점 더 선명하게 느낄 수 있었다. 그리고 자기가 있는 곳이 어디인지를 알 수 있었다.

좌망을 수련할 때 들어가 머물렀고, 산고제일식을 펼칠 때는 늘 지나야만 했던 그 어둠의 동굴, 죽음의 동굴 속이었다.

몸은 안개처럼 변했지만 여전히 그의 몸이었다. 장천사가 뜻대로 움직이려면 움직일 수도 있는 듯했다.

장천사는 죽음의 동굴을 빠져나와 자신의 의지를 한곳에 모아서 상황을 눈으로 보려 했다.

처음에는 아무것도 보이지 않았으나 얼마간 노력하자 희미하게 조금씩 주변이 보이기 시작했다.

놀라웠다. 연회장 안의 모습이 흐릿하지만 보였다.

예상했던 대로 장천사 자신의 몸을 찾아볼 수는 없었다. 바라보고 있는 자기의 모습조차 알 수가 없었다.

그러나 장천사는 자신의 의지만으로 마치 유령처럼 떠다니며 보기를 원하는 것을 볼 수 있었다.

황의미녀와 진국 사신 취룽의 만찬은 거의 끝나가고 있었다. 그들은 아무런 대화도 주고받지 않았다.

눈으로 보고자 했던 것처럼 귀로 듣기 위해서 의지를 모았지만 마찬가지였다.

또한 황산고와 이차두는 무사들 틈에 섞여서 놀람과 분노를 다스리고 있었다.

황산고!

장천사는 황산고를 볼 때는 어리다고 생각하지만 보지 않을 때는 그의 나이를 잊어버리곤 했다.

장천사의 마음속에서 황산고는 나이가 아주 많은 것처럼 느껴졌다. 행동이 어른스럽기 때문인지 다른 이유가 있는지는 생각해 본 적 없었다.

어쨌든 장천사는 황산고와 자기를 잇는 무엇이 있는 것처럼 느꼈다.

장천사는 가슴 깊숙한 곳에서 끓어오르는 그 무엇으로 자기에게 말했다. 저놈은 죽지 않을 거야 하고.

장천사는 황의미녀와 취룡의 식탁 아래로 들어갔다. 식탁보에 가려진 식탁 밑은 취룡과 황의미녀의 발이 약간 안으로 밀려와 있을 뿐 텅 비어 있었다.

장천사는 그곳에서 자기의 몸을 소환했다. 흩어졌던 육체를 그곳에서 의지의 힘으로 다시 모았다. 머리와 가슴과 배, 손과 발이 천천히 나타났다.

달그락거리는 소리, 젓가락과 접시가 부딪치는 소리가 머리 위에서 계속되었고, 장천사는 완벽하게 몸을 형성했다.

손으로 팔을 눌러보니 탄력이 느껴졌다. 어느 부분이나 영천취산무에 당해서 안개처럼 흩어지기 전과 똑같았다.

오직 몸에 실오라기 하나 걸치지 않은 것만 다를 뿐이었다.

장천사는 어떻게 하여 자기가 다시 원래의 몸으로 돌아올 수 있었는지 알지 못했다. 다만 그렇게 할 수 있을 것 같은 생각이 들었고, 그렇게 했던 것이다.

황의미녀의 모습이 마음속에 가득했다. 보석 장식이 된 신발 속의 발이 장천사의 눈에 가득했다.

기묘했다. 흥분되었다. 목표는 진국 사신 취룡인데, 장천사의 마음은 자꾸만 황의미녀 쪽으로 기울고 있었다.

벌거벗은 상태로 그녀의 발치에 누워 있다는 점이 그의 얼굴을 더 뜨겁게 달아오르게 만들었다.

생각해 보면 옷을 입었어도 한두 겹 옷 밑은 알몸인데, 보이지 않는 곳에서 알몸임은 지금과 마찬가진데 끈적거리는 흥분은 그 속에서 스멀스멀 피어올랐다.

그때 문득 진국 사신 취룽의 음성이 들렸다.

"금번 행로에 업국을 지나고자 합니다."

탁!

달그락거리는 소리가 멈췄다. 일체의 모든 것이 움직임을 멈춘 듯하였다.

취룽의 차분한 음성이 이어졌다.

"권익(捲益) 왕자 저하께 행여 전할 말씀이라도 있으신지요?"

장천사는 황의미녀의 발이 달달 떨리고 있는 것을 보았다. 옷자락이 함께 잔떨림을 보였다.

취룽의 말소리가 잠시 간격을 두고 들렸다.

"업왕 전하께서는 아직도 마마님을 생각하시며 온옥전(溫玉殿)을 비워두셨다고 말을 들은 적이 있습니다만……."

황의미녀의 음성이 떨려 나왔다.

"그만, 입을… 입을 다물라."

취룽이 물러서는 듯한 음성으로 말했다.

"소인은 다만 마마님을 위하고자 하는 생각뿐이었습니다. 결례였다면 너그러운 용서를 빕니다."

달그락거리는 소리가 다시 이어졌다.

그러나 닥닥, 닥, 하고 젓가락이 접시를 찍는 소리가 여러 번 들렸다. 장천사는 황의미녀가 실수하고 있음을 알 수 있었다.

그러던 중 갑자기 황의미녀의 미소 짓던 얼굴과 눈빛이 다시 떠올랐다. 동시에 머릿속에서 '안개처럼 흩어져라'는 음성이 생생하게 기억났다.

장천사는 그 순간에 마치 온몸이 풀썩 하는 것 같은 느낌을 받았다. 불에 탄 초가집이 내려앉는 것과도 비슷했다.

앞이 캄캄해지고 아무것도 볼 수 없었다. 몸이 다시 안개처럼 흩어져 버렸다. 의식은 어느 틈에 죽음의 동굴 속에 숨어 있었다.

다시 의식을 모아서 볼 수 있게 되었을 때, 연회장에서 사람들이 빠져나가고 있었다. 황의미녀와 취룡은 물론이고, 이차두와 황산고의 모습도 보이지 않았다.

장천사는 막 문을 빠져나가는 악공(樂工)들을 따라 연회장을 나갔다. 몸을 형성하지 못하고 주변을 볼 수 있는 흐릿한 눈만 형성한 상태였다.

악공들이 작은 소리로 말을 주고받으며 걸었다.

"곡주님이 나갈 때 봤어? 그때 취룡이란 자의 눈빛이 아주 사납게 변했어."

"그자는 진국 사신이래. 수십 년 동안 유명한 사람이라고

하지? 아마도 곡주님의 대접이 소홀했다고 생각하는 모양
이야."

"그래도 감히 우리 곡주님을 뒤에서 쏘아보다니! 곡주님이
얼마나 무서운 분인지 그는 모르는가?"

"무서우니까 뒤에서 쏘아봤겠지."

"난 아무래도 취룡, 그자가 오늘 밤에 무슨 일을 낼 것 같
아."

말을 한 자가 고개를 들어 위쪽을 힐끗 본다.

장천사는 더 이상 그들을 따라가지 않고 천장에 붙어서 흐
르며 위로 올라갔다.

무사들을 지나치고, 장천사는 드디어 황의미녀가 걸어가
고 있는 모습을 발견할 수 있었다.

발이 얼음을 지치는 듯이, 구름이 떠받고 가는 듯이 황의미
녀는 어깨의 기복 한 번 일으키지 않고 걷고 있었다.

붉은 장식이 되어 있는 방문 앞에 이르자 두 시녀가 맞았
고, 동행했던 두 시녀가 그녀들과 함께 길을 열었다.

"곡주님, 목욕물을 데워놓았습니다. 욕간으로 드시겠습니
까?"

한 시녀가 말했다.

황의미녀는 머리를 흔들었다.

"침전에서 쉬겠다. 목간은 조금 있다가."

시녀들이 몸을 살짝 낮추며 인사하고 물러났다.

황의미녀는 침실로 들어가 창문을 활짝 열었다. 차가운 바람이 휘황 하고 소리를 내며 몰려들었다.

흩날린 눈발이 그녀의 올린 머리와 금잠에 안개 꽃송이처럼 와서 달라붙는다.

우우우우!

바람이 우는 소리를 듣는다. 밤이 하얗게 춤추는 형상을 본다.

하얀 얼굴에 감도는 연한 붉은빛이 순식간에 짙어진다. 체온은 입고 있는 비단옷의 올 사이로 너울거리며 빠져나간다.

황의미녀는 조그마한 소리로 중얼거렸다.

"연오, 아직도 아쉬워하는가? 아직도 그를 그리워하는가? 예순여덟 해, 아직도 닳지 않은 그리움이 남아 있는가?"

창문을 잡은 흰 손의 연분홍 손톱이 파랗게 물든다. 바람이 차다. 가슴은 더욱 시리다.

황의미녀는 한동안 창문을 잡은 손을 떨면서 몸을 가누다가 흔들림없는 걸음으로 탁자로 가서 찻주전자를 기울였다.

바람에 식은 차가 향기만 피워 올린다. 차가운 찻잔을 두 손으로 안았으니 시린 속을 시린 물로 씻었다.

황의미녀는 고개를 숙인 채 누가 보기라도 하는 것처럼 미소를 지었다. 자기를 가누기 위한 미소였다.

처량함이 가득하였다.

장천사는 그녀의 중얼거림을 속으로 따라 하다가 그 처량한 미소를 보았다. 그 미소를 통하여 그녀의 처량함은 그의 것이 되었다.

황의미녀는 쓸쓸하고 힘이 없었다. 연약하여 금방이라도 바닥에 쓰러져서 눈을 감아버릴 듯이 보였다.

장천사는 자기 본연의 임무를 완연히 잊었다. 오직 그녀만이 그의 전부가 되어버렸다. 가슴은 뜨거웠고 안타까웠으며, 슬픔과 외로움은 일방적으로 그녀와 함께했다. 머릿속에 뜨거운 열이 올라서 아무것도 생각할 수 없었다.

그녀에게 온전히 홀려 버린 것이었다.

휘릭!

그때 피 냄새를 풍기면서 눈 주위에 까만 테를 두른 붉은 너구리 한 마리가 창문으로 불쑥 들어오지 않았더라면 장천사는 그녀 곁에 나타나서 어깨를 어루만졌을 것이다.

너구리가 너무 빨라서 처음에 장천사는 야조(夜鳥)가 방으로 들어온 줄 알았다.

"사부님!"

너구리가 사람의 목소리로 황의미녀를 부르는 소리에 장천사는 꿈에서 깨어나듯 화들짝 정신을 차렸다.

너구리는 그녀의 발 앞에서 웅크렸다.

황의미녀가 고개를 들어 처연한 표정으로 너구리를 보며 말했다.

"돌아왔구나."

너구리가 말했다.

"예, 사부님!"

아직 소녀 티를 벗지 못한 여자의 음성이었다.

황의미녀가 말했다.

"너는 편하겠지만 나는 그 모습이 보기 안됐구나."

"호호호!"

너구리가 작은 소리로 웃은 후에 몸을 벌떡 일으켰다.

동시에 너구리의 몸이 오도독 소리와 함께 커지면서 사람의 모습으로 변했다.

너구리는 한순간에 진달래 빛깔의 옷을 입은 소녀가 되어 두 팔을 소매 속에 넣은 채 머리를 숙이고 말했다.

"누가 사부님을 화나게 했어요? 제가 가서 죽여 버리겠습니다."

소녀는 얼굴이 동그랗고 눈이 커다랗다. 입술이 자그맣고 머리에는 흰 꽃 장식을 달았다. 밝고 명랑한 얼굴이다.

황의미녀가 나직하게 한숨을 쉬면서 말했다.

"너는 알 것 없다. 밖의 일은 어찌 되었느냐?"

소녀가 비밀을 말하는 것처럼 다가서며 작은 소리로 말했다.

"백 명도 넘게 왔어요, 사부님."

"백 명?"

황의미녀가 약간 뜻밖이라는 듯이 반문했다.

"예. 아무래도 취룡, 그자가 귀한 보물이라도 가지고 있나 봐요."

황의미녀가 눈살을 약간 찌푸렸다.

"쓸데없는 소리."

그러나 황의미녀는 잠시 말을 끊었다가 다시 이었다.

"제국에 사신으로 가는 중이니 제왕에게 줄 선물은 가졌겠지."

소녀가 말했다.

"제 생각에도 그래요."

황의미녀가 작은 한숨을 내쉬었다.

"보물이 무슨 소용이겠느냐? 다 부질없는 것."

"그래도……."

소녀는 제 속에서 보물을 생각하며 황의미녀의 의견에 동조하지 않았다. 무엇인지도 모를 보물에 벌써 마음을 반쯤 빼앗겨 버렸다.

황의미녀가 물었다.

"그자들은?"

소녀가 손으로 자기 목을 긋는 시늉을 하며 생긋 웃었다.

"모조리 황천길로 보내 버렸어요. 감히 정한곡에 들어왔으니 죽어도 억울하진 않을 거예요."

황의미녀가 잠시 빙긋 웃고 입을 다물었다.

소녀가 말했다.

"진초신위노업제(晉楚申衛魯業齊)의 일곱 나라 놈들이 모두 섞여 있었어요. 염치없이 이 나라에서도 끼어든 것 같았어요."

황의미녀가 단정한 음성으로 말했다.

"네가 상대할 수 없는 자들도 있었을 것이다. 그들은 아마 내 체면을 봐서 몰래 숨었겠지."

소녀가 그럴 리 없다는 듯이 입을 삐쭉했다.

황의미녀는 더 상대하고 싶지 않은 듯 가만히 있었다.

휘릭!

그때 다시 창문으로 뭔가 번쩍하더니 하얀 담비 한 마리가 뛰어들어 왔다.

소녀가 반색을 하며 말했다.

"왔어?"

하얀 담비는 훌쩍 뛰어올랐다가 내려서면서 흰옷을 입은 소녀로 변했다. 붉은옷을 입은 소녀와 비슷한 얼굴이었지만 눈빛이 차분하고 지혜로워 보였다.

백의소녀가 고개를 숙이며 말했다.

"사부님, 마법의 뜨락에 든 자들이 있습니다."

황의미녀가 대답했다.

"알고 있다."

홍의소녀가 웃으며 말했다.

"그래 봤자 죽기밖에 더하겠어?"

백의소녀가 말했다.

"그들 중에는 무공을 익힌 자들도 있는 듯합니다."

황의미녀가 말했다.

"어느 곡이나 산에서 온 자더냐?"

백의소녀가 머리를 흔들었다.

"무리를 이루었습니다."

곡이나 산에서 온자라면 독불장군으로 움직이지 무리를 이루지는 않는다.

황의미녀가 나직하게 말했다.

"취룽도 쉽지는 않겠군."

백의소녀가 말했다.

"그분은 사부님의 손님이시니 저희가 지켜 드리는 것이 도리인 듯합니다."

황의미녀가 차갑게 웃으며 말했다.

"나는 오히려 그를 죽이고 싶구나."

홍의소녀가 재빨리 말했다.

"제가 가서 죽일까요?"

황의미녀가 슬며시 웃고 말했다.

"나가거라. 허튼 생각일랑 말고. 취룽은 쉽게 죽을 자가 아니다."

백의소녀가 허리를 숙이며 물었다.

"사부님, 그가 사부님의 마음을 상하게 했습니까?"

황의미녀가 처량한 표정으로 웃었다.

"한 번 다친 상처가 아물지 않으면 닿을 때마다 아픈 법이지."

방 안에 침묵이 감돌았다.

정(情), 한(恨), 그리고 번민이 한가닥 실이 되어 그들을 꿰어놓은 듯했다.

이윽고 황의미녀가 단호한 음성으로 말했다.

"가거라. 다른 곡에서 온 자나 왕궁(王宮)에서 나온 자들은 신경 쓸 것 없다. 내 체면을 보아 함부로 행동하지 않을 테니까. 그러나 너희들은 날이 샐 때까지 곡을 지키며 죽일 수 있는 자는 모두 죽여라."

백의소녀와 홍의소녀가 허리를 숙였다.

"사부님의 명을 받습니다."

휘릭! 휙!

그들은 훌쩍 물러서면서 공중에서 제비처럼 몸을 뒤집었다.

그리고는 각기 흰 담비와 붉은 털의 너구리가 되어서 창밖으로 나갔다.

황의미녀는 바람이 드는 창문을 잠시 보다가 닫았다.

눈을 높여서 먼 곳을 응시하며 그녀가 중얼거렸다.

"취룡은 남의 마음을 살피고 타협하는 데 아주 뛰어난 자다. 아마 지금 세상에서 외교로 그보다 더 뛰어난 자는 없을 것이다. 그가 제국으로 가면서 나를 찾은 것이 우연일 리가 없다. 인사차 들른 것도 아니다. 결국 내게 중요한 볼일이 있었다는 말……. 하아!"

가슴이 답답한 듯이 황의미녀는 숨을 토해냈다. 마른손을 서로 비비며 입술을 깨물었다. 앵두처럼 붉은 입술이 마늘모처럼 일그러졌다.

그녀는 몸을 획 돌리면서 소리쳤다.

"취룽을 불러라. 물어볼 말이 있다."

밖에서 시녀가 '예' 하고 대답했다.

황의미녀는 거울 앞으로 가서 머리를 다시 만지고 마치 님을 만나러 가는 여인인 양 흐려진 눈썹을 다시 그렸다.

이윽고 시녀가 들어와서 아뢰었다.

"진국 사신께서 오셨습니다."

"알았다."

황의미녀는 거울을 한 번 더 본 후에 화난 표정을 짓고 밖으로 나갔다.

손님을 맞는 작은 방에서 진국 사신 취룽이 온갖 점잖은 태를 다 보이며 서 있었다. 황의미녀가 들어서자 취룽은 허리를 깊숙이 조아리며 말했다.

"마마님의 부름을 받들어 취룽이 왔습니다."

만찬을 함께한 사람이 아니라 아주 오랜만에 만나는 듯한 음성이었다.

황의미녀는 의자에 앉으며 차갑고 딱딱하게 말했다.

"취룽!"

취룽이 거듭 허리를 조아린다.

"말씀하십시오. 취룽은 한마디도 놓치지 않고 듣겠습니다."

황의미녀가 취룽을 쏘아보며 말했다.

"내게 원하는 것이 무엇이냐?"

취룽이 허리를 쭉 펴면서 말했다.

"마마님의 수선령(修仙翎)을 얻고자 합니다."

"흥!"

황의미녀가 코웃음 쳤다.

"감히 죽고 싶은 게냐?"

짙은 살기가 저변에 깔려 있는 음성이었다.

취룽이 눈에 웃음을 띠고 말했다.

"소인이 원하는 바를 취할 수 있으면 마마님께서도 뜻하는 바를 얻게 될 것입니다."

황의미녀는 천천히 머리를 흔들었다.

"취룽, 너는 결코 수선령을 얻지 못한다. 절대로."

취룽이 나직하게 말했다.

"소인이 힘을 쓰면 마마님께서는 소원을 이룰 수 있습니다."

황의미녀는 거듭 고개를 저었다.

"취룽, 네가 잠시 내 마음을 흔들었다는 사실을 부정하진 않겠다. 하지만 너는 실패했다."

진국 사신 취룽이 웃으며 말했다.

"총명하신 마마님께 제 의도를 들킨 듯합니다."

황의미녀가 차갑게 말했다.

"오늘 밤은 너를 머물게 하겠다."

최후통첩이었다.

취룽은 칭찬을 들은 것처럼 허리를 숙여 예를 표했다.

순간 황의미녀의 네 시녀가 그를 에워싸며 비수를 겨누었다. 허튼짓은 결코 용납하지 않겠다는 태도였다.

하지만 취릉은 태연하게 예를 취한 후 돌아서서 나갔다.

황의미녀는 다시 침실로 돌아와서 씻지도 않고 침대에 엎드렸다. 얼굴을 이불에 묻고 죽은 듯이 움직이지 않았다.

밤이 깊어갔다.

장천사는 그녀 곁에 나설 수 없었다. 천장을 맴돌면서 마음은 갈팡질팡했다.

이차두와 황산고도 걱정이 되었고, 오보현과 강만유 등도 살아 있기나 한지 염려되었다. 하지만 노란 비단 이불에 엎드려 이불과 하나가 되어버린 듯한 황의미녀를 그곳에 두고 나갈 수가 없었다.

마음이 끌리는 곳에서 의지가 떠나질 못했다. 그런 현상은 육체가 없는 상태이기 때문에 더한 듯했다.

장천사는 그동안 한 번도 여자에게 마음을 빼앗겨 본 적이 없었다. 여자를 멀리하지는 않았지만 즐기지도 않았다. 갈팡질팡하고 우유부단해진 자기가 자기에게도 낯설었다. 남 같았다.

"아악! 크악!"

조금 열려진 창문으로 이따금 바람 소리에 섞여서 비명 소리가 들려왔다.

장천사는 자기가 이상한 일을 맡아서 이상한 데 말려들어 버렸다고 생각했다.

몸이 없으니 오고 감이 더 자유로워야 할 것 같은데 오히려 어려웠다. 팔다리가 눈에 보이고 느껴질 때는 그 감각에 의지해서 억지로라도 움직일 수 있었지만, 지금은 오로지 의지가 흐르는 대로만 그가 움직였다.

미련이 남고 의지가 머무는 곳에서는 떠나고 싶어도 떠나야 한다는 마음만 있을 뿐, 떠날 수 없었다. 망령이 되어서 황의미녀에게 달라붙은 기분이었다.

그때 황의미녀가 일어나 장천사 쪽으로 머리를 돌리며 나직하게 말했다.

"모습을 드러내라!"

장천사는 가슴이 뜨끔하는 것 같았다. 그러나 그것은 그의 기분이었을 뿐, 지금의 그에게는 가슴이 없었다.

이불에는 황의미녀의 머리카락이 몇 올, 그리고 움켜잡았던 비단 이불의 구김과 소리없이 흘린 눈물 자국이 있었다.

第十三章
마법의 모서리,
미녀의 비단 이불 속에서

무제본기

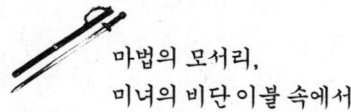

마법의 모서리,
미녀의 비단 이불 속에서

황의미녀가 허무한 미소를 지으며 말했다.

"예의가 없는 것을 보니 젊은 놈이구나. 취릉을 잡으러 왔으면 그에게 가볼 것이지 감히 내 방에 와서 촛불을 흔드느냐?"

장천사는 안개로 흩어진 자기 몸의 일부가 촛불을 흔들었음을 알았다. 몸은 흩어졌다고 해도 어느 정도 그의 의지대로 움직이기 때문이었다.

황의미녀는 그를 꿰뚫어 보듯 시선을 한곳에 고정시키고 있었다.

장천사는 온몸이 발가벗겨진 채 그녀 앞에 드러난 것 같은 수치심을 느꼈다. 그녀가 속속들이 들여다보고 있는 것 같았다.

황의미녀가 나직하게 말했다.

"누가 보내서 온 자든 살아서 돌아갈 생각은 마라."

짝짝! 하고 그녀가 손뼉을 쳤다.

슈욱! 슉!

순간 바닥에서 벽을 따라 굵고 푸른 대나무들이 봄날 아지랑이처럼 솟아오르더니 사면을 완전히 에워싸고 말았다.

마법이었다.

벽을 따라 늘어선 대나무들은 천장에 닿았다가 죽순처럼 안으로 모여들었다. 대나무들이 서로 겹치면서 한 치의 틈도 없었다.

장천사는 자기가 마치 푸른 닭장 속에 갇힌 듯한 착각이 들었다.

황의미녀는 비단 이불을 잡아서 장천사가 있는 곳으로 휙 뿌렸다.

털썩!

장천사는 이불 속에 갇혀서 바닥으로 떨어졌다.

몸은 여전히 없었다.

황의미녀가 이불 자락을 밟으며 준엄하게 말했다.

"누구에게 배운 둔갑이냐? 즉시 모습을 나타내지 않으면 불로 태워 버리겠다."

장천사는 의지를 모아서 흩어졌던 육체를 소환했다. 두 번째라서 첫 번째만큼 시간이 걸리지는 않았다.

납작하던 이불이 불룩해지면서 장천사의 윤곽이 드러났다.

"흥!"

황의미녀는 차갑게 코웃음을 치며 이불을 당겼다.

장천사는 두 손으로 이불을 꽉 잡고 놓지 않았다.

황의미녀가 어이없는 듯한 표정을 지었다가 더 세게 당겼다.

장천사는 옷이 없었다. 알몸이기에 이불을 빼앗길 수 없는 형편이었다. 그래서 그는 황의미녀보다 더 강하게 이불을 당겼다.

그 바람에 황의미녀가 중심을 잃고 와락 그에게로 끌려왔다.

소리를 치지도 못한 채 놀란 기색이 그녀의 얼굴에 완연하였다.

"감히 네놈이!"

황의미녀는 서릿발 같은 표정을 지으며 분노했다.

그때 장천사의 얼굴이 이불 뒤에서 드러났다.

황의미녀는 장천사의 얼굴을 보고 깜짝 놀라서 물러섰다. 얼굴의 분노했던 기색도 놀람 속에서 사라져 버렸다.

"너는, 너는……."

황의미녀는 말을 잇지 못했다.

장천사는 어깨까지 이불을 끌어올려 몸에 감은 채 그녀를 바라보았다.

물러서며 흔들리는 가녀린 허리가 봄날의 물오른 버들가

지보다 더 낭창거렸다. 가슴까지 치켜 올린 손이 바람에 흔들리는 꽃잎처럼 하늘거렸다.

황의미녀는 황망한 중에도 가슴을 누르고 음성을 가다듬어서 말했다.

"아직도 죽지 않았느냐?"

장천사는 뻔한 대답을 기다리는 그녀에게 뻔한 대답을 했다.

"죽지 않았소."

황의미녀는 장천사를 뚫어지게 쳐다보았다. 그러더니 고개를 천천히 저으며 말했다.

"너는 어떤 사람이냐? 어떤 사람이기에 영천취산에 두 번이나 당하고도 살아 있느냐? 정말 내 눈을 믿을 수가 없구나."

장천사는 그녀가 어떤 말을 하는지는 상관없고 자기에게 말하고 있다는 사실만으로 가슴이 뜨거워졌다.

얼굴이 달아오르고 숨이 거칠었다. 눈길을 어디에 두어야 할지 몰랐다. 그 모습이 마치 황의미녀의 전신을 눈으로 더듬는 듯이 보였다.

황의미녀의 눈썹이 꿈틀거렸다.

"무엄하게!"

그녀가 나직하고 엄하게 내뱉는 순간 장천사는 다시 영천취산에 당한 것처럼 흩어졌다. 그의 앞을 가렸던 이불이 바닥에 떨어지고 장천사의 모습은 푸른 안개로 변해서 사라졌다.

황의미녀는 눈을 빛내며 한 걸음 다가섰다. 장천사의 사라지는 모습이 영천취산에 의한 것임을 명백하게 보았던 것이다.

그녀가 알지 못했던 마법의 모서리였다.

위대한 고대(古代)의 마법일수록 '마법의 모서리' 라고 부르는 부분이 많았다. 그것은 그 마법을 쓰는 사람도 알지 못하는 특별한 효과라고 할 수 있었다.

옛날에는 그것들을 모두 알고 마법을 썼겠지만 긴 세월을 두고 전승되는 동안에 많은 부분이 전해지지 못했고, 가장 핵심적인 것만 전해지면서 마법의 모서리라고 말해지는 부분이 생겨난 것이다.

마법의 모서리를 발견하고 그것을 자기의 마법 속에 끌어안는 것은 마법에서 큰 성취를 얻는 것이나 마찬가지였다. 마법의 모서리는 그 마법에 숨겨져 있는 또 다른 비밀이라고도 말할 수 있었다.

그러나 고대의 위대한 마법들은 마법의 모서리를 많이 가지고 있었지만 그것을 발견하기는 불가능에 가까웠다.

보잘것없는 마법들은 마법의 모서리를 거의 가지고 있지 않았고, 고대의 마법들에서는 존재하리라 생각되면서도 거의 발견되지 않았다.

그래서 마법의 모서리라는 말조차도 아는 사람이 극히 드물었다.

한데 황의미녀는 수십 년 동안 사용해 왔던 영천취산에서 처음으로 마법의 모서리를 발견한 것이다.

눈앞에서 나타났다가 사라지는 사나이의 정체는 아무런 상관이 없었다. 그 사나이가 신비한 것이 아니라 그녀의 마법 영천취산의 신비가 나타난 것일 뿐이었다.

황의미녀는 장천사의 모습이 흩어진 사방을 둘러보았다. 가슴이 두근거렸다. 지금까지의 영천취산만으로도 천하에서 대적하지 못할 것이 없다고 생각했던 그녀이다.

영천취산은 고대에서 전해진 환우십대마법의 하나였다.

그런 영천취산에서 마법의 모서리를 발견했으니 그 비밀을 밝히기만 한다면 모든 적을 제거하거나 발아래 무릎 꿇릴 수가 있을 것이라 생각되었다. 마음속의 숙원을 이룰 수 있을지도 몰랐다.

황의미녀는 음성을 부드럽게 하고 말했다.

"현신해라. 너를 해치지 않겠다."

장천사는 다시 이불 뒤에서 천천히 나타났다.

황의미녀는 탁자를 가리키며 말했다.

"앉아라. 이야기를 해보자."

장천사는 머리를 흔들며 말했다.

"의자는 내가 앉기에 불편하오."

말투가 딱딱하면서도 존경이 포함되어 있지 않았다. 거친 남자다.

황의미녀가 의외라는 표정을 지었다. 옷을 입지 않았기 때문에 이불로 몸을 감싸야 하는데 그런 자세가 의자에 편할 리는 없다.

황의미녀는 화가 난 듯 눈썹을 한번 꿈틀했지만 꾹 참고서 말했다.

"옷을 주겠다."

장천사는 고맙다는 말을 하지 않았다.

황의미녀는 옷장을 열었다. 그런 후에 속으로 아차 싶었다. 그녀의 옷장에 남자의 옷이 있을 리가 없었다.

옷장은 열었으나 옷들을 더듬지도 않고 문을 닫지도 못했다. 크기가 맞고 안 맞고를 떠나서 자기가 입던 옷을 준다는 것은 상상도 할 수 없는 일이었다.

잠시 생각하는데 장천사가 말했다.

"전포와 갑주를 주시오."

'저자가!'

속에서 화가 또 발끈 치밀었다. 옷을 달라고 하는 소리가 객점에서 음식을 주문하는 것처럼 무례하다.

황의미녀는 옷장의 문을 닫고 천천히 돌아서면서 차갑게 말했다.

"옷은 없다."

뭐라 한마디 할 것으로 생각했던 장천사가 입을 다물고 가만히 있었다.

황의미녀는 비단 끈을 던져 주며 말했다.

"허리를 감아라!"

장천사는 한 손으로 이불을 여미며 다른 손으로 비단 끈을 받았다. 황의미녀가 비단 끈을 날리는 모습에 자기도 모르게 숨이 가빴다.

황의미녀가 그 눈치를 알고 노한 표정을 했다.

그러나 장천사는 그저 난망할 뿐이었다.

황의미녀는 잠시 노려보다가 장천사에게 걸어갔다.

장천사는 비단 끈을 받았으나 허리에 감지 못하고 있었다. 거친 남자의 손으로는 이불을 둘둘 감아 두터워진 허리를 둘러서 한 손으로 매듭을 짓는다는 것은 불가능에 가까운 일이었다.

하는 수 없었다. 황의미녀는 비단 끈을 낚아채서 장천사의 허리에 두 번 두른 후에 매듭을 만들었다.

두터운 겨울 이불을 몸에 감은 장천사의 모습은 아주 우스꽝스러워 보였다.

황의미녀는 자기도 모르게 살며시 웃었다.

장천사는 어깨가 드러났고 겨드랑이부터 이불이 감겨서 치마처럼 바닥에 한 자 정도 드리워졌다.

이불은 두텁고 장천사는 키가 커서 이리 보아도 저리 보아도 이상했다.

황의미녀는 속으로 생각했다.

'이자는 생김새가 기이하다. 보통 사람과는 아주 다르구나.'

장천사는 황의미녀의 새까맣게 반짝이는 눈을 보면서 울

렁이는 가슴을 견디기가 어려웠다. 사방은 푸른 대나무로 다에워싸였는데 그곳에는 장천사와 그녀만 있었다.

얼굴이 붉어졌다.

그런 장천사의 기색을 발견한 황의미녀는 기가 막힌 듯 피식 웃고 말했다.

"내가 누군지 알고 감히 헛된 마음을 품느냐?"

장천사는 중얼거리듯이 말했다.

"모르겠소."

황의미녀는 더 말할 것도 없다는 듯이 단호한 표정을 지었다.

"앉아라. 너는 내 포로다."

장천사는 물끄러미 황의미녀를 보았다. 분수를 모르는 자의 눈빛이 뜨겁다.

황의미녀는 그 눈길을 받고 당혹했다. 어이없는 일이었다.

한줄기 살심이 치솟았다.

황의미녀는 손을 번쩍 치켜들었다가 천천히 내렸다. 지금 시대에는 예(禮)를 모르는 자가 너무 많다.

서조(西朝＝西周:초창기의 주나라)에서는 일반 백성들까지도 모두 예를 알았다. 그 당시에 천하는 덕으로 다스려질 수 있었다.

제왕(諸王)과 열후(列侯)들이 천자(天子)를 진심으로 사모했으며 뜻을 거스르는 바가 없었다.

백성이 예를 잊어버린 것은 제왕과 열후들이 천자에 대한 충성을 잊어버린 것과 궤를 같이한다.

제왕, 열후에게 예는 남아 있고 충(忠)은 사라졌다.

백성들에게 효(孝)는 남아 있고 예(禮)는 사라졌다.

예를 모르는 것은 눈앞에 있는 자의 탓이 아니었다.

미녀를 보고 마음이 동하는 것은 사내의 본성이니 예를 모르는 자라면 더 이상 탓할 바가 못 된다.

황의미녀는 진노를 수습하려고 애를 썼다. 마법의 모서리를 발견한 마당에 하찮은 문제에 마음 쓸 수는 없다.

"너는 누구냐?"

황의미녀가 장천사에게 물었다. 장천사는 여전히 의자에 앉지 않고 서 있었다.

장천사는 머리를 흔들었다.

"말할 수 없소."

다시 화가 나려고 했다.

"네 신분 따위는 상관없다. 누가 보냈는지도 알고 싶지 않다. 나는 네가 누군지를 묻는 것이다!"

황의미녀는 음성을 돋워서 말했다.

장천사는 잠시 있다가 말했다.

"나는 진국 사신을 잡으러 왔소."

황의미녀가 미간을 살짝 찌푸리며 말했다.

"그런 말은 듣고 싶지 않다. 네가 누군지 말해라."

장천사가 불쑥 말했다.

"내 이름은 장천사, 당신은 누구요?"

황의미녀는 풋 하고 웃었다. 마치 어린아이와 장난치는 듯한 기분이 들었다.

"나는 배연오다. 이곳의 주인이지."

장천사는 머리를 천천히 좌우로 흔들었다.

"아니오. 당신은 배연오가 아니오. 나는 정한곡주 배연오가 팔십 살이 넘은 노파라는 사실을 알고 있소."

황의미녀는 의자를 끌어당겨 앉으며 말했다.

"네 말이 틀리진 않았다. 하지만 나이가 많다고 모두 노파가 되는 것은 아니다."

장천사는 여전히 고개를 저었다.

"당신은 늙지 않았다는 말이오? 세월에서 벗어났다면 나는 그 말을 믿겠소. 하지만 나는 그런 사람이 있다는 사실을 믿을 수가 없소. 당신은 젊어 보이는 것이 아니라 실제로 젊소. 그래서 나는 당신이 배연오가 아니라고 하는 거요."

배연오가 웃었다.

"네 말투에 위(衛)의 억양이 있다. 너는 위에서 왔느냐?"

장천사가 눈을 부릅뜨며 말했다.

"묻지 않겠다고 하지 않았소?"

"그랬지. 너는 대답하지 않아도 된다."

배연오가 여전히 웃으며 말했다.

장천사가 입을 다물었다.

배연오가 말했다.

"내가 배연오고 아니고가 무슨 상관이 있느냐? 너는 내 포로인데."

장천사는 기분이 아주 나빠졌다. 그녀에게 포로가 되었다는 느낌보다 더 나빴다. 마치 어른이 어린아이를 다루는 듯한 그 어투가 듣기 싫었다.

눈앞의 황의미녀는 기껏해야 스무 살, 장천사보다 훨씬 어렸다.

"나에게 다른 방법이 없다고 생각지는 마시오!"

장천사는 퉁명스럽게 말했다.

배연오가 가볍게 웃으며 말했다.

"네게 또 무슨 재주가 있느냐?"

장천사는 입가에 긴 미소를 머금었다.

배연오가 말했다.

"신비한 척할 것 없다. 세상에 기이한 일을 나보다 많이 겪은 사람도 드물 테니까."

휙!

장천사는 더 이상 듣지 않고 훌쩍 뛰어올랐다.

배연오는 가만히 보고만 있었다. 그녀가 펼쳐 놓은 마법은 손으로 부딪쳐서 깰 수 있는 종류의 것이 아니었다.

한데 장천사의 손이 푸른 대나무를 치는 순간 배연오는 깜짝 놀랐다.

콰드득!

장천사의 손은 바람을 할퀴는 사자의 발톱같이 맹렬했다.

배연오는 깜짝 놀라서 물러섰다.

"너는 무공을 익혔구나!"

촤아아아악!

장천사의 손이 지나가면서 푸른 대나무의 벽이 갈가리 찢어져 파편이 튀었다.

휘릭!

장천사는 반공에서 한번 맴돌아서 바닥에 내려섰다.

짐작이 옳았다. 검으로 철벽을 찢을 수 있었던 것처럼, 그의 손은 모든 힘을 다 집중시켰을 때 엄청난 위력을 발휘했다.

행색은 이불을 둘둘 감아 우스꽝스러웠지만 장천사는 가슴속에서 치솟는 호기에 펄펄 뛰고 싶은 마음이었다.

스스스!

대나무의 파편은 가루로 변하고 푸른 대나무 벽으로 이루어졌던 천장은 다시 원래대로 돌아갔다.

배연오는 의자를 자기 앞에 놓은 채 뒤로 물러서 있었다. 무공을 익힌 자에게는 가까이 있을 수가 없다.

장천사는 배연오의 흔들림없는 눈빛 속에서도 놀람과 경계를 읽을 수 있었다.

불편하긴 하지만 의자에 걸터앉으며 두 손으로 깍지를 끼고 말했다.

"나는 한 번도 적에게 잡혀보거나 패한 적이 없소. 당신도 나를 어쩌지는 못할 것이오."

배연오가 나직하게 한숨을 쉬었다.

"무공을 익혔다……. 하지만 위나라에 너와 같은 인물이 있다는 말을 나는 듣지 못했다. 무공을 익힌 신분으로 왜 천한 요리사로 분신했느냐?"

장천사는 대답하지 않았다. 할 말이 없어서였다.

휘이익!

배연오는 소매를 넓게 펴고 원을 그리며 한 바퀴 맴돌았다.

순간 푸른 대나무들이 흔적도 없이 사라졌다.

장천사와 배연오는 처음 그대로의 방에 있었다.

배연오가 말했다.

"우린 이야기가 많이 필요할 것 같다."

장천사가 말했다.

"나는 진국 사신을 데려가기 위해서 왔소."

배연오가 말했다.

"알고 있다. 하지만 해야 할 이야기는 진국 사신 취룽의 이야기가 아니다. 너는 누구의 사생아(私生兒)냐?"

사생아라는 말에 장천사가 눈을 부릅떴다.

하지만 배연오는 상관하지 않고 다시 물었다.

"위국에서 무공을 익힌 자로 재주가 높은 사람은 서른 명을 넘지 않는다. 네 아버지는 누구고 네 스승은 누구냐?"

배연오는 장천사가 무공을 알고 있는 것을 보고 신분이 높다고 생각했지만 또한 그가 예의를 모르는 것으로 짐작하여 그가 귀하게 자라지 못했으니 누군가의 사생아일 것으로 단정한 것이었다.

"흥!"

장천사는 냉소했다.

배연오는 마음이 급해졌다.

장천사라는 이자의 무공은 범상치 않다. 만반의 준비를 속에서 갖추고 있기는 했지만 장천사와 직접 부딪치는 것은 득보다 실이 많을 것이 분명했다.

무공을 익혔다면 예의를 알게 마련인데, 거칠고 무례하면서도 무공을 익힌 자를 상대하려니 어떻게 해야 할지 금방 생각이 돌지 않았다.

다시 돌이켜 보니 사생아 운운한 것도 실수 같았다. 젊은 사람은 근거없는 자존심을 갖고 있게 마련이다.

일단 붙잡아놓고 달래는 수가 제일 좋을 듯했다.

간직해 두고 한 번도 쓰지 않았던 호리병을 꺼냈다.

장천사는 여전히 배연오의 미모에 마음이 끌렸으나 육신을 온전하게 가지고 있었기 때문에 통제하지 못할 정도가 아니었다.

황산고와 이차두가 어떻게 일을 진행하는지 걱정되기도 하고, 오보현과 강만유의 생사가 염려되기도 했다.

장천사는 떠날 수 있을 때 떠나야겠다 싶어서 벌떡 일어섰다.

"나는 이만 가야겠소. 당신한테는 더 이상 볼일이 없소."

배연오가 호리병의 마개를 열면서 말했다.

"나는 아직 볼일이 있다. 네 이름이 뭐냐?"

순간 장천사는 그녀가 어떤 술법을 펼칠지 두려워 문을 향해 몸을 날렸다. 번쩍하는 순간에 장천사의 모습이 배연오의 눈에서 사라졌다.

장천사는 벌써 문을 열고 뛰쳐나가는 중이었다.

"이런……!"

배연오는 호리병의 마개를 다시 닫았다. 황망한 심정이었다.

이불을 감은 채 장천사는 벽과 천장을 소리없이 달리며 사라져 버렸다.

속은 기분이었고 무엇인가를 빼앗긴 기분이었다. 침상을 보고서야 배연오는 자기의 비단 이불을 장천사에게 빼앗겼다는 사실을 깨달았다.

배연오는 황촉불 앞에서 거울을 보고 나직하게 중얼거렸다.

"오늘 밤은 잠들기 어렵겠구나."

검을 허리에 차고 호리병을 소매 속에 감춘 채 배연오는 방을 나섰다. 시녀들도 잠이 들었는지 보이지 않았다.

*　　　*　　　*

장천사는 달렸다. 있는 힘껏 달릴 수는 없었다. 여러 장애물 때문에 방향을 틀어야만 했기 때문이다.

몸에 감은 두터운 이불도 적잖게 방해가 되었다. 얼마를 달

려가니 갑주를 걸치고 투구를 쓴 호위병들이 양쪽으로 늘어
선 복도가 나타났다.

진국 사신 취룽의 호위병들이었다.

장천사는 벽에 장식되어 있는 창을 집어 들면서 그대로 돌
진했다.

"멈춰라!"

놀란 외침 소리가 터져 나왔지만, 장천사는 한 마리 표범
같고 한줄기 바람처럼 호위병들 사이로 뛰어들었다.

두려울 것이 없었다. 망설일 것이 없었다. 장천사는 원래
그랬다. 그가 창으로 찌르고 휘두를 때면 창이 그의 힘을 이
기지 못하여 웅웅거리며 울었다.

"으아아악!"

"으악!"

장천사의 창날은 호위병의 두터운 갑주를 등 뒤까지 꿰뚫
었다. 후려친 창대에 투구가 산산조각 났다.

풍차처럼 도는 창 그림자에 부딪쳐서 네 놈이 동시에 날아
갔다.

"막아라!"

온몸을 던져서 문을 막는 호위병들을 향해 장천사는 창을
던졌다.

콰콰콰라락!

창은 네 명의 호위병을 꼬치 꿰듯 꿰고 문설주 위에 박혔
다.

장천사는 달려가던 기세를 멈추지 않았다. 발로 투구를 박차며 천장을 밟고 거꾸로 떨어지며 문을 이마와 두 팔꿈치로 받았다.

문이 퍽! 소리를 내면서 깨어졌다. 두께가 두 치 반, 무늬가 좋은 소나무로 만든 것이었지만 썩은 나무처럼 부서져 버렸다.

슝! 치익!

등과 다리로 검이 찔러왔다. 검광이 매서웠다. 눈이 시릴 정도였다.

장천사는 몸을 옆으로 누이며 깨어진 문으로 굴러 들어갔다.

검이 문을 찌르는 소리가 발끝쯤에서 들렸다.

벌떡 일어서면서 몸을 다시 공중으로 뛰어 올렸다. 순간 다섯 자루의 검이 모든 방향에서 그를 가두고 찔러 들어왔다.

번쩍!

장천사는 이불을 풀어서 휘둘렀다.

"헉!"

검과 사람이 동시에 이불에 휘감겼다. 장천사는 그 틈을 비집고 땅에 내려섰다. 벌거벗은 상태였다.

넓은 방 안에는 네 명의 경장을 한 무사가 당황한 표정으로 장천사를 겨누고 있었다. 한 명은 이불에 감긴 채 얼마나 세게 내동댕이쳐졌는지 꿈틀거리며 일어나지 못했다.

"웬 놈이냐?"

무사들 중에서 한 명이 소리쳤다.

"웬 미친놈이……."

장천사는 맨손으로 그자를 공격했다.

쏴아아앙!

손가락 사이에서 바람이 찢어지는 소리가 자기 귀에도 무시무시하게 들렸다.

무사의 얼굴이 하얗게 질렸다. 검으로 장천사의 어깨를 찌르며 방어하려고 했다. 그러나 그자는 갑자기 몸이 솟구쳐 오르고 눈앞이 캄캄해지면서 거꾸로 떨어졌다.

장천사가 산고제일식을 펼친 것이다.

장천사는 떨어지는 검을 받아서 손에 들었다.

세 명의 무사가 두려운 표정을 지었다. 그들은 쓰러진 동료를 살펴보지도 못하고 주춤거리며 물러섰다.

장천사는 얼굴에 기이한 면이 있어서 마주 보는 사람을 놀라게 하곤 했다. 그런 그가 옷을 벗고 오직 검 한 자루만 손에 들고 다가서는 모습은 이상하리만치 위압감을 주었다.

"사신은 어디 있는가!"

장천사가 고함쳤다.

세 명의 무사는 하얗게 질린 채 대답을 못했다. 대호(大虎) 앞에 선 개처럼 몸을 웅크렸다.

촤악!

장천사는 검으로 그들 중 한 명을 베어버렸다.

그에게는 지체할 시간이 없었다.

비명 소리도 없이 목 하나가 날아올랐다.

장천사는 대답하지 않는다면 나머지 두 사람의 목도 베어버리고 움직일 작정이었다. 이미 정한곡의 곡주는 무섭지 않았다.

빨리 진국 사신을 납치하여 돌아가는 것이 마음을 덜 심란하게 할 것이라 생각되었다.

배연오의 자태가 자꾸만 머릿속에서 연상되고 있었다.

쉭! 쉭!

배연오의 목을 베기라도 하듯이 장천사는 다른 무사 한 명의 목을 스치면서 베어버렸다.

궁시와 창검이 난무하는 전장에서도 마주 선 자의 목숨 정도는 손바닥 뒤집 듯이 취하곤 했던 장천사이다. 눈앞에서 검만 들고 서 있는 자를 죽인다는 것은 지금의 장천사에게는 아무 것도 아니었다.

"그는 여자들……."

마지막까지 남아 있던 자가 떨면서 말했다.

그때 장천사의 뒤쪽에 배연오가 나타나며 조용한 어조로 말했다.

"취룡은 항상 여자들 속에 숨지. 급할 때일수록."

장천사는 당황했다. 벌거벗은 몸으로 엉거주춤하게 섰다. 몸을 돌리지 못했다.

배연오는 그에게로 걸어가며 말했다.

"장 공자(張公子)는 이만 검을 거두시게."

그녀는 장천사를 위국의 왕족이나 귀족의 사생아로 완전히 단정한 듯했다.

취릭!

장천사는 배연오와 자기를 번갈아 보는 마지막 무사의 목을 날려 버렸다. 검을 휘두를 수 있는 적은 죽일 때 죽이지 않으면 뒤꼭지를 쪼이게 된다.

쓰러지는 그자의 옷을 잡아 뜯어 앞을 가렸다.

몸을 돌리며 배연오에게 물었다.

"그자는 어디에 있소?"

배연오는 그의 벌거벗은 몸을 보면서도 담담한 표정이었다.

"이미 장 공자가 어쩔 수는 없어. 더구나 나는 내 집에서 그를 보호해 준다는 약속을 했다."

장천사는 배연오를 노려보면서 말했다.

"하지만 그는 당신을 노릴 것이오."

"무슨 상관인가? 나도 오늘 밤만 지나면 그를 노릴 텐데."

배연오가 웃으며 말했다.

"그러나 지금 나는 장 공자를 잡아야 해."

순간 장천사는 배연오의 소매 속에서 빛이 반짝이는 것을 보았다. 눈이 멀어버리는 것 같았다. 검과 앞을 가렸던 천을 내던지고 두 손으로 눈을 가렸다.

배연오는 천천히 호리병의 마개를 닫았다.

"네가 갈 수 있는 곳은 이제 아무 데도 없다, 장 공자."

배연오가 미소를 지으며 말했다.

장천사는 벌거벗은 채로 호리병 속에 갇혀 있었다.

장천사는 자기가 꽉 막힌 곳에 갇혀 있음을 알았다.

처음에는 투명한 호리병 같은 곳인 줄 알았다. 전체적인 모양은 호리병 같았으나 투명하여 바깥이 보였기 때문이다.

배연오는 호리병을 손바닥에 올려놓고 들여다보면서 말했다.

"동정호의 물을 모두 담을 수 있는 수정은호(水精銀壺)다. 장 공자, 나는 장 공자를 볼 수 없지만 그 속에서 장 공자는 나를 볼 수 있겠지? 그럼 우리는 조용한 곳으로 가서 이야기를 좀 나눠보지."

배연오는 미소를 짓고 수정은호를 다시 소매 속에 넣었다.

『무제본기』 2권에 계속…

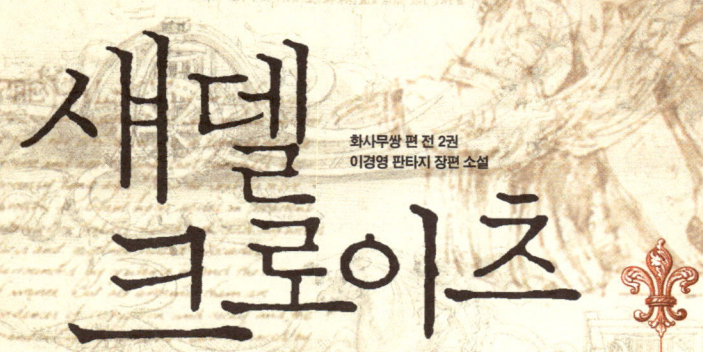

새델
크로이츠

화사무쌍 편 전 2권
이경영 판타지 장편 소설

『가즈나이트』의 명성과 신화를 넘어설
이경영의 판타지의 새로운 상상력!

자신만의 독특한 세계관을 창조한 작가
이경영의 새로운 도전과 신선한 충격.

바란투로스의 특수부대 새델 크로이츠의 리더 파렌 콘스탄.
야만족을 돕는 안개술사를 물리치기 위해 아시엔 대륙에서 온
불을 뿜는 요괴 소녀 카샤.
너무나 다른 두 사람이 운명의 길에서 만나다.
친구란 이름으로 시작된 모험, 그 앞에 놓인 난관과 운명의 끈은
어떻게 될 것인지……

"질투가 날 만도 하지.
요괴가 산신령을 엄마로 두는 건 흔한 일이 아니거든.
괜찮다, 파렌. 본좌가 아는 요괴들 전부 본좌를 질투하고 부러워하니까."
소녀는 손에 잔뜩 받은 빗물을 훌쩍 마셨다.
파렌은 그 순수함에 웃음을 흘렸다.
그는 지금까지 자신이 봤던 그녀의 기이한 행동들을 어렴풋이나마 이해할 수 있을 것 같았다.
그렇게 친구가 된 둘은 그 길로 긴 여행을 떠나게 된다.

본문 중에-

세상을 보는 또 하나의 창 - inthebook.net
유행이 아닌 자유추구 - chungeoram.net

Book Publishing CHUNGEORAM

학교에서는 가르쳐주지 않는
10대들을 위한 인생수업

작가 : 이빙 | 역자 : 김락준

10대들을 위한 나침반 같은 인생 교과서!
사회 초입에 들어서게 될 청소년들에게 들려주는
100가지 인생 이야기

내 인생의 방향잡기!
여행길에 오르기 전에 접해보자!

100가지 이야기, 100가지 명언

사람은 태어나면서부터 각기 다른 모습으로, 각기 다른 사고로 "인생" 이라는
여행길에 오르게 된다. 내가 지금 서 있는 이 위치에서 그리고 사회라는 공간에서
한사람의 몫을 당당하게 해낼 수 있는 역량을 키워나가기 위해서는 어떠한 생각을
가지고 있어야 하는 걸까.

늦지 않게 준비하자! 스스로의 마음가짐이 자신의 미래를 결정한다!

설레는 마음으로 떠난 길일지라도 기존에 생각하고 있던 것과는 다르게 흘러가는
사회의 모습에 당혹스럽기도 할 것이다.

그러한 곳에 발을 들여놓기 위해 첫 발걸음을 막 뗀 청소년이라면 학교에서는
미처 배우지 못한 상황에 더욱이 큰 혼란스러움을 느낄 수밖에 없다.
시간이 흐를수록 사회가 한 인간에게 요구하는 것은 다양하고 세밀해지고 있다.
그러한 사회 속에서 자신만이 앞으로 나아가지 못해 제자리걸음을 하게 된다면 어떠할까.
미리 대비를 하지 않는다면 당신 역시 그러한 현상에 빠지는 또 한 명의 사람이 되고 말 것이다.

책장을 넘기는 순간, 책과 당신의 공감대가 형성된다!

적응을 위해 도움이 될 만한
인생의 지혜와 경험, 깨달음이 한가득 담겨있다.
그 속에 담긴 100가지 이야기 그리고 그와 관련된 100가지의 명언은
가슴 깊이 새겨 놓고 되뇌어 보기에 충분하다.

세상을 보는 또 하나의 창 - inthebook.net
유행이 아닌 자유추구 - chungeoram.net

Book Publishing CHUNGEORAM

공부하는 감각의 차이가 자녀의 미래를 결정한다.
이 시대가 필요로 하는 명품 인재 만들기!

Luxury Study habit

올바른 습관이 명품 자녀를 만든다

명품 공부습관 87가지

저자 : 친위
역자 : 오혜령

똑소리 나는 부모의 똑소리 나는 자녀 교육법!

어린 시절의 습관은 평생을 결정한다.
제대로 바로잡지 못한 나쁜 습관은 자녀의 미래에 검은 그림자를 드리울 수도 있다.
대부분의 부모들은 아이의 잘못된 습관을 발견하면 언성을 높이는 경향이 있다.
하지만 그것이 문제 해결의 방법이 아님을 당신은 이미 알고 있을 것이다.
지금 당신은 적절한 대안을 찾지 못해 힘겨워 하고 있지는 않은가.
내 아이가 명품 인생으로 살아가길 희망하는 부모라면 이 책에 귀를 기울여 보자.

내 아이가 세상의 중심에 우뚝 설 수 있게 하는 방법!

이 책은 잘못된 공부습관과 대인관계 형성 등의 문제 등을
87가지 이야기를 통해 알아보고 그에 걸맞는 올바른 해결책을 제시해주고 있다.
이 한 권의 책을 통해 똑소리 나는 부모가 되어보자.
그리고 내 아이가 최고의 명품으로 거듭날 수 있도록 노력해보자.
이 책은 분명 당신에게 꼭 맞는 효과적인 자녀교육서가 될 것이다.

세상을 보는 또 하나의 창 - inthebook.net
유행이 아닌 자유추구 - chungeoram.net

Book Publishing CHUNGEORAM

Rhapsody Of Cardinal

카디날 랩소디

송현우 판타지 장편 소설

놀라운 경험(the enormous experience)!

He created a completely new world.
It is a place who have never known and where never been able to imagine.
This splendid world will introduce the enormous experience for the
person only who reads.

그 누구에게도 알려진 것이 없으며 상상조차 할 수 없었던 새로운 세계를
작가는 완벽하게 창조해내었다.
이 멋진 세계는 독자들만이 체험할 수 있는 놀라운 경험으로 인도할 것이다.

판타지는 허구다? 아니다. 판타지는 일상이다.
우리의 삶은 연속된 판타지의 연장선상에 놓여 있고,
상상은 우리의 일상을 더욱 살찌운다.
『카디날 랩소디(Rhapsody of Cardinal)』를 경험하는 독자들은
더욱 풍부한 일상 속에서 새로운 삶을 경험할 것이다.
멋진 만남! 흥미로운 경험! 이것이 『카디날 랩소디』가 가진 장점이며,
작가 송현우가 독자들에게 바라는 꿈이다.

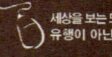
세상을 보는 또 하나의 창 - inthebook.net
유행이 아닌 자유추구 - chungeoram.net

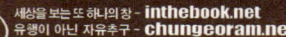
Book Publishing CHUNGEORAM